아버지의 바다

아버지의 바다

초판 1쇄 발행 2021년 11월 30일

지은이 김부상
펴낸이 권경옥
펴낸곳 해피북미디어
등록 2009년 9월 25일 제2017-000001호
주소 부산광역시 동래구 우장춘로68번길 22
전화 051-555-9684 | 팩스 051-507-7543
전자우편 bookskko@gmail.com

ISBN 978-89-98079-44-4 03810

아버지의 바다

김부상 해양소설

해피북미디어

차례

1

출항

10월 9일. 오늘 일수(逸壽)는 먼 바다로 떠난다. 섬에서 자란 유년시절부터의 오랜 꿈이었던, 수평선 너머 미지의 그리움을 향한 첫걸음인 셈이다. 다른 한편, 성년이 된 후로 지금까지의 지우고 싶고 벗어나고 싶었던 수많은 기억으로부터의 탈출이기도 하다. 오늘 멀리 떠나는 그를 애써 배웅해줄 사람은 아무도 없다. 그래서 아연 홀가분했다. 출항을 앞두고 오직 새로운 세상을 경험하고 앞으로 남은 인생을 장차 어떻게 꾸려갈 것인지를 깨닫고 배우고 싶은 마음뿐이었다.

집을 나서는 순간, 그는 마치 자신이 밤마다 우러르던 별을 찾아 무턱대고 길을 나서는 젊은 몽상가 같다는 생각이 들어 조금 우울했다. 어쩜 그럴지도 모른다. 그러나 기우도 잠시였다. 배를 타고 곧 생면부지의 낯선 세계로 떠난다는 흥분으로 그는 늘 우쭐했다. 대학을 졸업하자마자 원양어선

실습사관의 자리를 얻은 것은 뜻밖의 행운이었기 때문이다.

출항을 앞둔 지난 한 달 동안 배의 구석구석을 눈에 익히면서, 물에 뜬 갈매기처럼 줄곧 가슴이 울렁거렸다. 그는 아프리카 남쪽의 어느 한적한 곳, 모래 구덩이에서 알을 깨고 나와 바다를 향해 질주하는 새끼거북과도 같았다. 몸길이 칠 센티미터에 불과한 어린 거북이 백 미터 길이의 사장을 달려간 끝에 성체가 될 확률은 천분의 일이다. 하늘에는 솔개와 까마귀 같은 날짐승들이, 바다 입구에는 식욕에 겨운 달랑게들이 길을 막았다. 허나 갓 태어난 새끼거북이 천적이나 죽음의 공포를 알 리 없다. 그들의 질주는 오직 바다를 향한 강렬하면서도 본능적인 그리움이었다.

한편, 한 달 가까이 출항을 기다리느라 일수는 목이 탔다. 그래서 저녁이면 친구들과 어울려 영도경찰서 뒤편 방석집을 찾아 막걸리 잔치를 벌였다. 22살의 젊음은 아침이면 언제나 싱싱하게 깨어났다. 그렇다고는 해도 친구들과 그동안 마신 술값은 쌀 한 가마니 값인 2,800원에도 못 미쳤다. 다만 집에 홀로 남을 어머니의 심정을 제대로 살피지 못한 것이 조금 아쉽고 부끄러운 일이었다. 신중함이란 찾아보기 어려운 자식의 명랑한 얼굴을 멀거니 바라만 보던 어머니가 어느 날 아침 일수를 향해 이렇게 입을 뗐던 것이다.

"어델 가더라도 니 애비처럼 술 먹고 속을 함부로 보이는 사람은 되지 말거라."

부두로 가는 버스 안이었다. 어머니의 은근한 염려가 귀에 맴돌다 뜬금없이 아버지의 얼굴이 떠오르며 옛일들이 머릿속에 파노라마처럼 펼쳐졌다.

말년의 아버지는 술만 취했다 하면 식구들에게 폭군 행세를 했지만 젊어서는 말수가 적고 행동이 뭉근 사내였다. 그러나 화가 나면 천둥번개처럼 격해지고는 했다. 41년생인 일수가 국민학교에 입학할 무렵이었다. 그는 멸치 어장막에서 아버지가 대나무 작대기로 어부들의 등을 세차게 내려치던 장면을 보았다. 어른들로부터 왜정시대 일본인 선주들이 그랬다고 들었다.

거제도 구조라 뒷개를 힘차게 달리던 발동기선의 모습은, 바다의 출렁임을 볼 때마다 언제나 떠오르는 기억의 우물이었다. 그 시절 아버지는 일수에겐 늠름한 장군과 다름없었다. 아버지는 선주이자 멸치 떼의 길을 읽는 망쟁이(어로장)였다. 한마디로 그 옛날 아버지가 호령하던 푸른 바다를 잊을 수가 없어 자식인 그도 장차 뱃사람이 되고 싶었던 것이다. 가을 햇살에 여물어가는 과일처럼 생의 한 순간을 만끽했던 젊은 날의 아버지를 생생하게 기억하는 단초도 바로 그 발동기선이었다. 바다에서 솟구친 해가 얼굴을 씻어주던 이른 아침, 통통거리는 맑은 기계음과 함께 하늘로 피어오르던 동그란 연기과자하며 뱃머리에서 솨-아 하고 소리 내어 부서지던 하얀 포말들, 구조라 뒷개의 모래 언덕을 넘어 어장막으로 성큼성큼 걸어오던 씩씩한 사내. 그것이 어린 시절 그의 뇌리에 선명하게 각인된 싱싱한 바다와 호방하고 건강했던 아버지의 모습이었다. 그가 수산대학, 그것도 어로학과(漁撈學科)에 지원한 동기가 바로 이 유년시절의 풍경 때문이었다.

그런 아버지가 불과 55세의 나이에 뇌출혈로 홀연히 세상을 등졌다. 아버지의 말년은 일수에겐 뼈아픈 기억이었다. 사라호 태풍이 멸치어장의 배들을 죄 쓰러뜨린 뒤로부터 술에 젖어 산 지 2년 만이었다. 일수가 대학 2학년이었던 이른 가을이었다.

남쪽 하늘에 상현달이 걸린 어스름 초저녁이었다. 출상 전날, 유언도 없이 숨진 아버지의 허망한 죽음에 대한 원통하고도 억울한 심정을 달래보려고 상복차림으로 고향 구조라 뒷개로 나섰다가 파도와 함께 유령처럼 일어서던 시그리*의 창백한 섬광을 목격했던 기억은 지금도 어제 일처럼 생생하다.

일수가 기억하는 시그리의 섬광은 마치 남해바다의 멸치떼가 지금 모조리 옷을 벗고 통곡하고 있다며, 뭍으로 켜켜이 밀려오는 바다의 머리칼을 붙들고, 그들의 벗은 옷이 떼지어 몰려오는 것만 같았다. 새삼 그때의 신비스런 감동을

---

* 어체의 비늘 따위에서 생긴 인(燐)이 연안에서 띠를 이루어 발광하는, 일명 도깨비불

떠올리자 문득, 어린 시절 그에게 바다는 어머니의 자궁이었
고 그의 뼈와 살을 키운 것은 남해바다의 멸치였다는 생각이
가슴속을 후벼 들었다.

네 뼈로 내 뼈를 세우리
네 살로 내 살을 보태리
네 몸을 이루는 바다로
삶의 부력을 완성하리
은빛 비늘의 눈부심으로
무디어진 내 눈물을 벼리리
어느날 문득 육지를 보아버린
네 그리움으로
메마른 서정을 적시리

그리하여 어느 궁핍한 저녁
한소끔 들끓어오르는 국냄비
생의 한때 격정이 지나
꽃잎처럼 여려지는 그 살과 뼈는
고즈넉한 비린내로 한 세상 가득하여,

두 손 모아 네 몸엣것 받으리
뼈라고 할 것도 없는 그 뼈와

살이라고 할 것도 없는 그 살과

차마 내지르지 못하여

삼켜버린 비명까지

김태정 「멸치」 전문, 『물푸레나무를 생각하는 저녁』(창비)

영도경찰서 뒤편 대교로의 안벽이 어선들의 제1부두였다. 공중에서 나부끼는 출어제 깃발이 찢어질 듯 아슬아슬해 보였다. 옷깃을 파고드는 바람의 손이 차가워 행인들의 어깨를 움츠리게 했다. 음력 2월의 영등할미 바람도 아닌 것이 일시적인 국지풍이길 바랐다. 부두는 이미 환송 나온 선원들의 가족들로 붐볐다. 모두 바람 속에 갇힌 지 오래인 듯했다. 누비이불로 아이를 등에 업은 젊은 색시도 있고 개털 점퍼를 걸친 후줄근한 시골 노인의 모습도 보였다. 무명 치마저고리 차림의 늙은 여자들은 보자기 천으로 아예 머리와 목을 칭칭 감싸고 있었다.

차가운 바람이 그들에게는 오늘따라 더 힘겹고 거추장스러웠다. 그들은 모두 올여름에 불어닥친 호열자로부터 살아남은 자들이었다. 이상한 것은 그들이 더 이상 죽은 목숨들에 대해 연연하지 않는다는 것이다. 그러므로 세상은 오직 살아 있는 자들의 몫이라 여겨졌다.

일수는 출전하는 병사처럼 발걸음에 힘을 실어 뱃전에서

웅성거리는 환송인파를 헤집고 현교(舷橋)에 발을 내딛었다. 먼저 브리지(선교)로 올라가 수석항해사(Chief office, 1항사 또는 초사初士)에게 승선보고를 드렸다. 수석항해사는 일수의 대학 3년 선배인 전남 완도 출신 27세 박영춘이다. 그가 2항사를 찾아 선용품 선적을 도우라고 지시했다.

일수는 우선 배정받은 좁은 침실로 들어가 짊어지고 온 옷보따리를 내려놓고 작업복으로 갈아입는다. 챙겨 온 옷이라곤 여름옷 두 벌과 갈아입을 내의가 전부였다. 고국의 계절은 가을이지만 찾아가는 이국의 바다는 여름이었다. 이제 이곳이 앞으로 일 년 삼 개월여를 버틸 그의 유일하고도 소중한 안식처일 것이다. 손끝으로 모포를 매만지며 그는 앞으로 함께 할 미지의 날들을 머리에 그린다. 그러나 떠오른 것은 오직 드넓은 푸른 바다뿐이었다.

그는 소달구지에서 쌀가마니 푸는 일을 도왔다. 쌀과 김치, 기타 선수품(船需品)의 선적이 끝나자 잘 가라는 듯 짐을 싣고 왔던 트럭과 소달구지들이 제각기 시끄러운 소리를 내며 부두를 빠져나간다. 기름을 제외하면 주부식과 각종 선수품은 해상에서 8개월을 버틸 수 있는 물량이었다. 소달구지가 실어 온 쌀만 해도 70가마였다. 부식은 한국인 식성에 맞는 것 위주로, 특히 엄청난 양의 냉동 김치가 실렸다.

이윽고 선장과 회사 직원들이 나타난다. 그들이 배에 오르자 갑판이 부산하더니 곧 제상이 차려졌다. 제상이라고 해봐야 웃고 있는 돼지머리와 떡, 과일, 됫병 소주 하나가 전부였다.

"용왕님, 부디 무사고와 풍어를 베풀어주소서."

직원 대표와 선장의 절이 끝나자 선원들이 부서별로 모여 절을 올렸다. 제물 앞에 엎드리는 자들의 뒷모습이 마냥 처갓집 제사에 온 싱거운 사람들 같았다. 제문조차 없는 초라한 출어제가 끝난 후 제상에 차려진 음식들이 조각조각 바다로 던져진다. 신화가 없는 나라의, 가난하고 성급한 자들의 고수레였다.

"해신이시여, 이 배를, 이 선원들을 당신의 노여움으로부터 지켜주소서."

황금 양가죽을 찾아 먼바다로 나서는 아르고호의 원정을 위해 해변에 모였던 희랍인들의 장엄한 행렬이나, 제물로 바쳤던 흠 없는 검은 황소의 넓적다리를 떠올리며 일수는 눈을 감은 채 뒷짐 진 손만 꼼지락거렸다. 회사 간부가 음복이랍시고 선장을 비롯한 간부 선원들에게 일일이 퇴주잔을 돌릴 때는 한심한 생각마저 들었다.

황금 양가죽은 희랍의 많은 영웅 군주들이 눈독을 들였던 값진 보물이다. 지금 일수나 선원들에겐 태평양의 마구로가 바로 그 황금 양피다. 아르고호는 펠리온 산기슭에서 아테네 신의 지휘하에 바다에서 썩지 않는 재목으로 만든, 50개의 노를 가진 장엄한 배였다. 이것은 그리스인이 큰 바다를 용감하게 항해한 최초의 배이기도 했다. 선장 이아손은 아르고호가 완성되자마자 배를 바다의 신 포세이돈에게 바쳤으며, 출범에 앞서 포세이돈과 모든 바다의 신에게 엄숙한 봉헌식과 기도를 올렸다.

출어제가 끝나고 회사 직원들이 배에서 내리자 키를 반쯤 낮춘 출항기가 걸린다. 그러나 선장은 잠시 뜸을 들였다. 이때다 하고 선원들은 모두 뱃전에 몰려나와 가족들과 석별의 정을 나누었다. 기다리기에 지쳤다는 듯 그들은 일시에 자식이나 남편의 이름을 목청껏 내질렀다.

"어데 다치지 말고 잘 댕기오니라."

"건강하거라. 몸성히 다녀오니라."

"용아 아부지, 나가 있응께 집안일은 걱정하지 마시이소."

이별의 경험이 처음인 젊은 선원들은 성급하게 손등으로 눈물을 훔치고 있었다. 그들이 가야 할 바다는 이역만리 열대의 나라였다.

"택아, 이 할배가 처이는 봐놨응께, 돌아오면 장개 들어야 한다이. 알아들었제?"

두루마기에 파나마모자를 쓴 키 큰 노인의 목소리가 바람을 가르며 갑판 위로 뛰어 올랐다.

일수는 배가 꽁무니를 돌려 선수가 한시바삐 바다로 향하길 초조하게 기다렸다. 이별이란 단어는 듣기만 해도 슬펐다. 6·25 전쟁으로 인한 이산가족의 고통이나 수많은 피란민들의 애환과 유사한 기우가 선원가족들의 흉중에 만연해 보였다. 어쩌면 더 깊숙한 곳에 일제 말기 남양군도로 끌려간 징용자들에 대한 낡고 무망한 슬픔까지 사무쳐 있는 것도 같았다.

일순 쿵쾅거리는 엔진소리가 뱃전의 소음을 압도했다. 정확히 오후 6시였다. 비트에 묶여 있던 굵은 로프가 이물과 고물 위로 던져진다. 선수에는 초사가, 선미에선 2항사가 상황을 지휘하고 있었다. 부두의 선석에 바짝 다가선 가족들의 손 휘적임이 바빠졌다. 눈물 대신 흰 손수건을 흔들어대는 것은 언제 적 풍습이던가. 계류색이 해제됨과 동시에 일수는 비로소 자신이 뱃사람임을 깨닫는다. 당분간 육지의 풍경은 잊어버리고 오직 바다만 바라볼지어다.

선장이 조타수에게 스타보드*와 포트사이드**를 짧게 몇 차례 반복하며 방향을 잡았다. 배는 슬로우 엔진으로 조금씩 좌우로 몸을 틀며 나아갔다. 부두를 벗어나자 뱃고동이 길게 울렸다. 선수가 오륙도를 향해 방향을 잡자 탄식과 오열로 범벅된 이별의 예식이 비로소 끝이 났다.

---

* 우현(右舷), (배의 키를) 우측으로 돌리는 것을 말한다.
** 좌현(左舷), (배의 키를) 좌측으로 돌리는 것을 말한다.

2
한국 원양어업의 아버지

　지남(指南)2호, 700마력 니카타 엔진을 갖춘 102톤급 강선(鋼船)이다. 원조자금 15만 달러를 투입하여 지남3호와 함께 일본에서 건조한 배로, 1959년 4월 부산에서 인수받은 이후 이미 사모아를 두 번이나 다녀왔다.

　갑판에서는 선원들이 미처 끝내지 못한 어구(漁具)정리에 몰두하고 있었다. 일수는 비좁은 브리지에서 선장의 입만 유심히 살폈다. 강정중(姜正中) 선장은 마산고등학교를 니온 일수의 10년 선배로, 나이는 34세였다. 6·25전쟁 때 미 해병대에서 영어통역관으로 근무했고, 제대 후 대일무역선을 오래 탔다고 했다. 일수는 그가 3년 전, 화양실업 소속 화양호에 1항사로 탔다가 깡패 같은 선장의 몽둥이 찜질에 학을 떼고 사모아에서 중도하선을 했다고 초사에게 들었다.

　선장이 당직일 때면 일수는 무조건 선장 곁을 지켜야 한다. 2항사의 직책을 받을 때까지 꼬박 일 년 이상은 선장을 선생으로 받들어 모셔야 했다. 그로부터 밤하늘의 수많은 별과 바다의 바람을 배워야 하고 조선(操船) 및 항해술과 어법(漁法) 등을 익혀야 한다. 대일무역선 선장의 경험을 가진 그에게 시모노세키향 뱃길은 눈 감고도 갈 수 있을 터인데 원양어선 선장으로는 첫 항차인 선장의 얼굴은 뜻밖에도 굳어 있었다.

오륙도를 벗어나자 출항기가 내려졌다. 시모노세키를 향해 침로를 정한 배는 이제 전속으로 질주한다. 선장은 초사에게 브리지를 맡긴 후 해도실 아래 자신의 방으로 내려갔다. 자신의 당직시간을 예비한 듯 2항사도 슬며시 브리지를 떠났다. 출항 준비로 며칠 동안 밤잠을 설쳤건만 초사는 책임감 때문인지 마냥 긴장을 늦추지 않고 있었다. 일수는 지금 선교에서 딱히 할 일은 없었으나 브리지를 떠나고 싶지 않았다. 뱃길을 익힘과 동시에 하늘의 나는 새까지 무엇 하나 놓치고 싶지 않았던 것이다.

"초사님, 저는 브리지에 좀 더 있다가 내려가겠습니다."

일수는 수석항해사나 1항사란 호칭보다 초사라는 말이 더 정겹게 입에 붙었다. 초사의 당직 보조인 실항사 A는 일수와 졸업동기인 서울 출신 최한구였다. 한구 옆에서 잔심부름이라도 하겠다는 시늉으로 일수는 선교에 남았다. 연안 항해 때 사용하는 지문항법(地文航法)을 상기하며 레이더에 눈을 맞추고 검은 화면에 가뭇가뭇 돋아나는 흰 반점들을 읽어낸 뒤 그것이 어떤 지형지물을 가리키는지 해도와 바다를 번갈 아 살피기도 했다.

늦가을 바다에는 어느새 짙은 어둠이 깔려 있었다. 수평 선 근처 몇 점의 항해등만이 소리 없이 반짝일 뿐이었다. 견 시를 핑계로 일수는 선교를 벗어나 우현 상갑판에서 대한해 협의 차가운 바람과 마주 섰다. 방한복 모자를 덮어쓰고 지 퍼를 턱밑까지 채웠다. 그때 집을 지키고 계실 어머니 얼굴이 떠올랐다. 옷 보따리를 챙겨 들고 집을 나설 때, 울음이 차올 라 목울대가 떨리던 어머니였다. 부두까지 극구 따라오겠다 던 어머니를 말린 것은 통속적인 눈물은 이제 더 이상 흘리 지 않겠다는 일수 나름의 결기였다.

"내가 어데 죽으러 갑니꺼? 군대 3년 갔다 오는 친구들도 천진데…. 인자는 새벽에 영도다리 건너 오륙군병원까지 채 소 받으러 댕기지 말고 시장에서 반찬이나 쉬엄쉬엄 맹글어 팔고 그라소. 이 돈이면 어머이 혼자 내 돌아올 때꺼정 손 하 나 까딱 안 해도 될 낍니다. 우짜든지 어머이는 몸 간수나 잘 하시이소."

회사에서 전도금으로 받은 돈은 16만 원이었다. 그는 출항 전 친구들과 쓰고 남은 15만 원을 어머니의 손에 쥐어주었 다. 사라호 태풍이 고향의 집과 마당을 쓸고 가기 전까지만 해도 아버지가 잊을 만하면 부쳐주던 멸치포대가 생활비의 밑천이었지만, 부산으로 올라온 후 어머니는 여태껏 영도 남항시장의 길바닥에서 채소를 팔아 그를 키우며 생계를 꾸려왔다.

1인당 국민소득이 100달러 남짓인 남한은 북한보다 더 가난했다. 일제가 남농북공(南農北工)을 장려한 결과였다. 그러므로 누구든 닥치는 대로 일을 해야 굶지 않고 살 수 있었다. 깡통을 들고 시장 골목을 파리 떼처럼 몰려다니던 전쟁고아나 팔다리가 불구인 넝마주이 상이용사의 모습이 오히려 친근한 풍경이었다. 방적공장에 다니는 이웃집 누나의 월급이 3천 원이었고, 일수의 한 학기 대학등록금이 3만 원이었다. 그래서 비록 실항사의 전도금일지언정 일수가 받은 액수는 큰돈이었다. 이는 사모아 현지에서 파는 알바코 한 마리 값이 5달러 내외였기에 가능한 일이었다.

수산대학 어로학과를 들어갈 때만 해도, 그는 졸업하여 장차 연근해 꼬둘배* 선장이면 족하다고 생각했었다. 마구로배가 처음 등장한 것은 일수가 입학하던 그 무렵이었지만, 그것이 황금알을 낳는 거위가 되어 불과 수년 만에 10척으로 불어난 것은 상상조차 하지 못한 일이었다.

자갈치를 어슬렁거리며 일자리를 구하는 선원들은 어느새

---

* 고등어 건착선

마구로배를 입에 달고 다녔다. 참치라는 물고기 이름이 생기기 전이었다. '다랑어'란 명칭이 있었지만 사람들이 잘 쓰지 않았고 공식적으로는 튜나(Tuna), 선원들에겐 일본어인 마구로가 대세였다. 마구로는 어장에서 많이 잡히는 알바코(Albaco), 스워드 피시(Sword fish), 옐로 핀(Yellow fin), 빅 아이(Big eye), 마린(marline)류라 일컫는 물고기의 통칭이다. 이 중 제 값을 받는 어종은 사모아 현지 미국 통조림 가공공장의 주원료인 알바코였다.

마구로배 선원 선발의 일 순위는 단연 인도양 시험조업에 경험이 있는 자들이었고 다음으로 상어연승어선을 탄 자들이었다. 해가 지날수록 큰 돈벌이가 된다는 소문이 무성해지자 선장을 비롯하여 기관장이나 갑판장에게 연줄을 대거나 회사의 직원들에게 돈 봉투를 들이미는 작자들이 선사(船社) 앞에서 장사진을 이루었다. 대략 일 년 반을 바다에서 살다 오면 웬만한 집 한 채나 논 다섯 마지기 살 돈을 손에 쥔다는 이야기가 파다했기 때문이다.

배는 구로시오 해류가 북상하는 검고 푸른 바다, 현해탄(玄海灘)을 가로지른다. 어두운 밤이라 물빛을 볼 수는 없었지만 차가운 서풍이 닦아내는 밤하늘은 흑진주처럼 윤기가 흘렀다. 검은색 융단 속에 촘촘히 박힌 하늘의 별들은 보석처럼 찬란했다. 배를 밀어내는 엔진소리도 안정적이다. 그러나 시운전을 마친 엔진이나 냉동기를 일본에서 따로 손보지 않아도 된다고 호언한 기관장의 말은 더 두고 볼 일이었다. 최종 목적지인 사모아까지는 왕복 5,000마일의 항정이었기 때문이다.

야간당직 시간에 맞춰 2항사가 실항사 B와 함께 교대할 조타수를 대동하고 나타났다. B는 최한구와 마찬가지로 일수와 동기인 대구 출신 박진수였다. 일수는 그와의 친분을 핑계로 선교에 더 남아 있기로 했다. 잠을 자거나 책을 읽기엔 아까운 시간이었다.

자정이 가까워지고 있었다. 일수는 선교에 좀 더 머물 생각으로 성도(星圖)를 꺼내 북극도(北極圖)를 펼친 채 우현 상갑판으로 나섰다. 진북(眞北) 방향을 가늠하여 하늘을 향해 고개를 들고 큰곰자리(Ursa Major)의 일부인 북두칠성을 찾았다. 자루 달린 국자처럼 생겼다 해서 옛날 중국에서 지은 이름이었다.

북극성을 찾으려면 지극성(指極星)이라 불리는 북두칠성 중 2등급의 상용항성(常用恒星)인 메라크(Merak)와 두베(Dubhe)를 먼저 찾아야 했다. 선장이었다면 북두칠성 대신 먼저 작은곰자리(Ursa Minor)를 찾아 그 작은 바가지의 손잡이 끝에 위치한 북극성을 바로 가리켰을 것이다. 노련한 항해사는 북극성을 중심으로 북두칠성과 대칭되는 곳에 W자형의 카시오페이아(Cassipeia)자리도 쉽게 찾는다고 했다. 일수는 북극성을 찾는 데만 무려 10여 분을 허비했다. 학생 시절 실습을 더러 했었지만 막상 현장에 닥치니 낯설기만 했다. 뜬금없이 어두운 밤하늘처럼 가슴이 답답했다. 하늘의 별과 바다의 물고기를 찾아 앞으로 얼마나 많은 나날을 바다에서 헤매야 할지 설핏 두려운 마음이 들었던 것이다.

"어-이, 일수 별 보고 왔나? 커피 한 잔 타볼래?"

2항사 김병옥은 대학 2년 선배로 서울 출신이었다. 그는 남포동의 백조 음악다방을 자주 애용했다는 자칭 커피 중독자였다. 그가 일수에게 건넨 것은 국제시장에서 암거래되는 미군 PX 커피깡통이었다. 침실에 두고 혼자 몰래 타 먹는 개인 기호품이었지만 야간항해 당직이라 손수 선교에까지 들고 온 것이리라. 한 잔에 60원 하는 다방커피는 가난한 일수에겐 언제나 언감생심이었다. 군사정부는 외화절약을 이유로 당장 커피 수입을 금했으므로 한동안 다방들은 문을 닫는 대신 위스키나 사이다 등의 음료를 팔고는 했다.

구국을 위해 군사혁명을 일으켰다는 장군과 가장을 잃은 일수는 한시바삐 가난으로부터 벗어나야 한다는 생각에는 일치했다. 커피 잔에 넣을 각설탕을 찾아 선반을 뒤지자 2항사가 "블랙!" 하며 그를 멈춰 세웠다. 곧 닥칠 자정부터 미드워치인 새벽 4시까지는 선장님의 당직이다. 그 시간에 일수는 다시 선장을 보좌해야 한다.

"내일 아침에 1항사님 대신 천측(天測)이나 해보지 그래. 천측 때문에 내일부턴 당직 시간도 바뀔 거야."

당직 인수인계를 서두르던 2항사가 장난 삼아 또 일수를 건드렸다. 딱히 명령은 아니었지만 선배로서 실습기회를 주려고 한 말이거나 늦잠을 자지 말라는 가벼운 주의라고 생각했다. 천측이란 말을 듣고 나니 일수는 공연히 오줌이 마려웠다. 천측을 하려면, 특히 별자리를 찾으려면 일출과 일몰시간의 박명(薄明)을 이용해야 한다. 이 일은 초사의 몫이다. 반면 태양을 보고 자오선 고도를 재어 선박의 정오 위치를 재는 일은 2항사가 맡는다. 주야로 4시간씩 돌아가는 당직이므로 선장과 함께하는 일수는 내일부터 오전, 오후 8시부터 12시까지가 당직시간이 된다. 그러므로 그는 천측업무에는 열외였다.

선수(船首) 오른편으로 솟아오른 검은 물체는 대마도의 머리로 읽혔다. 최대 선속 10노트인 배는 시모노세키항까지 앞으로 6시간을 더 달려야 할 것이다. 그때였다. 문득 일수의 귀에 엔진의 구동소리가 왠지 거칠게 들렸고 간헐적으로 진동도 뒤따랐다.

자정이 되자 선장이 선교에 나타났다. 2항사가 엔진소음과 선체진동에 대해 보고했다.

"음, 나도 느꼈어. 기관장 올라오라고 해."

일수가 부리나케 기관실로 통하는 구리관의 나팔에 입을

대고 기관장을 호출했다. 곧이어 숨을 헐떡이며 기관장이 올라왔다. 기름 묻은 작업복을 입은 기관장은 진즉 기관실에서 엔진상태를 점검하고 있었던 듯했다. 남해 출신의 48세 정갑석 기관장은 잔뜩 걱정스런 얼굴로 가쁜 숨을 몰아쉬며. 선장이 묻기도 전에 먼저 입을 뗐다.

"크랑크 샤후트(Crank Shaft) 발란스에 이상이 생긴 것 같심니다. 크랑크 2번에 메인 베아링(Bearing)이 우짜몬 일부 손상된 걸로 보입니다. 피스톤 핀까지 고착될 낀가 걱정도 되고… 크랑크 케이스나 실린더 블럭에 균열이 날 정도의 진동은 아입니다만 자칫 크랑크 메탈까지 고착되몬 큰일 아입니꺼."

"멀쩡하던 배가 갑자기 그럴 일이 있겠소? 엔진의 이상 징후를 기관장은 이 배 인수할 때 들어보지도 못했소?"

"전임 기관장이 지나가는 소리처럼 쪼깨 합디다만, 회사에서 엔진을 새로 앉혀야 한다는 야기를 안 해서 한국에선 기름때 벳끼고 피스톤 링구(ring)나 베아링 같은 부속만 교환한 기 전부라예. 지남3호하고 똑같이 지은 새 배라 시운전 할 땐 설마 했어예. 그때는 엔진 소리도 이렇지 않았지예."

"기관장은 이 엔진소음의 원인을 뭐라고 짐작하오?"

"원인은 여러 가지지예. 터보 차자(Turbo charger)에 이상이 있거나, 흡배기발부의 죄임쇠 간격(Valve Clearance)이 안 맞거나, 노즐(Nozzle)에서 기름이 샌다거나, 분사 상태가 안 좋을 때 그라지요. 크랑크 참바(Crank Chamber)에 기름이 고여 있어야 하는데… 그래서 저는 크랑크 샤후트에 이상이 있다고 짐작합니다."

"크랑크 샤후트라구요? 그럼 항해 중엔 정확한 진단이 어렵겠구먼. 이 배 건조한 데가 어디죠?"

"시코쿠에 있는 도쿠시마 조선소입니더."

"알았소. 하루쯤 더 달려도 괜찮겠지요?"

"예… 선장님. 그란데 속도를 조금만 낮춰 가입시더."

"알았소. 하프엔진으로 가봅시다. 기관장은 엔진상태를 계속 유심히 관찰하도록 하고…."

기관장이 선교를 떠나자 선장이 일수를 불렀다.

"실항사, 지금 당장 통신장 깨워. 엔진상태 알리고 우리 배는 시모노세키 대신 도쿠시마 조선소로 간다고 해. 이깝*이나 어구 보충도 가능하면 도쿠시마항에서 할 거니깐 미리 대리점에 수배해달라고 요청해."

기관장이 설명하던 엔진의 기계적 용어는 일수의 귀에 생소하여 앞뒤를 맞출 수가 없었다. 그러나 크랑크 샤후트가 배의 척추란 것은 분명했다.

강 선장은 잠시 골똘히 생각에 잠겼다. 기관 수리에 따른 비용이나 시간낭비를 따져보는 것 같았다. 2호가 자매선인 3

---

* 미끼의 전남 방언

호에 비해 엔진상태가 불량하다는 것은 선장도 이미 알고 있었다. 그러나 자체수리를 해보고 시운전 결과에 큰 하자가 없으면 한 어기(漁期)를 더 해도 되지 않겠느냐는 것이 회사의 방침이었고, 강 선장도 무심코 그에 동의했던 것이다. 엔진의 진동과 소음이 배의 척추인 크랑크 샤후트의 이상이라면 안전조업을 위해 당장 결단을 내려야만 했다. 기관이상을 발견한 시점이 남태평양의 한복판이었으면 여간 낭패가 아니었을 것이다.

강 선장의 면모는 일견 조선왕조 성종(成宗) 때『표해록(漂海錄)』을 남긴 최부(崔溥)를 연상케 했다.『표해록』을 읽고 일수가 느낀 최부는 꼿꼿하고 꿋꿋한 조선 선비의 표상이었다. 선원들과 수행원들에 대한 그의 학문수련에 근거한 엄정한 상황판단과 안목이 더욱 그랬다.

일수가 최부를 알게 된 것은 동경수대(東京水大)를 유학한 어느 젊은 교수를 통해서였다. 그는 일본에서 동양문고 중 1권으로 발간된『당토행정기(唐土行程記)』란 제목의 책을 사서 읽었는데 알고 보니 조선『연행록 선집』의 첫머리에 놓인 최부의『표해록』이었다. 일수는 최부의 그 글이 임진왜란 때 일본으로 건너간 사실에 놀랐고 일어로 번역된 것이 1769년이었다고 해서 더욱 놀랐던 기억이 지금도 생생했다. 우리나라에는 국역본조차 없던 시절이었다. 그 충격을 잊지 못해 일수는 대학 2학년 여름방학을 틈타 교수에게 책을 빌려 일독

하는 귀한 시간을 가졌다.

최부는 육지에서 도망간 노비나 죄인들을 색출하는 추쇄경차관(推刷敬差官)의 임무를 받고 제주도로 내려갔다가 갑작스런 아버지의 부음을 듣는다. 윤달 1월 초였다. 겨울의 거친 날씨를 걱정한 주위의 만류를 무릅쓰고 상복을 입은 채로 제주도에서 나주를 향해 출발한 배는 결국 추자도 부근에서 폭풍우를 만나 남쪽으로 표류하기 시작했다. 거듭되는 황파 속에 돛이 쓰러졌고 배에 물이 차올랐다. 하늘의 도움으로 표류한 지 보름 만에 중국의 절강성 영파부 하산(下山)에 표착할 때까지, 그는 너나없이 다 죽게 되었다며 난리가 난 배 안에서 지휘관으로서 한 번도 흐트러진 모습을 보인 적이 없었다. 43명에 이르는 그의 일행 중 단 한 명도 목숨을 잃은 자가 없었다는 점이 이를 증거하고도 남았다.

특히 표착 직후 굶주림과 조갈로 헐벗은 그들에게 들이닥친 해적이나 무람한 중국 수병(水兵)들을 피해 육지로 달아나는 기지를 발휘한 장면은, 관헌에 끌려가는 과정의 극심한 고초에도 불구하고, 이후 전개된 정황들을 볼 때 간악한 지방 군인들에게 왜구로 몰려 생죽음을 당하는 화를 모면하게 한 지휘자로서의 뛰어난 영민함을 보여주는 것이었다.

조선의 관원이란 신분이 밝혀진 후, 중국 내륙을 거쳐 약 6개월 만에 압록강을 건너 귀국할 때까지 그들의 귀국길을 호송했던 수많은 중국 관리들은 경(經)과 사리에 밝고 문언(文

言)이 영롱한 최부를 하나같이 존숭하며 환대했다고 한다.

　북경에서 명나라 황제의 포상을 받으러 입궐할 때를 제외하곤 배에서도 길에서도 앉으나 서나 상복을 벗지 않았다니 그 효심이 얼마나 지극하며 그 성품은 또한 얼마나 염결(廉潔)했던가. 그 해 최부의 나이가 강 선장과 동갑인 34세였다. 두 사람의 나이를 재다 보니, 일수가 강 선장 앞에서 조선 선비 최부를 연상한 것은 결코 우연이 아니란 생각이 들었다.

　"실항사, 우리가 간몬(關門)해협을 통과하면 우베항을 보고 침로를 꺾어 세토나이카이(內海)로 진입한다. 태평양과 이어지는 나루토해협을 지나야 도쿠시마항에 닿는다. 시코쿠 섬의 머리 위를 한 바퀴 돈다고 생각하면 돼. 하프엔진으로 달리니 아침 8시가 좀 넘어 시모노세키항을 지날 게야. 인수인계에 차질이 없도록 해."

　일본의 간몬해협은 진입방향에서 왼쪽이 시모노세키, 오른쪽이 기타큐슈다. 일본 내해로 들어가는 지름길이라 항행선박들이 많고 어떤 곳은 폭이 좁고 유속이 빨라 좌우 견시가 필수였다.

　"실항사, 자네는 왜 마구로배를 탈 생각을 했나?"

　나루토해협을 찾아 해도를 살피던 일수에게 선장이 뜻밖의 질문을 던졌다. 돈을 벌어 끔찍스런 가난에서 벗어나고 싶었다는 말은 좀 유치하다는 생각이 들었다.

"넓은 바다가 보고 싶었습니다. 마젤란이 이름 지은 태평양을요."

"흐—음, 태평양을 보겠다고… 그것도 의미가 있겠군. 헌데 우리가 사모아까지 가 마구로를 잡게 된 경위를 자네는 얼마나 알고 있는가?"

"미국에서 원조 받은 워싱톤호를 지남호(指南號)라 이름 지은 사람이 이승만 대통령이었고, 1957년에 그 지남호로 인도양 튜나연승 시험조업을 성공으로 이끈 것은 제동산업(濟東産業)이고… 그 뒤의 얘기는 잘 모릅니다. 배만 있으면 어디든 가서 제 맘대로 잡는 마구로인 줄로만 알고 있지예."

"우리 회사 사장님 이름이 심상준(沈相俊)인 것은 알고 있나?"

"예, 또 우리 회사 지남호가 젤 먼저 사모아에 진출했다는 것까지는 압니더."

"우리가 지금 사모아에서 마구로를 잡아 귀한 달러를 벌게 된 것은 다 심상준 사장님의 덕이야. 내가 말하고 싶은 요점은 지남호의 사모아 진출이 한국 원양어업의 효시라는 게야."

선장은 심 사장에 관한 일화들을 조근조근 이어갔다.

선장의 말에 의하면, 심 사장은 국제적인 안목을 갖춘 열정과 수완이 탁월한 사업가였다. 입어협상을 위해 미국과 일본을 오가며 발휘한 그의 능력은 고려시대 서희(徐熙)의 외교술을 방불케 하는 기지와 배짱으로 빚어낸 가히 천재적인 솜씨였다. 지금 모두가 놀라고 있는 마구로 어업의 수출실적이나 동종 수산업계의 약진은 전적으로 그가 홀로 피땀으로 일궈낸 노력의 결과라는 것이다. 그러나 선장은 심 사장의 이 같은 개척자적인 공로를 칭송하는 사람은 우리나라에서 이승만 대통령을 빼곤 아직까지 한 사람도 보지 못했다고 했다.

"나는 우리 사장님이 훌륭한 사업가이자 동시에 국가 경제 부흥에 불씨를 당긴 진정한 애국자라고 생각해."

선장의 이야기는 쉬이 멈출 것 같지 않았다. 일수가 어릴 때부터 수평선 너머를 그리워한 것은 넓은 세상을 직접 체험하고 그 세상 사람들의 삶을 배우겠다는 막연한 꿈이었다. 그러나 선장의 얘기를 듣고 나니 그는 내 나라 사정도 제대로 모르면서 무턱대고 바다 밖의 세상만을 동경해서는 안 되겠다는 생각을 했다.

"선장님, 우리 사장님을 그렇게 칭송하시는 연유를 더 듣고 싶습니다."

"그래, 들어보게. 지남호는 미국의 원조자금으로 1949년 3월 한국에 들여온 '워싱턴호'인데 230톤급, 600마력 디젤엔진에다가 어종에 따라 빙장과 냉동이 가능한 냉장실, 급냉실은 물론이고 방향탐지기, 수심탐지기, 어군탐지기 등 전자 장비를 고루 갖추어 트롤, 연승, 건착어업 등을 할 수 있도록 설계된 종합시험선이었어. 딱한 것은 당시 우리나라 정부에는 최신 설비를 갖춘 이 배를 제대로 다룰 줄 아는 사람이나 적당한 용처를 구할 사람이 아무도 없었던 게야."

그 용도를 찾지 못해 고심하던 정부로부터 제동산업이 지남호를 불하 받은 것은 1951년이었다. 제동산업은 이 배를 연안조업에 활용하려고 백방으로 연구했지만 결국 연안어업에는 부적합하다는 것을 알게 되었다. 당시 업계에서는 지남호를 '흰 코끼리'라고 불렀다고 한다. 이것은 인도의 풍습 즉, 원수의 집에 코끼리를 보내면 받은 사람은 그 코끼리를 팔거나 죽여서는 안 되고 늙거나 병들어 죽을 때까지 먹여 살려야 하고, 그렇지 않으면 더 큰 재앙이 닥친다는 인도의 미신에서 유래된 말이었다.

"원양으로 눈을 돌리게 된 것이 바로 그 때문이었군요."

"그렇지, 심 사장은 일본처럼 우리도 마구로를 잡으러 가야겠다고 마음을 먹게 된 거야. 그 결과 1957년 상공부의 수산국이나 해무청의 적극적인 지원을 얻어 이루어낸 인도양 마구로 시험조업 얘기는 자네도 잘 알고 있다고 보네."

선장이 거듭 강조한 것은, 마구로 어업에 관한 한 황무지나 다름없는 환경에서 이루어낸 지남호의 시험조업이나 상업적 조업에 이르기까지 제동산업이 겪었을 수많은 인고의 시간과 미·일을 오가며 벌인 눈물겨운 입어 협상과정이었다. 그것은 보통사람이었다면 엄두도 못 낼 일이었으며, 한국 원양어업의 개척자로서 손색이 없는 심 사장만의 탁월한 식견과 열정이었다는 것이다.

"무턱대고 인도양 시험조업을 한 것은 아니었을 텐데… 그 동기가 뭐였습니꺼?"

"아니 땐 굴뚝에 연기가 날 리 있겠는가. 심 사장은 미 국무성을 통해 미국의 참치 통조림 가공회사 '밴 캠프(Van Camp)'에 한국어선의 입어에 대한 의사타진을 하게 된 거야. 6·25 전쟁이 끝나갈 무렵인 1953년이었어. 미국에 다리를 놓은 사람은 한국 선교사의 아들로 개성에서 태어난 '웜스'라는 사람인데, 미군정 시절 더치 군정장관의 특별보좌관이었다고 해."

'밴 캠프'의 반응은 일언지하 '노'였다. 대놓고 문전박대를 한 건 아니고 곤란하다는 얘기였다. 그들은 외국원조로 먹고사는 한국이 튜나(Tuna)를 잡을 만한 기술이나 장비며 배를 띄울 자금이 어디 있으며, 이미 계약을 맺고 있는 일본 조업선만으로도 원료공급은 충분하니 공연한 일로 논란을 일으키기 싫다는 생각이었다. 그러나 이 같은 비관적인 반응에 쉽게 물러설 심 사장이 아니었다. 그는 특유의 기지를 발휘하여 '웜스'에게 다시 다음과 같은 전령을 보냈던 것이다.

'전후 일본 경제는 급속도로 성장하고 있다. 따라서 인건비 상승이 하루가 다르게 높아가고 있다. 또한 경제성장에 따른 국민소득의 증대는 젊은이들로 하여금 고된 노동을 기피하게 만든다. 이는 미구에 닥칠 노동력의 노화를 의미한다. 이렇게 될 때 일본이 '밴 캠프'가 원하는 조건으로 어로활동을 계속할 것으로 보는가? 특히 일본은 어식민족(魚食民族)이므로 어느 단계에 이르면 수출보다는 내수용으로 더 많은 물량을 소화할 것이다. 그렇게 될 경우 귀사는 안정적인 원료확보가 힘들게 되고 일본의 어가인상의 요구에 직면하게 될 것은 불을 보듯 뻔하다. 심지어 일본은 귀사가 그들의 요구를 들어주지 않으면 조업선단을 당장 철수하겠다고 협박할 시건방진 민족이다.'

심 사장의 전령을 들고 '밴 캠프'를 찾은 '윔스'는 한술 더 떠 '제2의 일본이 필요하다'고 역설했다. 일본 선단에게 공급독점권을 주었다가 나중에 고생하지 말고 그 전에 한국을 경쟁자로 받아들이는 것이 좋을 것이라고 은근히 겁을 주었다는 얘기다.

놀라운 것은 '밴 캠프' 측으로부터 그 말에 일부 수긍하는 반응이 나왔고, 다시 갑론을박을 거쳐 한국의 입어를 허용하겠다는 최종 결론을 내렸다는 것이다. 단, 한국이 튜나를 잡았다는 확증과 이를 수출했다는 실적이 증명되어야 어선을 받아들이겠다는 조건이었다.

"내가 아까 심 사장을 두고 고려의 서희를 머리에 떠올린 것이 바로 이 대목이야. 자네도 알겠지만, 미국인들이 얼마나 합리적인 사람들인가. 그들을 설득시키는 데 이보다 더 명쾌한 논리가 어디 있단 말인가.”

“아– 내가 들어봐도 선견지명이라고 생각합니다.”

선장의 망설임 없는 구변에 일수는 시나브로 북채를 잡은 고수가 되어가고 있었다.

“‘밴 캠프’가 내건 조건을 갖추기 위한 첫걸음이 지남호의 인도양 시험조업이었어. 그것도 3년 반이 지난 뒤였지. 막상 ‘밴 캠프’로부터 어렵게 입어 허락을 받아내기는 했지만 당장 이용할 자원은 지남호 한 척뿐이었지. 그렇다고 하늘에서 별이 떨어지길 기다렸겠는가. 당시까지 국내에서는 마구로 조업을 해본 경험자가 전무했어. 그래서 선장이나 선원을 구하는 일을 비롯하여 어구구입이나 선박수리에 무진 애를 먹었던 거야. 얼마나 막막했으면 미국에서 튜나조업선 선장 출신을 기술고문으로 데리고 왔겠는가.”

“그럼, 마구로 어법을 미국으로부터 배웠다는 말씀인가요?”

“그 사람은 기초적인 어구설계에 관여했다고 보면 돼. 불행하게도 그는 배에서 전에 다친 허리가 도져 어장에 미처 도착하기도 전에 싱가포르에서 하선하고 말았지.”

그 바람에 정작 조업현장에서의 경험과 응용은 모두 자력으로 터득해야 했다. 인도양 시험조업은 정부의 지원사업이어서 해무청의 어로과장이 사업단장으로, 중앙수산시험장 어로과장이 기술지도관으로 동승했지만 그들도 일본에서 구한 어장의 데이터만 가지고 있을 뿐이어서 선장을 포함한 모두가 맨땅에 헤딩하는 꼴이었다. 다만 중요한 것은, 튜나시험조업선 지남호의 출어식이 개최된 1957년 6월 26일이 바로 대한민국 원양어업의 출발점이 된 것이다.

시험조업 기간의 우여곡절은 각설하고, 제동산업은 시험조업 결과 어획물 50톤 중 5톤을 노스웨스트 항공편으로 미국에 수출했다. 이를 근거로, 미국의 캘리포니아 롱비치에 있는 '밴 캠프' 본사를 찾은 심 사장은 11척의 배를 사모아에 띄워 연간 9천 톤의 물량을 공급하겠으니 선박운영에 따른 각종 자금을 지원해달라고 요청했고, '밴 캠프' 측에서 이를 쾌히 받아들여 문서로 응답한 것이라고 하니 통쾌한 일이었다.

"아- 그랬군요. 그런데 11척에 9천 톤이라니 너무 나간 것 아닙니꺼?"

일수가 최근의 척당 연평균 어획량 350톤을 염두에 두고 한 말이었다.

"자네 말이 맞아. 그러니 이건 어디까지나 심 사장의 통 큰 스케일과 배짱이라고 봐야겠지."

"그 뒤로는 사모아 진출이 일사천리였습니까?"

"호사다마란 말이 있지 않은가? 이 사실을 알게 된 일본 측이 '밴 캠프'에다 대고 한국의 입어결정을 철회하지 않으면 일본 조업선들을 당장 철수시키겠다며 공갈을 친 거야.

그러자 '밴 캠프'에서도 난리가 났지."

그 무렵 일본은 목선(木船) 80여 척으로 운영하던 선단을 내수시장을 고려하여 조만간 200척까지 늘릴 야심찬 계획을 세우고 있었다. '밴 캠프' 측도 일본의 거센 반발에 난감할 수밖에 없었다. 당장 급한 일도 아닌데 괜히 한국을 끌어들여 조업생산에 큰 차질이 생기게 되었다며 내부적으로 논란이 일었다.

이런 상황을 가만히 지켜볼 심 사장이 아니었다. 그는 조자룡 헌 칼 쓰듯 또 한번 놀라운 기지를 발휘하였다. 사모아 출어과정에 일본이 신세를 많이 져 그들이 결코 무시할 수 없는 사람, '밴 캠프'의 부사장을 대동하고 일본 도쿄에 찾아갔던 것이다. 사모아에 참치 어선을 보내고 있던 니치레이와 미쓰비시, 두 상사(商社)의 책임자를 불러 담판을 짓겠다는 결기였다. 미국 부사장의 입을 빌려 전하려는 그의 전략은 이랬다.

"우리가 한국의 입어를 승낙할 수밖에 없었던 것은 전쟁으로 폐허가 되다시피 한 가난한 한국의 경제를 살리기 위한 미국 국무성의 입장이다. 너희는 최근 한국전쟁으로 떼돈을 벌지 않았느냐. 사람들이 염치가 있어야지. 만약 너희가 절대 양보할 수 없다면 좋다. 너희들이 앞으로 15년간 지금의 계약어가(契約漁価)를 바꾸지 않겠다고 약속하면 한국의 입어 결정을 철회하겠다. 과연 그럴 수가 있겠느냐?"

앞으로 15년이라니? 한국 배는 고작 11척만 받는다는데…
더군다나 미 국무성의 압력이라고 하지 않는가. 노동자의 임
금상승으로 선원을 구할 수 없는 인력난을 당장 코앞에 둔
일본으로서는 억울하지만 버릴 수밖에 없는 카드였다.

"그 당시 정부 관리나 민간의 어느 누가 감히 이런 일을 혼
자 감당하여 해결할 수 있었겠어. 단순한 사업가라 해도 이
만큼 사리에 밝고 논리정연하기가 어디 그리 쉬운 일이었겠
느냐 그 말이야. 이제 아까 내가 우리 사장님이 서희를 닮았
다고 한 말이 이해가 되는가?"

"예, 이제 심 사장님이 국제적인 안목과 천재적인 경영능력
을 갖춘 분이란 선장님의 말이 이해가 됩니다."

한국이 11척의 배를 넣겠다고 한 약속은 6년 후인 올해 10
척으로 늘어나 간신히 체면을 세우게 되었지만, 어획실적은
당초 호언한 공급물량의 3분의 1밖에 안 되었다. 어획량은 5
할이 바다가 결정하는 것이기에 그렇다고 치자. 그러나 이
사업이 무엇보다 중요했던 것은, 배와 선원과 어로기술만 있
으면 나머지 운항경비는 모두 '밴 캠프'에서 선급으로 제공
하므로 이것이야말로 외화가득률 100프로인 사업이었던 것
이다.

선장은 얘기 도중 담배를 한 개비도 피우지 않았다. 시종
선수 쪽을 응시한 채, 어두운 바다를 배경 삼아 역사책을 펼
치듯 기억을 이어갔던 것이다. 선장의 곁에서 일수는 마치 재

미있는 영웅담을 듣는 기분이었다. 한편으론 마치 자신이 세상이란 넓고 깊은 바다에서, 먹이를 찾아 지느러미를 쉴 새 없이 놀리는 한 마리 작은 물고기라는 생각이 들었다.

"선장님, 정말 재미있습니다. 우리 사장님이 그렇게 대단하고 멋진 분이신 줄은 미처 몰랐심니다. 그런 국제적인 안목이나 협상능력이 그 시절 어떻게 가능했는지 저로선 상상이 가질 않습니다."

"우리 사장님은 1917년 함경남도 삼수 출생이야. 함흥고등보통학교를 졸업한 후 일본으로 건너가 1941년 메이지대학(明治大學) 상과를 졸업하셨다고 들었어. 함경도 사람의 기질을 누군가는 호랑이를 닮았다고 하더만. 아무튼 걸출한 인물이야."

특히 미국에서 '바다의 닭고기'라 불리는 튜나를 통조림으로 많이 먹어보았다는 이승만 대통령이 그 튜나를 남태평양에서 우리 손으로 직접 잡게 되었다는 소식을 듣고 크게 기뻐했다고 한다. 이에 넛붙여 선장은 심 사장이 개인직으론 구척장신에다 패션 감각도 출중해 주변 사람들로부터 멋쟁이로 소문난 분이었다고도 말했다.

"그러면 한 가지만 더 여쭙겠심니다. 그렇게 어려운 입어권을 따놓고 제동산업은 왜 다른 회사의 출어를 순순히 다 허용했습니꺼?"

"가장 큰 이유는 외화가득률 100프로 사업인데도 쉽사리 배를 건조하거나 중고선을 구할 자금이 없었기 때문이야. '밴 캠프'에선 11척의 배를 왜 빨리 넣지 않느냐고 성화를 부리는데, 처음부터 지남호 말고는 쓸 만한 다른 배가 국내엔 없었던 거지. 게다가 일본에서 선뜻 배를 신조할 자금도 없고 외상으로라도 배를 지을 변변한 조선소 하나 한국에는 없었으니깐."

그래서 지남호도 처음 입어계약이 성사된 후 5년이 지나서야 겨우 투입되었고 원조자금으로 지은 '지남2, 3호'는 그 이듬해 출어하게 된 것이었다.

심 사장은, 배 증척을 위해 시간만 보내고 있으니 이럴 바엔 내 욕심만 부릴 것 없다, 다른 수산 업체에게도 문을 열어 일본에 대적할 힘을 빨리 길러야겠다, 달러벌이가 이만한 사업이 어디 있겠는가, 우리 국민도 하루 빨리 잘 살아야지, 라고 생각했다. 더불어 제동산업에서 3척의 배를 띄운 50년대 말, 외화벌이가 만만치 않은 것을 보고 재계나 수산업계가 비상한 관심을 가지게 된 것은 지극히 당연했다.

"사업기득권을 놓치지 않을 놀부 욕심이었다면 그 수완 좋은 우리 사장님이 어디 가만히 있었겠어?"

"아– 그래서 주식회사 화양실업이나 동화 등이 잇따라 등장하게 된 거네요."

"그 때문에 그나마 올해 10척이 출어하게 된 거야. 그런데 이번에는 일본 정부가 또 딴죽을 걸고 나왔지 뭔가. 한국에

대한 중고선 수출과 신조선 금지를 공포한 게 그거야. 한마
디로 왜구들이나 하는 야비하고 치사한 짓거리지. 두고 봐,
돈은 생물이야. 일본정부가 우리를 견제하려고 암만 저래도
상거래란 물 흐르듯이 움직이게 되어 있어."

선장이 그때서야 입이 마른지 물을 찾았다. 오늘 일수가
들은 얘기는 학교에서는 결코 배울 수 없는 살아 있는 역사
였다. 시종일관 일목요연한 선장의 설명에 그는 속이 뻥 뚫
리고 머리가 맑아졌다. 『표해록』에서 중국 관리들을 감동시
켰던 최부의 문장과 언행이 다시 그의 머리를 스치고 지나갔
다. '모르면 배워야 한다'는 것은 만고의 진리였다. 한편 일수
는 어떤 현상에 대해 그 이면을 살피는 일도 매우 중요하다
는 사실을 깨달았다.

엔진소음과 진동이 어젯밤보다 많이 수굿해진 느낌이었
다. 간몬해협으로 들어서려면 앞으로 4시간이나 더 달려야
했다. 동녘이 희붐하게 밝아오고 있었다. 최부가 『표해록』에
서 표현했던 바로 그 지명(遲明)이었다. 번역자는 그가 새벽
의 모습을 6가지로 세밀하게 구분하여 묘사했다며 놀라움을
금치 못했다. 출렁이는 바다가 배를 요람처럼 흔들었다.

새벽 당직인 2항사가 올라와 선장에게 거수경례를 올렸다.
그제서야 일수의 눈에 잠이 몰려왔다. 꼬박 10시간을 선교에
서 서성거린 셈이었다. 바다에도 보이는 것은 사방천지 잠투

성이었다. 그는 2항사 병옥에게 선박상태 및 항로변경에 대한 인수인계를 끝내고 서둘러 침실로 내려왔다. 해협의 초입에는 미풍이 불고 있었다.

좁은 침대에 눕자마자 일수는 모포를 머리끝까지 덮었다. 어머니와 집 생각으로 잠시 몸을 뒤척였다. 바다에서 처음 맞은 밤은 혼곤했지만 잠은 달고 깊었다.

3

세토나이카이

아침 식사 자리에 실항사 셋이 모였다. 진수가 새벽 천측은 하늘이 흐려 하지 못했다고 말했다. 천측 연습을 해보겠다는 욕심은 세 사람 모두 꿀떡같았다. 카레라이스와 미역국을 앞에 두고 한구가 말장난을 쳤다.

"일수, 자네 실항사의 당직수칙을 외워봐!"

"예, 한구 교관님. 선장 또는 상급 항해사의 보좌, 명령전달, 텔레그라프(Telegraph) 신호 기록, 선박 위치 측정, 당직 조타수와 함께 근무. 이상입니다."

"진수 너는 선위측정을 아직 못 해봤지?"

"한구 너는 해봤냐? 누군가 우스개로 한 소리겠지만, 일본의 규슈 남단 분고수도(豊後水道)를 빠져나오면서 천측을 잘못해 적도가 아닌 하와이로 빠졌단 얘길 들어봤냐? 지금 배들이 점점 늘어나고 있잖아. 잘 하면 다음 어기에 다른 배 1

항사로 승격할 수도 있어. 그러니 우리 열심히 해보자고."

그때 일수의 등 뒤에서 통영 출신의 50세 갑판장 문태식의 새된 소리가 어깨너머로 튀어나왔다. 일수가 만났던 통영 사람들은 대부분 어조(語調)가 빨랐다. 말이 빠른 사람은 머리가 영리한 반면 신중하지 못한 게 흠이었다.

"실항사요, 우리 배가 도쿠시마 조선소로 간다맨서요?"

갑판장의 말을 정면으로 받은 한구가 답했다.

"크랑크 샤후트가 불안하다니 엔진을 뜯어봐야 알 것 같아요. 어장에 가서 괴기를 열심히 잡으려면 어쩔 수 없지요."

"전에 김 선장님 나갈 때 엔진 수리를 한 번 왕창 했다 아입니까. 3호는 멀쩡한데 우리 배는 와 그라꼬예?"

갑판장은 최근 신문 잡지 등에 항해기로 이름을 낸 김재철 선장 밑에서 이 배를 탔던 사람이다. 자식 같은 청년들에게 깍듯이 존칭을 쓰는 것은 바다 일을 천직으로 삼는 그들의 불문율이었다. 선장이나 항해사들은 기관부를 제외한 갑판부 선원들에겐 언제나 상전이었다. 여전히 한구가 인내심을 갖고 응수했다.

"쌍둥이도 속이 다르지 않습니까. 우리가 오버홀을 했다지만 부속이나 일부 바꾸고 청소하는 게 고작입니다. 원숭이도 나무에서 떨어진다고, 아무래도 그 잘난 일본 기술자들이 엔진 앉힐 때 실수가 있었나 봅니다. 그런데 갑판 일은 어찌 되어갑니까?"

"바다에서 노는 손이 있으몬 어데 되겠심니꺼. 부산서 싣고 온 어구부터 하나씩 꺼내 잘 챙기고 있심다."

모도(Main line, 幹繩)라고 하는 구라론사 로프에 콜타르 기름을 먹이는 일은 주로 헷또(Head Quarter master, 1갑원 또는 갑고수)가 지휘했다.

보숭(Boatswain/Bo-sun)이라 칭하는 갑판장은 유리에 '다마 떵고'라는 로프 망을 씌우는 일, 어구──에다(Branch line:枝繩)에 요리도리(Swivel)를 달아 그 밑에 세키야마(Wire leader)를 연결한 후 아이(Eye)를 만들어 낚시를 단 것──를 만드는 일, 고기를 들어 올리는 하카대(Hook)를 만드는 일, 대나무를 적당하게 잘라서 유리 부이(Buoy)에 연결할 수 있도록 묶는 일, 라이트(光) 부이 및 라디오 부이에 연결 줄을 만들고 보호망을 씌우는 일 등 할 일이 태산 같았다.

어구를 꾸미는 이 모든 작업은 어장에 도착할 때까지 계속해야 히는 섬세하고도 고단한 작업이었다. 초짜들은 생위손으로 손끝이 부어올라 밥 먹기도 힘들다고 벌써부터 징징 울고 다녔다.

배 어구나 선용품에 이르기까지 웬만한 용어는 죄 일본어였다. 1항사를 지칭하는 초사나 조리장을 낮추어 일컫는 화장(火匠)이라는 말은 일본식 조어(造語)고, 몽키스바나나 아시땅(Asten), 고-헤(Go ahead)처럼 영어에서 비롯된 말도 모두 일본식 발음이었다. 우리 손으로 만든 것이 아무것도 없었으니 당연한 이치고 일본어에 익숙한 자들이 여전히 물에만 밥알처럼 수두룩했기 때문이다. 국어순화에 대한 의욕이 아무리 앞선다 한들 교육과 산업의 국산화가 뒷받침되지 않았으니 어쩔 수가 없는 노릇이었다.

동양에서 제1, 2차 세계대전의 유일한 참전국인 일본의 근대역사를 아무리 인정한다 하더라도, 일본어를 배워야 한다거나 일본인을 닮아야 한다는 선배들의 말을 일수는 쉽게 납득할 수 없었다. 그것은 친일파들의 기회주의적 발상과 다름없는 짓이고, 일본인이란 민족은 곧 태생적으로 우리보다 우월하다는 식민지 시대의 패배의식에서 비롯된 말이라고 여겼기 때문이다. 그들은 언제나 입버릇처럼 이렇게 말했다.

"일본만 따라 하면 틀림없어. 배와 어구와 마구로에 관한 시작도 끝도 모두 일본이란 말이야. 장사를 해서 돈을 벌겠다는 사람들도 마찬가지야. 일본만 따라 하면 돼."

식사를 일찍 마친 선원들이 이 구석 저 구석에서 장기나 바둑판을 벌이고 휴식을 즐기고 있었다. 선교에 선장이 나타난 오전 8시, 8노트로 달려 온 뱃길이 예정보다 조금 이르다. 지남2호는 우베항을 지나 곧 세토나이카이로 진입할 것이다. 세토나이카이는 동서 450km의 길이에 남북 15~55km, 최대 수심 105m 내외인 '일본의 지중해'라 불리는 강 같은 바다다. 그러나 곳곳에 유속이 빠른 위험한 길목이 도사리고 있다. 특히 고대로부터 일본의 해양통로였는지라 수운이 번잡하여 레이더 응시는 물론이고 좌우 견시가 필수였다. 시모노세키 바로 밑에 위치한 우베항을 비켜나자 좌현으로 구레(吳)항을 지나치며 배는 곧장 세토나이카이로 들어선다. 해도를 펼쳐놓고 항로를 살피던 선장이 일수를 불렀다.

"세토는 좁은 여울이란 뜻이야. 이 길은 조선시대 200여 년간 12회에 걸쳐 부산에서 오사카까지 통신사가 오갔던 뱃길이지. 이곳 구레항은 2차 세계대전 때 일본의 유명한 군항이었어. 1945년 봄, 세계 최대 전함인 야마토호가 덴이치고(天一號) 작전이 떨어지자 여기서 오키나와를 향해 발진했다가 미국 잠수함에 발각되어 규슈 최남단으로부터 290km 떨어진 해역에서 두 동강이 나 침몰했지. 그래서 야마토호 하면 자주 언급되는 항구야. 기억해둬."

"항공모함이 아닌 전투함이었다는 건가예?"

"그렇지, 전투기를 신고 다니는 항공모함이 아니었어. 1937년에 일본이 GDP 1%를 투입해 3년 만에 건조한 세계 최대의 전함이야. 배수량 72,800톤에 전장 286m, 세계 최대 거포인 460mm 주포 9문을 비롯해 대포로만 162문이 장착된 어마어마한 군함이었어. 승조원만 2,800명이었다고 해."

야마토호는 당시 미국과 영국에 필적할 해군력을 키우려 지었다고 하지만, 정작 미국을 상대로 한 진주만 기습공격이나 미드웨이 해전 같은 태평양 전투에는 투입되지 못하고 해군기지에서 앉은뱅이로 발이 묶여 있었다.

"그러면 기동력이 우선이라는 점에서 작전 수행에 전혀 도움이 되지 못한 전함이었네예."

강 선장은 귀를 쫑긋 세우며 자신의 말을 경청하는 일수가 기특하다는 표정을 지었다.

"야마토호 같은 거함은 해전의 양상이 대포의 화력이 아니라 잠수함의 어뢰나 항공모함에 탑재된 전투기 폭격으로 바뀐 것을 내다보지 못한 얼간이 같은 작품이라고 보면 돼."

야마토호는 야마토다마시(大和魂)나 신주불멸(新主不滅)이니 하는 일본군부의 과대망상이 전쟁의 현실감을 떨어뜨린 결과로 탄생한 애물단지였던 것이다. 그들의 과대망상은 종당엔 '가미카제 독고다이(神風 特攻隊)' 같은 치졸한 옥쇄작전으로 치닫게 되었고, 물리적인 결함을 정신력으로 메꾸겠다는 고육지책이었다.

일본의 결정적인 과대망상은 진주만 기습인데, 결국 미국의 대대적인 반격을 초래해 급격한 자멸의 길로 빠지고 말았던 것이다. 당시 군사력으로만 따져도 일본의 30배가 되는 미국이 아니었던가. 제로센 전투기를 이용한 가미카제 특공대는 미신을 앞세워 현대전을 치른 대표적인 경우였다.

"그럼, 야마토호가 오키나와로 향한 것은 스스로 무덤을 판 작전이었네예."

"그렇지, 1944년 필리핀 레이테 해전에서 대패한 일본이 오키나와 섬까지 잃게 되면 일본 본토 함락을 막을 수 없다고 보고, 야마토호를 오키나와 해변의 모래톱에 좌초시켜 육상포대로 활용하겠다는 작전을 쓴 거야. 최후의 배수진이었어. 일본 해군에서도 바보 같은 짓이라고 반대한 자들이 많았지만 육군에서 일본군 전체가 죽기를 각오하는 판에 뭔 소리냐고 밀어붙였지. 결과는 해상침몰이었어. 오키나와로 가던 길에 미군 잠수함에 발견되어 항공기의 폭격을 견디지 못하고 두 동강이 난 게야."

레이테 해전에서 패한 일본군은 무력감과 절망에 빠진 나머지 오키나와 방어전에서는 가미카제 독고다이 외에 '오카(벚꽃)'라는 유인 미사일기까지 등장시켰는데 미군은 이를 '바카'라고 조롱했다. 적도에서 시작된 남태평양 전투에서 차례차례 패퇴해 밀려온 일본이 이때라도 현실을 냉정하게 직시했더라면 미국에 항복하는 결단을 내렸을 것이고, 그랬더라면 히로시마 원폭도 터지지 않았을 것이다.

일수는 선장이 들려주는 태평양 전쟁사에 입을 다물 수가 없었다. 내친 김에 레이테 해전의 시말도 알고 싶었다.

"선장님, 레이테 해전에 대해 조금만 더 들려주시면…."

일수의 학생 같은 질문에 선장이 빙그레 웃었다.

"정약용 선생은 유배지 강진에서 후학들에게 선경후사(先經後史) 즉, '사서(四書)로 나의 몸을 세우고 육경(六經)으로 나의 지식을 넓힌 뒤, 여러 가지 역사서로 고금의 변천에 달통하는 것이 바로 그것이다'라고 가르치셨어. 여담이지만 자네를 보니 다산(茶山)의 제자였던 스무 살 아래 초의(草依)가 생각나는구먼."

"추사 김정희와 친했다는 초의선사 말입니꺼? 선장님이 다산이라면 제가 기꺼이 초의가 되겠심니더."

선장은 일수의 그 말에 소리를 내어 크게 웃더니 다시 말을 이어갔다.

"레이테(Leyte)는 필리핀 중동부 해역의 비사야(Visayas)제도에 속한 섬이야. 주변의 세부(Cebu)섬에서 죽었던 마젤란이 태평양을 거슬러 올라와 최초로 땅에 발을 디뎠다는 바로 그 섬이지."

레이테 해전은 규모면에서 세계 최대라고 했다. 이는 1944년 10월 필리핀 진격을 개시한 맥아더 장군의 미군에 대항하여 일본의 주력해군이 총동원된 해전이었다. 가미카제 특공대의 결사항전으로 미군도 큰 타격을 입었지만 결과는 일본해군의 종말이었고 미군의 필리핀 탈환이었다. 야마토호는 이 전장에 처음으로 출전했다가 옆구리에 어뢰를 맞고 쓰러진 뒤 구레항으로 돌아와 수리를 했으나, 자매함인 항공모함 무사시호는 이 해전에서 미군 항공기의 폭격에 격침되었다.

"와- 선장님은 해전사(海戰史)까지 꿰뚫고 계시네예, 언제 그렇게 공부를 많이 했심니꺼?"

"음, 그런가? 나는 조선왕조가 그렇게 멸시하던 일본에게 왜 두 번이나 침략을 당하고 결국 식민지가 되었는지, 왜 일본이 1차 세계대전을 거쳐 2차 세계대전의 일방이 되고 종당엔 처량한 패전국이 되었는지 그게 늘 궁금했어. 그래서 대일 무역선을 탈 때부터 틈틈이 책을 찾아 읽게 된 거야."

지식욕이 강한 강 선장은 일수에겐 그야말로 다산 정약용 같은 훌륭한 스승이었다. 선장은 틀림없이 일본을 오가며 일본의 근대사나 해전사에 대한 책을 구해 읽었을 것이다. 그 밖에 조선 말기와 근대에 이르는 역사에 대해서도 마찬가지다. 최부 선생이 중국 관리들보다 중국의 고사에 더 밝아 그들로부터 존숭을 받았다는 이치와도 상통했다.

역사서를 읽어야 고금의 변천에 달통한다는 다산 선생의 가르침은 틀림없는 말이었다. 일수는 선장의 얘기를 듣고 나니 섬나라 일본인의 과대망상이 뭐였는지, 그들의 태생적 사고와 제국주의의 한계가 뭔지 어렴풋이 가닥이 잡히는 느낌이었다. 수평선 너머로 오매불망하던 그리움의 정체가 안개가 개이듯 점점 가시화되는 듯도 했다.

그러므로 선장과 당직을 서게 된 것이 일수에겐 큰 행운이었다. 항해 중 빈 시간에 책을 읽고 싶어도 선내에 비치된 것은 수영복 입은 여자 사진이 나오는 주간지가 고작이었다. 그래서 일수는 이번 기회에 선장을 통해 더 열심히 일본과 연관된 어두운 근대사를 배워야겠다는 생각을 하게 되었다.

정오가 지났다. 2항사가 브리지를 지키는 동안 일수는 진수와 함께 좌우로 나누어 견시를 자원했다. 물빛은 영롱하지 않았지만 아침에 흐렸던 하늘이 말끔히 개였다. 엷고 가벼운 햇살이 실바람에 일어나는 물비늘을 은빛으로 매만지고 있었다. 불어오는 바람은 섬사람들이 '샌마'라 부르는 동남풍이었다. 출어 당일 영도 부둣가에 몰아쳤던 그 바람이다. 추석 무렵에 자주 올라오는 저기압의 행로지만 오늘은 바람의 숨결이 다소 수굿한 것이 안심이었다.

　섬들이 가까이 다가올 때마다 진수가 달을 가리키듯 손가락질을 해댔다. 그러나 섬을 향한 그 손짓은 마젤란의 선원들이 내저은 타는 목마름은 아니었다. 다카미지마와 혼지마 섬을 지나고 나니 나오시마가 나타났다. 이름 없는 작은 섬들도 허다했다.

　큰 육지에 둘러싸인 이 바다를 유럽의 에게해에 비유하고, 동양의 지중해라고 부른다고 했다. 지중해니 에게해니 하는 말은 섬들이 에워싼 잔잔한 바다의 특징을 말한 것이겠지만, 호메로스의 「일리아스」 같은 대서사시의 발상지와는 거리가 멀어 보였다. 도쿠가와(德川)시대에 해상으로 일본을 오갔던 통신사 일행의 기록인 『해사록』 등에도 세토나이카이에 대한 특별한 기사는 찾아볼 수 없었다. 육로나 해로나 스쳐 지나가는 길은 그처럼 단순한 풍경일 뿐이었다. 날씨는 어제의 부산보다 따뜻했다.

일수는 무수한 섬들이 새 떼처럼 옹기종기 모여 있는 진도
와 신안 앞바다의 기억을 떠올렸다. 차이가 있다면 한국 서
남해의 섬들은 일정 지역에 밀집되어 있으나 이곳은 좌우로
길게 흩어져 있다는 점이었다. 지나치는 섬들의 모습이 군더
더기 없는 일본의 목조 가옥처럼 경쾌하고 산뜻해 보였다.
해안선이 움푹한 곳은 한국의 서해안처럼 조석 간만의 차도
있을 법했다.

남북으로 나뉘어 경계가 분명한 이 세토나이카이는 일제
시대인 1936년에 이미 국립공원으로 지정되었다. 일수는 그
러고 보니 호수 같은 내해가 잘 꾸며진 일본식 정원의 연못
같다는 생각을 했다.

일수는 어린 시절부터 섬을 보면 늘 그리움이 앞섰다. 섬
안에서 수평선을 바라보면 그 또한 끊임없는 그리움이었다.
그래서 섬과 바다를 바라보면 언제나 가슴이 설레었다. 이제
머지않아 큰 바다를 만날 것이다. 사방이 온통 바다뿐인 망
망한 곳에 떨어지면 과연 어떤 그리움과 마주할지 그것이 또
한 궁금했다.

진수가 당직이 끝났다며 상갑판을 떠났다. 뒤이어 초사와
함께 한구가 선교에 나타났다. 선체의 진동은 미미하나 엔진
의 소음은 그치질 않았다. 일수는 저 멀리 눈앞에 어른거리

는 데시마를 응시하며 상갑판 우현의 자리를 고수했다. 세토나이카이에서 제일 큰 섬인 아와지 섬을 만나려면 다음 날 7시나 되어야 할 것이다. 내해 입구에서 도쿠시마 조선소까지는 평균 15시간의 항해거리지만 지금의 속도라면 18시간이 걸릴 것으로 예상했다.

어둠이 내릴 때까지 일수는 지나치는 육지와 섬의 천연색 풍경을 결코 놓치고 싶지 않았다. 잔물결 이는 바다와 지나치는 섬들의 청량한 숲, 그리고 바다 위로 움직이는 배들의 모습이 마치 그림처럼 정갈하고 단아했다. 일수는 문득 그와 나이가 또래였던 영국의 찰스 다윈이 130년 전 남태평양과 인도양의 섬들을 섭렵했던 『비글호 항해기』를 떠올리며, 언젠가 때가 되면 자신도 한국연안의 섬들과 이곳 세토나이카이의 섬들을 두루 탐방할 기회를 갖고 싶다는 꿈을 품었다. 그의 꿈은 개안(開眼)을 위한 경험의 집적과 기억의 확장을 위해서였다. 무인도가 아닌 유인도를 가보고 싶다는 생각이 특히 앞섰다. 내 안의 것을 먼저 안 뒤 세상 밖을 보아야 한다는 생각이 더욱 머리에 자리를 잡았다.

차츰 사위가 어둑해지더니 하늘로부터 어둠이 내리고 항해등이 켜졌다. 좌현은 적색등(赤燈), 우현은 녹색등(綠燈), 선미는 백열등이다. 마주 보고 달려오는 배는 서로 녹등을 맞대고 교행해야 한다. 이것을 충돌예방을 위한 회피나 우회의 기준으로 삼는다. 이는 상호충돌이 예상될 경우 권리선과 피

권리선을 판단하는 근거이기도 하다. 뒤에서 빠르게 접근하는 배가 녹등이 보이면 좌현추월이고 적등이 보이면 우현추월이라고 판단한다.

어둠속에서는 배의 불빛밖에 더 바라볼 것이 없었다. 일수는 잠시 후의 당직을 생각하며 그때서야 자리에서 일어섰다. 내해에서는 천문항해를 하는 것이 아니므로 천측에 대한 조바심을 낼 필요가 없었다. 그러나 일수는 아침에 일찍 일어나려면 아무래도 잠을 설쳐야만 할 것 같았다. 아침이면 목도할 나루토해협의 들끓는 바다를 보기 위해서다. 단지 물때가 맞을지 그것이 궁금했다.

다음 날 오전 8시경, 아와지 섬이 나타나자 나루토해협을 향해 배가 남쪽으로 침로를 꺾었다. 일수는 다가오는 나루토대교를 선장과 함께 바라보았다. 다리 밑으로 소용돌이치는 물결과 백파가 들끓고 있었다. 잠시 후, 바다가 우는 소리를 냈다. 태평양을 향한 날물이었다. 어젯밤에 일수가 본 달은 하현에서 조금 더 기운 것이었다. 그러므로 조금으로 가는 소조(小潮)인데, 바다의 우는 소리가 일수의 귀에는 크게 들렸다.

"들물과 날물의 중간쯤엔 바다에서 '달의 목소리'라고 하는 큰 소리가 울린다고 해. 봄가을의 큰 물때에는 소리가 이보다 더 웅장할 거야."

지금은 소조지만 조석 간만의 차도 평균 1.5m나 되고, 유속이 8~10노트니 조류의 세기로는 이곳도 세계적이었다. 우리나라 신안 앞바다의 조류가 4노트고, 진도 울돌목이 동양 최대인 11~13노트였다.

　"생각해봐, 임진왜란 때 이순신 장군이 물을 싫어하는 몽고군도 아닌 일본 수군을 물때에 맞춰 연전연승했다는 것이 자네는 이해가 되는가? 해전사에서 열거한 승리의 요인은 여러 가지지만… 저기 봐! 저 소용돌이의 지름이 얼마나 될 것 같아?"

　"약 3~4미터 정도 되겠네예."

　"대조(大潮) 때는 직경이 20m나 되는 소용돌이를 볼 수 있다고 하네. 두고 봐. 좀 있으면 이곳은 세계적인 관광지가 될 걸세. 진도의 명량해협도 여기와 마찬가지로 바다가 물거품을 일으키는 곳이야. 그러나 무엇이든 오밀조밀 상품으로 만들어내는 재주가 뛰어난 일본을 과연 우리가 따라잡을 수 있을까?"

　그 말을 끝으로, 선장은 갈 길이 먼 사람처럼 수평선 너머 저 멀리 기이수도(紀伊水道)를 향해 눈길을 던졌다.

4
도쿠시마 조선소

이윽고 도쿠시마 조선소가 눈앞에 나타났다. 배가 슬로우 엔진을 쓰며 몸을 틀자 조선소 안벽으로부터 예인선 두 척과 통선이 공손한 자세로 다가왔다. 엔진을 멈추자 곧 선수 정면에 와이어 윈치로 배를 끌어올리는 도크 레일이 보였다. 갑판은 벌써 웅성거리는 선원들로 붐볐다. 옷에 기름때를 묻힌 기관원들도 기관실에서 하나둘 이마에 손을 얹으며 눈부신 얼굴로 나타났다. 모두 하나같이 육지를 만나 환호하는 기색은 아니었다. 그들의 표정은 원행의 봇짐을 메고 일껏 집을 나섰다가 갑자기 배가 아파 길에 쓰러진 사람들 같았다. 고기만 마음껏 잡을 수 있다면 바다에서는 시간이 바로 금이었다. 그러므로 바다에서는 날짜보다 늘 시각이 중요했다.

일본 기술자들은 정갑석 기관장에게 선박인수 후 지금까지 작성된 엔진의 수리나 부속교체, 급유 등에 대한 작업일지를 보여달라고 요청했다. 기관장이 입을 벌쭉거리며 잡기장 같은 공책을 내밀자 그들은 일제히 쓴웃음을 지었다. 후일 기관장은 그 순간이 마치 저승사자에게 불려간 기분이었다며, '바카야로!'라는 말을 듣지 않은 것만도 천만다행이었다고 말했다. 일수는 그래서 기관장이 수리기간 내내 '아리가도우 고자이마스'란 말을 입에 달고 다녔나 보다 싶었다. 일본인들의 치밀하면서도 엄격한 기록문화는 그들의 장인정신과 닿아 있었다. 몇 대에 걸쳐 오랜 기간 세습되는 장인제도는 예로부터 지방 영주의 특별한 보호가 있었기에 가능한 일이었다고 일수는 들었다.

또한 일수가 기억하는 그들의 치밀함과 정교함은 일제 때 멸치어장에서 조선 어부들에게 최대 전장 15cm 이하인 건조 멸치를 가장 작은 것으로부터 실치, 시루쿠, 가이루, 가이루 고바, 고주아, 정어리 등 9가지로 나누어 가르친 것에서도 알 수 있었다. 이에 비해, 해방 후 한국의 수산물 검사법에는 대 · 중 · 소멸과 자(仔)멸, 세(細)멸 5가지뿐이었다.

결국 지남2호는 선수방향 중앙갑판을 죄 뜯어냈다. 조선소의 얘긴즉슨 엔진을 앉힐 때 기초공사부터 잘못되었다는 것이었다. 도쿠시마 조선소 핵심 기술진이 4년 전 건조할 때 작성된 선박도면과 꼼꼼하게 작성된 그들의 작업일지를 들여다보며 엔진트러블의 원인을 분석한 결과였다. 한발 더 나아가 그들은 자신들의 실수를 솔직하게 인정하며 책임을 지고 수리해주겠다고 말했다. 책임을 진다는 것은 엔진을 뜯어내 다시 앉히는 비용은 따로 받지 않겠다는 뜻이었다. 그것 또한 장인정신에서 비롯된 얘기였다.

엔진베드를 포함해서 엔진을 통째로 들어내는 데만 꼬박 일주일이 걸렸다. 일본 기술자들의 대처는 민첩하면서도 주도면밀했다. 2차 세계대전 때 항공모함이나 전투기를 자체적으로 만들어낸 그들의 기술은 그렇다 쳐도 일수는 그들의 철저한 장인정신에는 사뭇 존경심마저 일었다. 이런 놀라움은 비단 일수만의 충격이 아니었다. 선원들 중에 좀 생각이 있는 자들은 모두 혀를 내둘렀다. 일본인들의 장인정신은 과연 투철하고 엄밀했다. 그들 앞에서 유유자적했던 사람은 강선장이 유일했다.

기관부원들은 기관분해나 조립과정에 참여했고 갑판부원들은 따로 한 곳에서 어구조립에 열중했다. 조선소에서 선장과 간부사관들에게는 직원 기숙사를 제공하였는데 일반선원들에게는 선박기자재 창고 옆 다다미가 깔린 사무실 겸 임시숙소로 사용하는 곳을 쓰라고 했다. 일수는 실항사 동기들과 함께 선원들과 어울려 잠을 잤다. 주부식인 쌀과 냉동제품 등 부식은 조선소가 마련한 다른 장소에 따로 보관하였고 식사는 조선소 직원식당을 함께 썼다. 식당의 주방도 선원들 몫으로 주방 한 칸을 따로 마련해주었다. 편의제공을 위해 자잘한 것까지 챙겨주는 그들의 배려와 친절에 오히려 호감이 갈 정도였다.

일본인들의 기본적인 예의는 타인에 대한 친절과 배려로 읽혔다. 그래서 일수는 일본인이라 해도 좋은 점은 배우고 나쁜 점은 배척함이 옳다는 생각이 들었다. 인간의 품성에 관한 한 무조건 싫다거나 무조건 좋다는 이분법적인 사고는 옹졸하고 무례한 자들의 것이었다.

"어이 일수, 일본 사람들이 왜 저리 겸손하고 친절한지 난 모르겠네. 일제 때 못된 짓만 일삼던 일본 놈들만 생각하다가 이 사람들을 보니 어안이 벙벙하네."

커피 생각이 났는지 식당 쪽으로 걸어가던 2항사 병옥이 일수 곁으로 다가와 지나가듯 툭 던진 말이었다. 일수보다 겨우 두 살 많은 그였지만 해방 전 대동아 전쟁으로 일제가 광분하던 시절의 기억은 일수보다 훨씬 더 또렷했다.

"일본 군경이나 동양척식회사 무리들이 사냥개처럼 포악하고 악랄했지, 일반 사람들이 어디 다 그랬습니까?"

해방 직전 거제도에서 일인들이 장악했던 정치망 어업권을 일부 무상으로 물려받았던 일수의 백부는, 일본 사람들은 매사에 용의주도하고 겸손하며 한 번 믿음을 주면 국적을 불문하고 내외하지 않았다고 입버릇처럼 말했었다.

"야— 너, 이제 보니 친일파 후손 아니야? 같이 못 놀겠구만, 씨발."

해방 후 지금까지, 대다수 국민들의 머릿속에 각인된 단순한 흑백논리는 병옥도 예외가 아니었다. 늘 자유로운 영혼이라 자처하던 그의 생각과 말은 언제나 제멋대로였다. 어쩌면 해방 후 지금까지 반일과 친일에 대한 역사적 평가나 기준이 명확하게 수립되지 않은 탓이기도 했다. 일수는 병옥의 말에 기가 막혀 눈을 들어 하늘을 바라보았다. 맑은 가을 하늘이 바다 물빛처럼 청정했다. 때가 되면 선장에게 친일파 논쟁에 대한 그의 의견을 한번 들어봐야겠다고 생각하며 일수는 갑판원들의 작업장으로 발걸음을 옮겼다.

선원들의 손놀림에서 '이랴! 어서 가자'라는 농부가가 묻어 나왔다. 출항의 날만 기다리는 그들에겐 일각이 여삼추였다.

"갑판장님요, 딸 이름이 뭐시라 캤능교? 고등학교 다닌다 안 캤능교. 이번 어기 끝나몬 그 딸 내 안 줄랑교?"

"이 자슥이 정신 빠졌나, 느거 할배가 처이 봐 놨다메?"

"내가 얼굴도 모르는 여잔께 할배 정혼이야 장담 못하능 거 아잉교, 앞으로 배 타서 돈 벌라몬 갑판장님을 장인으로 섬겨야 할 끼라요. 헤, 헤, 헤."

구룡포 출신 27세 이영택이 갑판장 옆에 앉아 실없는 소리로 수작을 걸고 있었다. 출항 전 부두에서 파나마모자를 쓰고 고함을 지르던 노인이 바로 영택의 할아버지였다.

"어-이, 구룡포! 보-숭 딸은 대학 보낼 테닝께 헛물 캐지 말고 너거 할배가 바났다는 처이나 잘 챙기라."

27세 남해 사람 헷또 성계옥이 끼어들었다. 그는 초사와 동갑인 애 아버지였다. 선원들이 키득거리자 갑판장이 추임새를 넣는다.

"네놈 하는 거 봐서 후제 딸을 주든가 말든가 할 끼다."

"와! 인자는 갑판장님을 장인이라 부를 끼라예. 기분 째집니더. 헤, 헤, 헤."

"예끼놈! 어른 갖고 장난치면 벌 받을 끼구만. 어서어서 빠찌나 채워라."

한 빠찌(Basket, 대나무 광주리)에 메인 라인과 함께 낚시줄 6개가 담긴다. 한 번 투승 시 많게는 2,000개의 낚시가 물에 잠기니 어장에 도착하기 전에 가능하면 여유 있게 400빠찌는 만들어 놓아야만 했다. 브랜치 라인을 꾸미는 일에 두 사람 다 진즉 손가락에 못이 박혔다. 영택은 구룡포에서 상어잡이 연승배를 탄 경험이 있어 에다 만드는 일이 제법 능숙했다. 일수는 브랜치 라인을 만드는 일을 해볼까 하고 영택의 옆에 잠시 앉았다.

선원들에겐 둘이나 셋 동향인 자들이 많았다. 직장(職長)급들 위주로 고향 사람이나 배에서 만나 친해졌던 지인을 같은 배에 태우는 경향이 많았다. 선원 구성의 어려움도 있었거니와 그보다는 바다 위를 떠도는, 서로 낯선 사람들 간의 선상 생활을 감안하면 마음을 의지할 수 있는 사람이 한둘은 꼭 필요했다. 배라는 한정된 공간에서 드물게 발생하는 인사사고에 대비해 신변의 안전에도 도움이 될 수 있었기 때문이다. 그런데 붙임성이 좋은 구룡포 출신 영택과 통영 사람인 갑판장 간의 농짓거리는 예외적인 경우였다.

남해 출신의 48세 정갑석 기관장은 동향 사람 셋을 기관부에 태웠는데, 2기사인 25세 정명진은 바로 그의 당질이었다. 남해에서는 집안일이나 농사짓는 일에 대부분 여자들이 억센 남자를 대신했다. 나중에 알고 보니 부두에서 '용아 아버지'를 외쳐 부른 여인이 바로 정 기관장의 부인이었다.

특이하게도 작업 명령에만 순응할 뿐 속내는 입도 뻥긋하지 않는 자들도 있었다. 육지에서의 삶이 고단하여 마치 바다로 피신해 온 사람들처럼 그들의 얼굴은 하나같이 명랑하지 않았다. 그러나 한편, 일 그 자체에 몸을 던져 자신을 초월하려는 의지를 불태우는 자들도 있었다. 기관부원들이 우두머리인 남방(No.1 oiler, 조기장), 완도 출신의 40세 최강일이 그랬다. 기관장은 선원들을 대하는 표정이나 태도가 다소 거칠고 고약해도 자신이 맡은 일에는 끝장을 보겠다며 덤벼드는 그의 근성을 언제나 높이 샀다.

원양어선의 초짜인 일수가 잘 모르긴 해도, 전과자들이거나 빚쟁이에 쫓기는 등, 일신상의 문제로 도피처를 찾아 배를 타게 된 사람도 원양선원 속에 더러 섞여 있었다. 그러나 시간이 지나면 결국 저들도 하나둘 그 정체가 드러날 것이었다. 갑판부에는 섬이나 갯가 출신이 아닌, 농사를 짓다가 온 '미나라이(초보선원)'도 있었다. 그들은 비록 바다 일에는 서투르나 몸을 쓰는 일에는 자신이 있다는 투의 몸짓을 하고 다녔다. 험난한 바다에서의 뱃일은 힘보다는 민첩하면서도 정확한 노동을 요구했다. 일수는 그들을 볼 때마다 자칫 어장에 가서 고참들로부터 오랑캐 자식이 되거나 몽둥이 타작을 당하는 일이 없기를 바랐다.

어느덧 11월 초순이었다. 조선소에서의 피난민 같은 생활도 4주가 지난 셈이었다. 아침저녁으로 태평양에서 불어오는 바람이 제법 차가웠다. 수리를 마친 엔진이 기관실에 제자리를 잡자 갑판을 덮는 작업이 시작되었다. 곧 냉동기와 발전기를 돌리면 조선소 창고에 쌓아 두었던 이삿짐들도 배로 옮길 것이다. 그런데 생각도 못한 일이 다시 불거졌다. 선장과 초사는 미리 알고 있었지만 선원들의 동요를 막기 위해 그동안 쉬쉬했던 일이었다.

배가 도크를 떠나 시운전을 무사히 마치고 돌아온 날 저녁, 조선소에서 베푼 회식 자리였다. 싱싱한 생선회와 전복 같은 해산물이 상 위에 그득했다. 술은 사케가 나왔지만 싱겁다는 사람들을 위해 출항할 때 배에 싣고 온 술독을 조리장이 통째로 가져다 놓았다. 열대지방에서도 썩지 않는다는 95도짜리 주정이었다. 선원들이 주전자에 주정을 붓고 물을 타 마실 준비를 하고 있었다.

"여러분, 그동안 고생 많았소. 우리 배는 내일 아침 시모노세키로 돌아갑니다. 가서 이깝을 실어야 해요. 이곳 도쿠시마에는 쓸 만한 이깝이 없다고 해서 시모노세키에서 어구 보충도 같이 해얄 것 같소. 갈 길이 멀지만 시간으로 따지면 넉넉잡아 5일 정도 더 지체된다고 생각하면 그만이오. 자, 오늘은 맘껏 드시고… 장차 지남2호의 안전항해와 여러분들의 건강을 위해 모두 함께 건배합시다."

바다 위에 몸을 맡긴 뱃사람들에겐 시간이 돈이었다. 선장은 시간이 지체되는 데 대한 선원들의 초조한 심정을 누구보다도 더 잘 알고 있었다. 일수는 선장이 조선소에 부탁해 회식자리를 억지로 만든 것이리라고 짐작했다. 선장은 술이 몇 순배 돌자 초사에게 뒤를 맡기고 조선소 안벽에 세운 배로 돌아갔다.

"여러분, 이 자리는 선장님이 여러분들의 노고를 위로해주려고 조선소에 부탁해 특별히 마련한 자립니다. 돈 벌기 위해 집과 가족을 떠나온 여러분들이 바닷길에서 이렇게 시간만 축내고 있으니 그 마음이 오죽하겠습니까? 조선소 측에서도 그 마음을 이해하고 자기들에게도 도의적 책임이 있다며 우리 선장님의 제안을 흔쾌히 받아들인 것입니다. 그러나 뭐니 뭐니 해도 저는 이처럼 인자하고 훌륭하신 분을 선장님으로 모시게 되어 개인적으로는 영광으로 알고 무척 감사하게 생각합니다. 여러분들도 저와 같은 심정이길 바랍니다. 우리 그런 뜻에서 오늘 함께 즐겁게 마십시다. 자, 잔들 채우시고… 건배!"

초사의 그럴듯한 언변에 선원들이 일제히 환호하며 긴 박수로 응답했다. 곧이어 선원들은 저마다 한결같이 우리 선장님, 선장님 하며 쉼 없이 잔을 주고받았다.

완도 출신 박영훈 초사 옆에는 그와 동향인 조기장이 앉아 있었다. 회식 날인 오늘 1항사의 옆자리에 기관부 직장(職長)인 그가 앉았다고 해서 특별히 시비할 사람은 없어 보였다. 더군다나 남의 눈치나 살피며 함부로 허리를 낮추거나 눈을 내리까는 최강일이 아니었다. 일수 옆에 앉아 멋 부린답시고 유독 사케만 홀짝거리던 2항사 김병옥이 갑자기 일어서더니 다짜고짜 조기장을 향해 목청을 돋우었다.

"어이, 최강일! 초사님이 네 고향 동생이나 되냐? 여기 와서 나한테 술 한 잔 따라봐!"

나이가 15살 위인 조기장에게 2항사가 던진 말은 누가 들어도 망발이었다. 원양어선의 경우 역사가 일천함에도 항해사는 기관사보다 늘 우월하다는 사고가 무슨 전통처럼 번져 있었다. 그 이유는 단순했다. 뭐니 뭐니 해도 어장에서는 고기 잘 잡는 자가 제일이고, 그 역할의 선봉은 선장을 비롯한 항해사의 몫이라는 생각에서다. 또한 배에서의 행정이 모두 항해사를 중심으로 이루어지는 탓이기도 했다. 일수는 이 고약한 심보가 조선 말기의 부패한 양반이나 일제 때 못된 일본인들로부터 물려받은 비열한 근성이라고 치부하고 있었다. 그래서 친일파 청산이란 역사적 과제도 우리 몸에, 머릿속에 알게 모르게 스며든 식민지문화를 털어내는 일이라고 생각하고 있었던 것이다.

어이없다는 눈으로 잠시 병옥을 노려보던 최강일이 못 참겠다는 듯 엉덩이를 치켜세웠다. 일수의 눈에는 그 광경이 마치 '어린애 손 좀 봐주겠다'는 험악한 분위기로 읽혔다. 그때 초사가 조기장의 팔을 황급히 낚아채며 병옥에게 큰 소리로 일갈했다.

"2항사! 너 이 자식, 여기가 고기 잡는 어장이냐? 개망나니가 따로 없구먼. 오늘은 회식 날이야. 아무리 서울놈이라고 해도 그렇지. 앞뒤 안 가리고 항해사 신분만 들이대는 한심한 놈 같으니라고… 너! 시모노세키에서 강제하선 당하기 전에 당장 입 다물어!"

일수가 배에서 선장 다음으로 존경하는 사람이 박영훈 초사였다. 그는 이미 결혼하여 아들과 딸, 아이 둘을 가진 의젓한 가장이었다. 그런 그가 병옥을 두고 서울놈이란 말을 쓴 것은 돼먹지 않은 것들이 양반행세만 한다는 옛 일을 들춘 것이리라. 초사의 대갈일성에 2항사가 깜짝 놀란 개 시늉을 하며 그만 꼬리를 내렸다.

선원들도 강제하선이란 말에 너나없이 숙연한 표정을 지었다. 오직 돈을 벌기 위해 부푼 꿈을 안고 이 배를 탔으므로 강제하선이란 그들에겐 사형선고나 다름없는 끔찍한 말이었다. 선장의 특별배려로 모처럼 화기애애했던 회식자리는 그만 그 일로 우물쭈물 끝나고 말았다. 선내 분위기는 선장과 초사의 인격이 먼저고 어획고가 그다음이란 말은 틀림없는 사실이었다.

마구로의 이깝은 단연 일본산 꽁치였다. 그것도 봉수망으로 잡는 것이 어체 상태나 선도 면에서 월등했다. 유자망으로 잡는 국내산의 경우 어체 손상이 심한 데다 급냉처리가 안 되어 입이 고급인 마구로의 이깝으로는 도저히 쓸 수가 없었다. 일수는 시모노세키로 향하는 오전 당직시간에 국내산 꽁치를 쓸 수 없는 이유도 선장의 명쾌한 설명을 듣고서야 알게 되었다.

"선장님, 나이 든 사람들이 곧잘 한국이 일본에 50년 뒤졌다고 하던데 그 말을 어떻게 이해해야 합니꺼?"

"일본은 미국을 상대로 2차 세계대전을 치른 나라가 아니더냐. 그 말은 유럽의 근대문명을 일찍 받아들인 근대화의 객관적 차이를 뜻하겠지. 누가 그러더라, 일본과 한국의 차이는 조총(鳥銃)의 역사라고. 동학란을 진압한답시고 내정간

섭에 뛰어든 일본군의 스나이더 총과 동학군의 죽창을 생각해봐."

일본은 1543년 포르투갈 상인을 통해 신무기인 조총을 도입하여 일찍이 군대를 근대화시킨 반면, 조선은 1592년 발발한 임진왜란이 끝나고 나서야 중국을 통해 조총을 수입하여 사용하기 시작했다. 활과 총이라는 무기의 격차가 바로 50년이었던 것이다.

누가 한국과 일본의 근대화 수준을 이처럼 간단명료하게 설명할 수 있단 말인가. 선장의 식견에 일수는 거듭 감탄을 금치 못했다.

14시간의 항해 끝에 배는 늦은 오후 시모노세키항에 닿았다. 새삼스럽게 간몬해협의 바다는 물살이 노도처럼 빠르게 흐르고 있었다. 시커먼 구름이 하늘을 가리고 태평양의 바람이 몰려와 바다 위로 세찬 가랑비를 뿌리고 있었다.

그러나 항구는 아담하고 청결했다. 가랑비에 옷 젖는 줄 모르는 것은 갈 길 바쁜 지남2호뿐이었다. 드디어 배가 묘지(錨地)에 닻을 내렸다. 늦은 오후의 항구는 적요하여 곧 그칠 비란 것을 아는 듯했다. 그러나 숨 돌릴 틈도 없이 부두에서 바지선을 끌고 예인선 두 척이 달려 나왔다. 어업과 무역교통의 중심지란 명성에 걸맞게 조업선의 조출(早出)을 위한 일본인들의 일사불란한 상술이 돋보였다. 아무리 급하다고 해도 한국이었다면 내일 아침에 보자 그랬을 것이다. 대리점에서 이깝과 보충어구들을 미리 수배해 둔 모양이었다. 2항사 병옥이 물품주문서를 들고 갑판으로 쫓아 내려갔다. 입항수속이 끝나자 선장은 선교를 떠났다.

"이젠 우리도 이깝을 우리 손으로 만들어 쓸 때가 되지 않았습니꺼?"

초사 곁에서 한구가 외화절약을 생각하여 해본 말이었다.

"마구로 이깝을 상품으로 만들려면 몇 가지 조건을 갖추어야 해. 배와 그물은 당연하고, 잡은 고기를 선상에서 크기대로 선별하여 급속동결을 할 수 있어야 하고, 또한 부두 인근에 냉동제품을 보관할 수 있는 냉동창고도 있어야 돼."

초사는, 일본은 팔천오백 만 국민이 3년간 먹을 선어(鮮魚) 저장능력이 있다고 자랑할 만큼 냉동시설을 전국에 고루 갖추고 있다고 했다. 산업의 선진화란 사람과 아이디어만 가지고 되는 것이 아니고 축적된 기술과 재화가 함께 충족되어야 가능한 것이었다. 당시 부산에 있는 얼음창고는 아이스케키 공장 수준이었지 일본처럼 제대로 된 냉동창고가 아직 없던 것이다.

"지금의 우리 형편에 마구로 이깝이나 어구만 해도 일본의 수준을 따라가려면 앞으로 최소 10년은 더 걸릴 거야. 어선의 완전 국산화는 30년쯤 뒤일 것이고…."

박영훈 초사의 문리(文理)도 무시할 수 없었다. 아직 본격적인 항해가 시작되지 않았으므로 일수는 한구와 대학동기란 친분으로 브리지를 서성거리고는 있지만, 곧 분고수도를 빠져나가면 항해 당직시간이나 선내규정도 제각각 철저히 지켜져야 할 것이다. 비가 그치고 달무리가 졌다. 내일도 하늘은 흐리고 바람이 드셀 것이다. 선적작업은 밤 9시경 끝이 났다. 예상과 달리 배는 내일 아침 일찍 떠날 예정이었다.

그러나 또다시 뜻밖의 일이 터졌다. 대리점에서 올려준 어구에 문제가 생긴 것이다. 바지선이 물러난 후 포장된 제품을 검수한 결과 당초 회사에 청구했던 종류별 구매 수량과 규격 등이 실제와 달랐다. 급히 선장에게 보고하고 대리점에도 통보한 초사는 이해할 수 없는 일이라며 그답지 않게 짜증을 부렸다. 반품이나 정확한 물품 인수인계를 위해서는 부두의 선석에 배를 접안시킬 수밖에 없었기 때문이다. 일수도 은근이 화가 치밀었다.

"아니, 일본 대리점에서 그런 실수를 할 리가 있겠습니꺼?"

"나도 그렇게 생각해. 우리 배가 도쿠시마에서 너무 오래 지체하다 보니 회사에서 서류정리가 잘못된 걸로 봐. 우리나라는 아직 업무처리지침 하나 제대로 갖추지 못한 바보 촌놈들 일색이야. 너희들 '가마우지를 기르는 어부' 얘기를 들어본 적이 있는가?"

"없습니더."

일수와 한구가 합창하듯 대답했다.

"동남아시아 국가들은 아직 유럽식 합리주의에 대한 인식이 절대적으로 부족해. 그뿐인가? 상술(商術)은 물론이고 산업 전반에 걸쳐 일본의 고도화된 산업기술에 모두 예속되어 있어."

그래서 초사는 일본을 두고 가마우지가 열심히 물어 온 고기를 가로채는 어부에 비유했던 것이다. 우리가 제아무리 그 무엇을 생산하고 수출을 한다 해도 모두 일본인 배만 불리는 꼴이라는 얘기였다. 우리가 타고 있는 이 배만 해도 껍데기는 물론이고 기관부속도 죄 일본산이었다. 그래서 패전국이 된 지 얼마 되지 않았는데도 일본의 국민소득은 이미 우리나라의 50배를 뛰어넘었던 것이다.

미처 생각도 못한 초사의 설명에 실항사 둘은 큰 가르침을 받은 듯이 고개를 끄덕이고 있었다. 일본을 따라 하기만 해서는 안 될 것이다, 일본을 반드시 뛰어넘어야 한다. 그러려면 시간과 노력이 필요했다.

11월 15일. 지남2호는 시모노세키항을 떠났다. 그래도 선장이 당초 예상했던 닷새보다 하루가 절약된 조출이었다.

5
분고수도

　간몬해협을 사이에 둔 후쿠오카와 시모노세키는 규슈(九
州)와 혼슈(本州)로 구분된다. 해협의 수로를 지날 때 선수파
를 타고 따라오는 돌고래들을 자주 목격할 수 있었다. 규슈
의 오스미반도를 지나칠 때 해가 기울었다. 하늘이 흐려 별
들의 겉보기 궤도도 자취를 감추었다. 이곳 수로에 밝은 선
장은 남동쪽으로 침로를 고정시킨 후 말동무 삼아 일수를
곁에 또 불러 세웠다.

　"일본 전체로 보면 해양문화권에 속하지만, 규슈 사람은
해양 지향적이고 혼슈 사람은 대륙 지향적으로 문화나 정신
세계가 달라. 규슈의 최남단 가고시마는 메이지유신의 산실
이야. 나가사키나 가고시마가 외국에 문을 연 것은 16세기
초였어."

　선장이 언급한 메이지유신은 우리나라의 동학혁명이나 갑

신정변과 자주 비견되는 일본의 유명한 개혁운동이었다. 나가사키는 네덜란드 동인도회사의 지사가 있었던 곳으로, 17세기 조선의 여수에서 하멜일행이 돛배를 타고 도망간 곳이었다. 일수의 지적 호기심이 다시 발동하기 시작했다. 그러나 그는 서두르지 않고 선장의 다음 얘기를 기다렸다.

네덜란드로부터 난학(蘭學)을 배워 근대화와 메이지유신의 발판을 마련한 자는 사쓰마번의 개혁적 영주이자 부국강병을 일으킨 명군으로 회자되는 '시마즈 나리아키라(島津齊彬)' 였다. 그는 일본 최초로 서양식 증기군함 쇼헤이 마루(昇平 丸)를 건조했으며, 그때 14세의 표류어부 출신으로 미국 포경선에 구출되어 10년 동안 미국에서 항해 조선술을 배웠던 '만지로(万次郎)'를 등용했다는 일화가 전해진다. '만지로'는 미국에서 '존 만(John Man)'이란 이름을 얻었다는 인물이다. 1851년, 안동 김씨들이 득세했던 조선 철종 때의 얘기였다. 그 결과, 일본은 1868년 메이지유신으로 근대화에 성공했지만 우리는 안타깝게도 쇄국정책으로 일관했기에 결국 일본의 식민지가 되고 말았다. 일수는 일본을 극복하려면 먼저 일본을 알아야 하기에 억울하지만 귀담아 들어야 할 얘기라고 생각했다.

"선장님, 왜놈이라고 괄시했던 일본에게 조선이 그토록 속절없이 무너진 이유가 단지 근대화의 차이였다면 너무 단순한 논리가 아닙니꺼?"

"개화열풍에 따른 국가라는 집단의 총체적인 의식변화라고 봐야겠지. 메이지유신의 유신(維新)이 바로 그 뜻이 아닌가. 그 근본원인은 우선 일본과 조선의 정치체제와 사회구조에서 찾아봐야 할 거야."

선장의 대답은 오늘도 책을 읽듯 선명했다. 조선왕조는 임금이 국사를 장악한 전제군주제, 즉 중앙집권적 통치구조였지만 일본은 막부시대 이전이나 이후에도 각 번(藩)의 영주들이 막부(幕府)와 천황을 섬기는 분권적 봉건사회였다. 신분적 계급도 조선은 지배와 피지배란 경직된 반상(班常)구조였고, 일본의 경우 크게 무사집단과 평민계급으로 나뉜 계급적 봉건사회였지만 신분의 종속관계나 차별은 조선보다 훨씬 유연한 사회였다. 그러므로 아래로부터의 개혁이 가능했다.

19세기에 이르러 조선에도 청나라를 통해 신문명을 접한 일부 양반 지식인들이 격물치지(格物致知)란 구호 아래 들고 나온 실학이나 농민운동이었던 동학혁명, 자주독립을 외친 갑신정변이 범국민적 각성을 이끌어내지 못해 실패한 것을 두고, 선장은 이것을 중국과 연루된 정치와 신분제도의 차이라고 간명하게 설명했다.

16세기경, 일본을 드나들기 시작한 포르투갈이나 스페인은 처음부터 종교를 들고 왔지만 반면 네덜란드인들은 포교를 강요하지 않고 장사에만 열중했다. 그래서 에도막부의 박해와 견제를 피할 수 있었다. 그들은 난학(蘭學)이라 일컫는 서양문화와 지식을 전하면서 차츰 일본 영주들의 환심을 사게 되었고, 시간이 흐름에 따라 사쓰마, 조슈, 도사번 등의 영민한 영주들이 자체적으로 서양의 신문물을 적극적으로 받아들이는 계기가 되었던 것이다.

"선장님, 지방의 영주들이 자체적으로 부국강병을 도모할 수 있었던 이유가 뭐였습니까? 제가 알기론 도쿠가와막부 시대엔 산킨코타이(參勤交代)라는 제도가 있어 지방의 다이묘들을 막부정권에 철저히 복속시킨 걸로 아는데요…."

산킨코타이란 지방의 영주와 그 가신들을 쇼군의 수도인 에도에 격년제로 거주시키고 영주가 에도를 떠나 있는 기간에는 그의 처자식을 에도에 볼모로 남겨두는, 지방 영주들의 반역을 견제하기 위해 만든 제도였다. 일수가 아는 체를 조금 하자 선장은 무척 대견하다는 눈빛으로 그를 바라보았다.

"세월의 흐름에 따라 막부정권의 엄격한 통제나 질서가 느슨해지고 막부의 관리들조차 부패해진 덕분이지. 특히 산킨코타이 제도로 인해 교통과 유통 등에 큰 변화가 생겨 영향력 있는 상인신분이 출현했는가 하면, 농촌사회의 잉여생산물이 농민 계급의 소유가 되는 등 백성들의 경제적 자주권과 의식이 크게 발전된 탓이야."

19세기 초엔 그 동력으로 탈번(脫番)을 한 젊은 하급 사무라이들이 근대화 운동에 자유롭게 참여할 정도였다. 무사들이 탈번을 하고 낭인처럼 떠돈 것은 각 번의 영주들이 넘쳐나는 사무라이들에게 고향에 안주할 넉넉한 녹봉이나 생업을 제공할 수 없었기 때문이다.

　도사(土佐, 시코쿠 고치현) 근왕당의 주축이자 메이지유신 전쟁에서 가장 용맹을 떨친 세력은 신문명에 깨어 있던 쇼야(庄屋)와 고시(鄕士) 집단이었던바, 일본인들이 가장 존경하는 인물로 손꼽히는, 메이지유신의 풍운아 '사카모토 료마(板本龍馬)'도 고향인 도사번을 떠나 이곳 규슈의 서남단인 나가사키에서 우국지사들을 규합했던 고시 출신의 하급 사무라이였다. 그는 존왕양이(尊王攘夷)란 기치를 내건 하급 사무라이들을 중심으로 인근 번들의 개혁적 연합세력인 '삿초도히' 동맹을 이끌어내었고, 이를 바탕으로 1867년 막부정권을 무너뜨린 유신정권이 탄생한 것이다. 애석하게도 료마는 유신의 완성을 앞두고 막부정권이 보낸 자객의 칼에 쓰러졌지만.

　"선장님, 아까 말씀 중에 쇼야와 고시 집단은 어떤 그룹을 지칭합니까?"

　"아, 쇼야는 농민층으로 에도시대 영주의 명령으로 납세 등의 정사를 맡아보던 마을의 장(長)이었고, 고시는 5가지로 나뉘는 시골 농촌의 하급무사 중 유일하게 영주로부터 30~250석의 연공을 받는 상위계급이었어."

강 선장의 거침없는 설명에 일수는 거듭 마른 침만 삼켜야 했다. 바야흐로 그의 눈앞에는 지나간 역사의 끝없는 지평선이 어른거리고 있었다. 수평선과 하늘이 구분되지 않는 어둠 속에서, 그 지평선은 마치 여름 하늘의 거대한 기압골처럼 장엄하고도 눈부시게 펼쳐지고 있었다.

더욱 놀라운 것은, 이 무렵 오직 청나라만을 사대하던 조선왕조는 일본의 나가사키나 가고시마를 오가던 외국상선이나 군함이 우리나라 남쪽 섬을 드나들며 제 마음대로 이름을 지어 부르고 다닌 것도 모르는 눈 뜬 장님이었다는 것이다. 정저지와(井底之蛙), 곧 우물 안의 개구리였다.

"칭기즈칸이 시조인 원나라 때 만든 세계지도엔 아라비아·유럽·아프리카 등이 등장했어. 이 지도를 바탕으로 태종 2년에 우리나라에도 권근 등이 만든 '혼일강리역대국도지도(混壹疆理歷代國都之圖)'란 세계지도가 있었다고 해. 세계 여러 나라의 수도를 표시한 지도라는 뜻이야. 그 지도를 임진왜란 때 일본이 들고 갔다고 하더만."

성리학이라는 것도 그렇다. 아무리 학문의 세계가 깊고 오묘하기로서니 세상이 그처럼 넓고 인간의 삶과 문화도 그처럼 다양한데, 왜 중국의 지배층은 어느 한순간 성리학이나 중화사상에 묻혀, 왜 조선의 사대부들은 중국을 향한 사대주의에 묶여 서세동점(西世東漸)의 조류를 까마득히 모르고 있었을까?

유럽의 대항해시대 이전인 명나라 때 동남아시아는 물론이고 인도·아라비아·아프리카 동안(東岸)까지 수차례 원정을 갔던 정화(鄭和) 함대의 기록은 왜 중국인들의 머리에서 어느 날 갑자기 깡그리 지워져버렸을까? 마르코 폴로가 다녀간 뒤 유럽에 종이나 비단을 팔아먹던 그들이 아니었나. 선장은 바로 이 점이 여전한 수수께끼라고 말했다.

선장의 입을 통해 듣는, 조선시대에 도래한 서양인들과 이양선(異樣船)의 출몰에 관한 얘기도 일수에게 놀랍기는 마찬가지였다.

1653년 네덜란드의 동인도회사 소속이었던 하멜 일행이 제주도에 표착한 뒤 한양으로 끌려가 관노로 살고 있었는데, 그들이 탈출하려고 조선을 찾은 중국 관리들에게 자꾸 접근하자, 조정은 그들을 전라도 방면으로 쫓아냈다. 그들 일행 중 8명이 13년 뒤 여수에서 돛배를 타고 일본 나가사키로 탈출을 했는데도 그때까지 조선의 관리들은 서세동점의 흐름을 제대로 파악하지 못하고 있었던 것이다. 선장은 그 이유가 상호 간 언어불통의 탓도 있었지만, 중국에 대한 사대주의와 성리학에 빠진 조선의 선비들이 바깥 세상의 변화에는 도대체 관심이 없었기 때문이라고 보았다.

"그러니 그로부터 200년이 지난 후에도 어처구니없는 일이 계속되었지. 1845년이었나? 영국 군함 사마랑호가 제주도를 찾아와 저희들 마음대로 퀠파트 섬이라 이름을 짓고 한라산을 오클랜드산이라 명명했다지 않는가. 그들이 동반한 중국인 통역관이 '태양의 고도를 재고 땅을 측량하려고 왔다'고 했거늘 도대체 문정(問情)이랍시고 한문으로 필담을 나눈 제주도 현감이나 그가 올린 장계를 받은 조정대신들은 이게 무슨 귀신 씨나락 까먹는 소린가 하고 태연자약했단 말이야."

거문도의 경우, 1854년 러시아 군함이 찾아와 기웃거린 것을 빌미로 이를 좌시할 수 없었던 영국이 1885년 군함 3척을 이끌고 거문도를 무단으로 점령하곤 '해밀턴항'이란 이름을 지었다고 했다.

여전히 팔불출이었던 조선왕조가 청나라에 애걸하여 원세개의 중재로 2년 뒤 영국은 철수했다지만, 그때라도 조정대신들이 영국의 다리를 붙들고 근대문명의 선생으로 모셨더라면 한국의 근대사가 어떻게 변했을지 모를 일이었다. 선장은 일수에게 언제 한번 시간이 나거든 거문도를 찾아가 영국군의 발자취를 꼭 더듬어보라고 일렀다.

19세기 말, 동해안에 빈번히 출몰했던 미국 포경선들의 기록은 대학 때 '한국 포경사 연구'란 수업에서 일수도 들은 기억이 있지만 유럽 선박들의 서해남부 출몰사건은 금시초문이었다. 해방 후 근 10년의 세월이 흘렀건만 학교에서 배운 것은 대원군의 쇄국정책이 고작이었다. 조선 성종시대의 지식인 최부도 『표해록』에 언급한 세계에 대한 인식이 고작 류

큐(오키나와) 왕국을 비롯한 동남아시아 몇몇 국가에 한정되어 있었던 것이다.

일수는 어두운 역사의 발자취를 해방 후 학교에서 제대로 배우지 못한 것은 전쟁과 가난 극복이란 명분에 쫓겨 부끄러운 역사를 외면했기 때문이라 생각했다. 한국 근세사가 특히 그랬다. 세월의 영욕에도 불구하고 역사는 사실 그 자체로 빠짐없이 기록되어야만 했다. 강 선장도 그 지식의 허기를 채우려고 대일 무역선을 타면서 꾸준히 일본서적을 탐독했다지 않는가.

미처 상상도 못한 역사의 비화를 굴비 두름 엮듯 이어나가는 선장의 곁에서, 일수는 마치 손전등을 비추며 어두운 역사의 동굴을 걷는 기분이었다. 눈앞을 가린 안개가 걷히는 듯 신선한 충격이 밀려왔고 올바른 시대정신이란 무엇인가를 어렴풋이 깨닫게 되었다. 배움에 취해 머리가 뜨거웠고 입에서는 바짝바짝 침이 말라갔다. 일수는 주전자를 들고 와 먼저 선장에게 물 한 잔을 권했다. 이어서 일수가 목을 축이자 긴장으로 굳어졌던 몸에 아연 생기가 돌았다. 어장에 도착하면 결코 나눌 수 없는 소중하고도 귀중한 대화였다.

근대사에 대한 선장의 지식은 그의 호기심이 불러일으킨 독학이 바탕이었겠지만 선장이 들려주는 이야기들은 전후맥락이 정연하여 언제나 일수의 존경심을 불러 일으켰다. 세상 사람들의 관심이 아무리 자신이 보고 싶은 것, 듣고 싶은 것,

이루고 싶은 것에 열중할 수밖에 없다 한들, 세상을 읽는 지혜의 눈은 역사의 통찰에서 비롯된다는 것을 일수는 선장을 통해 뼈저리게 느낄 수 있었던 것이다. 메이지유신에 대한 선장의 강의는 여담처럼 다음과 같이 이어졌다.

가난한 하급무사 고시 계급의 아들인 '이토 히로부미'는 소년시절 '요시다 쇼인'의 송하촌숙(松下村塾)에서 수학한 인물인데 20대 초반, 조슈번(혼슈의 야마구치현)의 지원으로 영국 유학을 가기도 했다. 막부의 간섭으로 29세에 목숨을 잃은 쇼인의 제자는 불과 20명도 안 되었지만 그들 대부분은 메이지유신의 지사로 활약한 자들이었고 유신정권 수립과 함께 정치의 길로 들어섰다. 그 결과, 야마구치현 하기시에 있는 송하촌숙의 유적지를 지금은 메이지유신의 요람이라고 부르고 있다.

요시다 쇼인의 강의는 맹자의 왕도였으나, '일본의 천황 아래 만인은 평등하다. 고로 막부를 타도하고 천황을 중심으로 외세를 막아내자.'라는 존왕양이의 구호로 젊은이들의 피를 끓게 만들었기 때문이다. 그 때문에 '요시다 쇼인'은 지금 일본 군국주의의 상징인 '야스쿠니 신사'에 1번 신위로 봉안되어 있다.

그러나 사무라이의 나라를 국민의 나라로 만든 쇼인의 정신이 메이지유신 이후 정한론으로 변질되고 조슈번 출신 극우정치가들이 대를 이어 제국주의의 길을 걸은 것은 아이러니가 아닐 수 없었다. 선장은 그 이유를 이렇게 설명했다.

"조슈번 출신들이 총리를 거듭하며 마치 세습정치를 하는 듯한 인상을 주는 것은 그들의 극우주의적 성향에 기인한다고 봐. 이런 성향은 1,600년 도쿠가와 이에야스의 에도막부가 등장하는 '세키가하라 전투'의 결과로, '모리 데루모토' 다이묘의 몰락에서 비롯된 조슈번의 에도막부에 대한 원한 맺힌 복수심이 그 원인이라고 해. 이 극우파들이 군부와 메이지 내각을 장악하면서 제국주의의 선봉에 서게 된 거야. 왜, 우리나라 호남지역 사람들의 중앙정부에 대한 오래된 반감 같은 것 말이야. 우리나라의 경우, 나는 그것을 동학혁명이나 일제강점기 농민저항운동으로부터 비롯된 한국 근대사의 참된 민중운동이자 정치적 자각이었다고 생각하지만…"

일수는 '세키가하라 전투'와 동학혁명에 대해서도 더 물어보고 싶었으나 다음 기회로 미루었다. 바로 눈앞에 펼쳐진 바다가 일수가 오매불망하던 태평양이었던 것이다.

분고수도가 끝나고 큰 바다의 문이 열리자 둔중하고 힘찬 바다의 숨결이 곧장 몸으로 전해졌다. 앞으로 나아갈수록 배는 물결 위에서 나뭇잎처럼 남실거리며 전후좌우로 신나게 춤을 추었다. 일수는 문득 구레항을 지나며 선장이 들려주었던 야마토호의 최후가 머리에 떠올랐다. 오키나와 사수를 위해 특공임무를 띤 야마토호도 다름 아닌 이 길을 지나갔던 것이다. 선장은 동남쪽 가잔(火山)열도를 바라보며 침로를 120도로 바꾸라고 지시했다.

6
남양군도

　저녁 식당에서 2항사 김병옥과 조기장 최강욱이 입씨름을 하고 있었다. 갑판부원과 달리 기관부원들이 항해부 사관들에게 깍듯이 대하지 않는 것은 근본적으로 직무의 분업 때문이었다. 기관부의 일은 전적으로 기관장의 책임하에 이루어지므로 그들이 항해사들의 지시를 받는 일은 드물었다. 다만 선내에서는 항해사로부터 선용품 등의 배급이나 통제를 받을 뿐이어서 선내에서 발생하는 사소한 갈등은 모두 후사에 속한 경우였다. 간혹 어획물이 넘쳐 기관부원까지 갑판에 뛰어 올라오는 경우가 있지만 그것은 나중 일이었다. 도쿠시마 조선소에서 회식 자리를 가졌던 날, 점잖은 초사가 버릇없는 병옥에게 '여기가 어장이냐?'라고 고함을 친 것도 조업현장의 긴박한 상황을 염두에 두고 한 말이었다. 다급하면 아버지 앞이라도 입에서 욕이 터져 나오는 것이 바다의 노동이었다.

"어이, 최씨! 당신, 아까 실항사 최한구에게 술 안 준다고 욕했다며? 배에 오르면 선장도 함부로 못하는 것이 술타령 인데 당신 그러면 되겠어?"

"2항사! 남방보고 최씨가 뭐란가? 나가 너거 집 마름이라 도 된다냐? 긍께, 나가 시방 자네 거시기 뭣이냐? 나 말시, 도 쿠시마 출항 후 여태꺼정 기관실에서 나 홀로 몽키스바나를 들고 다닌 사람이여. 오늘 저녁에는 하도 피곤해서 술 한 잔 쪼까 하고 잘라 했는디… 그 맴도 몰라주고 일언지하 거절항 께 나가 보골나서 그랬당께."

"선내규칙이 있는데 아무리 사정이 있어도 그렇지, 만만한 실항사를 그렇게 조지면 돼, 안 돼? 1기사를 통해 내게 사정 하면 될 일을 당신, 깡패처럼 아무한테나 덤벼들면 어쩌겠다 는 거야?"

"좋다, 시방 니가 선내규칙이랑께 할 말 없다. 그란데 2항 사, 니 말조심 하거라이잉. 내가 조기장이몬 니랑 같은 끗발 아인감. 나이도 어린 노무 새끼가 최씨라니, 하찮은 새우젓 도 속이 상한다는디 얻다 대고 망발이여? 그리 까불어 싸면 언제 한번 이 주먹으로 주둥아리를 날리부릴 텡께 입조심 하 거라이잉."

좀처럼 말이 없던 조기장이었다. 일수는 김병옥에게 총을 쏘듯 갑작스레 표변하는 조기장의 말투에 놀랐다. 몸이 피곤

하여 만사가 귀찮다는 사람의 태도는 결코 아니었다. 일수는 그의 눈에서 꿈틀거리는 음습한 증오를 느꼈던 것이다. 그러나 일수에겐 그 그늘진 증오의 정체가 뭔지 달리 가늠할 길이 없었다.

처음 지남3호를 탔다는 2항사 병옥은 아무래도 동작이 굼뜬 선원들을 몽둥이로 닦달하는 초사 밑에서 배를 탔지 싶다. 군사훈련의 교관이나, 상급자들은 대부분 기합이나 빠따(배트)의 가학적 쾌감을 잊지 못했다. 그런 쾌감에 자신도 모르게 습관이 되고 중독이 된 자들은 사회에 나와서도 수틀리면 짐승처럼 야만성을 드러내곤 하였다.

구경하는 사람들 눈치를 의식한 듯 병옥이 슬며시 식탁으로 물러서더니 밥그릇에 코를 박는다. 그는 카레라이스를 참기름을 바른 김으로 싸서 입으로 힘차게 욱여넣으며 한 번씩 고개를 들어 식도를 수습했다. 된장을 풀어 끓인 시래깃국이 좋은 밥 동무였다.

11월 19일. 시모노세키를 떠난 지 나흘 째였다. 날씨가 부쩍 더워졌다. 새벽 당직을 끝낸 한구가, 식사를 마치고 당직 교대를 위해 브리지로 향하던 일수의 곁을 지나쳤다.

"오늘 아침에도 천측을 했냐? 아직 선위를 잡기엔 이르다 싶은데…."

"응, 박명에 1항사님이 해보더라. 나한테 이제부터 슬슬 연습이라도 해봐라 했지만, 난 아직 엄두가 나질 않아. 그나저나 옷을 여름옷으로 바꿔 입어야겠어. 벌써 열대에 들어선 느낌이야."

천측이란 육지의 목표물이 보이지 않을 때부터 육분의(六分儀, Sextant)를 사용하여 태양이나 달 그리고 별들의 고도를 측정한 뒤 이것을 선박에 비치된 214테이블*에서 위치선을 찾아, 선박의 위치를 산정하는 것을 말한다. 일수는 원양 실습을 통해 천측을 해본 경험은 있어도 막상 본선에 적용을 하려니 오류가 생길까 봐 걱정이 되었다.

일몰에는 수평선이 잘 보일 때 별의 고도를 측정하여야 하는데 늦어지다 보면 수평선에 어둠이 깔려 보이지 않아 제대로 측정할 수가 없고, 일출의 박명 시에는 반대로 시간이 많이 소요되어 태양이 밝게 비치다 보니 별이 보이지 않아 측정이 잘 되지 않는다. 초사처럼 숙련된 자라면 15분 만에 위치를 내겠지만 초보자는 1시간을 허비하는 경우가 허다했다. 그러므로 적시적위를 낼 수 없는 시행착오를 겪게 되는데, 더 한심스러운 것은 1시간 넘게 계산된 것을 위치기입용해도(Plotting Sheet)에 옮겨도 만나는 지점이 너무 광범위하여 선박의 위치를 알아볼 수가 없게 되는 경우가 그것이었다.

"밤낮으로 눈을 부비며 연습을 한다 해도 2주가 지나야 어

---

* 별자리 및 고도를 위치선으로 계산할 수 있게 만들어진 책

설픈 점 하나 찍는 게 천측이라 안 카더나. 한구야, 우리 사모아 도착 전에 누가 먼저 천측을 마스터하는지 내기라도 해볼까?"

어제 조기장에게 오지게 욕을 얻어먹었다던 한구는 풀 죽은 표정으로 말이 없었다. 일수는 계단을 내려서는 한구의 뒤통수를 향해 '어깨 힘줘!'라며 고함을 질렀다. 장차 천 개의 얼굴을 드러낼 바다에서 살아남으려면 무엇이든 한 가지 확실한 생존수단을 갖추어야 된다는 것이 일수의 생각이었다. 그것이 지식이든 기술이든 경험이든, 무엇이건 필요하면 귀동냥을 해서라도 열심히 배우고 익혀두어야 한다고 생각했다. 가슴에 비수를 품은 자는 절체절명의 순간이 닥쳐도 결코 두렵지 않을 것이란 것이 곧 그의 신념이었다.

갑판에 나와 있는 선원들은 벌써 러닝셔츠와 반바지 차림을 하고 있었다. 머리 위로 뜨거워진 햇살이 화살처럼 떨어지고 있었다. 일수는 한구의 말대로 지금 당장 옷을 바꿔 입어야겠다고 마음을 먹었다.

바다의 출렁임이 다시 수굿해졌다. 선교에 오르니 태양은 뜨겁고 번들거리는 바다는 하늘보다 짙고 푸르렀다. 온도계가 영상 25도를 가리켰다. 갯내음이 사라진 대양 위로 불어오는 남동풍은 상쾌하다 못해 감미로웠다. 저 바다의 심연에는 1,500년 전에 남극을 떠난 바닷물이 북쪽 대서양을 향해 지금 달팽이 걸음을 하고 있을 것이다. 잠시 생각에 젖어 있던 그때 일수의 눈에 좌현으로 조그마한 섬 하나가 나타났다. 의외로 손에 잡힐 듯 가까웠다.

밝은 햇살에 반짝이는 검은 물체는 조그만 화산섬이었다. 남북의 길이가 동서의 폭에 비해 절반쯤인, 서해 백령도보다 훨씬 작은 섬이었다. 일수가 해도를 살피니 '이오지마(Iwo-Jima)'로 나온다. 사화산의 분화구에서 유황 냄새가 난다고 해서 붙인, 이름 그대로 '유황도(硫黃島)'였다. 남쪽 끝에 있는 산은 낮고 조그마하다. '스리바치'라 부르는 산이었다. 북쪽 끝에는 산의 흔적으로 추정되는 낮은 둔덕이 있다. 나머지는 짧은 활주로가 연상되는 평탄한 땅이었다.

뱃전에 나란히 기대선 선원들 가운데는 손을 흔들거나 제자리에서 발구름을 하는 자도 있었다. 선원들이 손을 흔드는 것을 보면 섬을 지키는 미국 군인들과 눈이라도 마주쳤던 모양이다. 일수는 문득 서면 하야리아 부대 철조망에 붙어 서서 미군들이 나타나기만 하면 껌이나 초콜릿을 달라고 애걸하던 떠돌이 고아들의 모습이 생각났다. 또한 '존 웨인' 주연의 〈유황도의 모래〉란 영화가 생각났다. 한국에 수입된 것이 1958년이었으니 그가 고등학교에 다닐 때의 기억이었다.

미 해병대가 스리바치산 정상에 처음 성조기를 꽂은 것은 개전 닷새 만인 1945년 2월 23일이었다. 그러나 그들은 동굴 진지에서 솟아난 일본군에게 모두 사살되고 말았다. 미군이 마지막으로 승전을 확인하고 깃발을 꽂은 것은 25일 후인 3월 14일이었고 일본군이 전멸을 각오하고 최후의 돌격을 감행한 것은 3월 26일이었다. 일본군에겐 본토 사수를 위한 마지막 보루였고, 미군에겐 일본 본토 공격을 위한 최전방이었으므로 피차 사력을 다한 공방이었다.

일본군은 미군 비행기의 공중폭격을 방어하기 위해 남쪽의 스리바치와 북부지대의 모토야마(元山)까지 동서로 일주하는 깊은 지하통로를 만든 뒤, 두더지처럼 출몰하며 미군의 진격을 결사적으로 막았다. 그 결과 미군 사령부가 5일이면 끝날 것이라 믿었던 전쟁이 한 달 이상 지속되어 피아간 5만여 명에 달하는 사상자가 발생한 끔찍하고도 처절한 전투가 되었던 것이다.

영화를 본 일수의 기억에도 미군에게 화염방사기가 없었더라면 지하동굴에서 쥐새끼들처럼 출몰하던 일본군을 결코 소탕할 수 없었을 것이란 생각이 들 정도였다. 그때 언젠가 어머니가 고향 사람들과 만나 집안 식구들 안부를 물으며 하던 말이 머리를 스쳤다. 일수가 중학교에 들어갈 무렵의 기억이었다.

"우리 큰오래비? 일제 때 남양 어디라 쿠데, 거게 돈벌라꼬 노무자로 팔려갔다 아인가베. 나가 시집가기 전잉께, 15살 묵었을 땐가 그랬어. 해방이 돼도 안 돌아왔으이 다들 죽었다고 생각했제. 지금꺼정 오래비가 죽었는지 살았는지 아는 사람이 아무도 없다 아이가. 그라고 바로 6·25 전쟁이 터지 쓰이… 아, 그때는 우리가 살아 있어도 제 목심이 아니었제."

마침 오전 당직시간이었다. 일수는 등을 돌려 선장을 찾았다. 물어볼 말이 있었던 것이다. 학생을 기다리던 선생님처럼 고맙게도 선장이 먼저 입을 열었다.

"여기 이오지마 전투에서 일본군의 전사자가 무려 23,000명이었어. 그중 징병으로 또는 징용으로 끌려가 죽었거나 살아남은 한국인이 몇 명이었는지는 아직까지 밝혀진 게 없어. 만세돌격으로 자진한 자는 귀축미영(鬼逐米英)을 외치던 일본군이었겠지만, 미 해병대 보고서에 따르면 화염방사기에 타 죽지 않으려고 땅굴에서 뛰쳐나와 살려달라고 애원한 자들은 대부분 조선인이었다는 거야."

"아무리 남의 손으로 해방된 나라라 하더라도, 일제의 전쟁으로 인한 국민의 피해 자료를 누군가는 만들어놓았어야 했는데…"라며 선장은 안타까움을 표시했다. 누구는 6·25 전쟁을 핑계로, 누구는 먹고사는 일이 급하다며 일제 청산이라는 역사적 과업을 후일로 미루어버린 지도자들이 참 어리석다는 말도 꺼냈다. 해방 전후의 국가 지도자들에 대한 선장의 원망은 일수가 듣기엔 흡사 저주에 가까웠다. 일수는 이때다 싶어 궁금했던 질문을 던졌다.

"그런데 선장님, 남양군도라면 정확히 어디를 말하는 겁니꺼?"

"미국령이었던 괌, 하와이를 제외한 적도 이북 중서태평양
의 작은 섬들이라고 생각하면 쉬워. 일본은 사이판을 비롯하
여, 마셜, 캐롤라인, 팔라우, 마리아나제도 등 크고 작은 수천
개 섬으로 이루어진 미크로네시아(Micronesia, 작은 섬들이 매우
많은 곳이란 의미) 지역을 남양군도라고 불렀지."

1차 세계대전에서 승리한 영국과 일본이 국제연맹의 승인
하에 적도 아래위를 나눠 위임통치를 맡게 되었는데, 일본은
국제연맹을 탈퇴한 후에도 2차 세계대전 때까지 남양군도를
식민지처럼 지배했다. 일수는 조선이나 중국을 침공한 일본
이 일약 제국으로 성장하게 된 배경이 또한 궁금했다.

"일본이 세계열강들과 맞서 세계대전에 뛰어든 계기가 무
엇이었습니꺼?"

"특별하다면 일본이 영국처럼 섬나라인 것이겠지. 나는 그
들이 대륙침략의 야욕을 품기 시작한 게, 16세기 후반 도요
토미 히데요시가 전국시대를 마감하고 천하통일을 이룬 후
라고 봐."

무사 계급이 일본의 지배층으로 등장한 것은 12세기 가마
쿠라막부란 봉건제적 무사정권이 그 출발점이었다. 의와 충
성을 생명으로 여기는 사무라이 정신의 출발점이기도 했다.
무사 계급은 지방 귀족들이 세력을 확장하기 위해 무사들을
고용하면서부터 생겨났지만 무사들은 점차 귀족을 압도하

고 일본의 실질적인 지배층이 되어갔는데, 통일된 막부정권의 등장으로 이것이 완성된 것이었다. 막부는 형식적으로는 천황의 지배하에 있었지만 군사 · 행정 · 사법을 장악한 실질적인 정부였다.

도요토미 히데요시는 때마침 몰려드는 포루투갈 · 네덜란드 상인들에게 조공을 바치라고 요구했는가 하면, 조선에 대해서도 조공과 함께 가도입명(假道入明)을 요구했다. 그가 명나라를 치겠다는 명분으로 시작한 전쟁이 임진왜란과 정유재란이었다. 도요토미 히데요시는 천하통일을 달성한 직후 무사집단의 가열찬 충성심과 에너지를 발산할 또 다른 전쟁이 필요했던 것이다. 다만 그때는 전쟁을 위한 전쟁이었을 뿐이다. 그러나 메이지유신 이후 그들의 인식이 세계화되면서 일본은 영국처럼 제국주의를 흉내 내기 시작했다.

일본은 메이지유신 이후 급격한 경제부흥을 이루었고 그 힘으로 청일전쟁과 러일전쟁에서 크게 승리하게 되었지만 유럽열강에 비해 경제력이나 군사력은 여전히 열세였다. 그래서 영국과 독일로 크게 양분된 1차 세계대전이 발발하자 조슈번 출신의 극우정치인들이 이때다 하고 제국주의의 야심을 드러냈다. 특히 유럽열강이 할거하는 중국에서의 영향력을 키우는 데 혈안이 되어, 이를 천황에게 국운발흥을 위한 천우신조의 기회라고 아뢰며, 그 즉시 영일동맹을 맺고 독일에게 선전포고를 한 뒤 중국 내 독일의 조차지나 독일제국의 속령이었던 남양군도를 전광석화처럼 점령해버렸다.

"일본을 아군으로 받아들였던 영국의 속셈은 동아시아에서의 독일의 영향력을 견제하는 것이었어. 결국 두 나라의 야합이 성공했던 셈이지. 12세기 무렵부터 형성된 사무라이 중심의 봉건세력이 막부정치로 통일되면서부터 시작된, 대륙을 향한 일본의 열망은 같은 섬나라인 영국과 많이 닮았다는 생각이 들어."

어머니 나이가 15살이던 해는 1928년이었고 일제의 국가총동원령이 시행된 것은 1939년이었다. 그러므로 '큰오래비가 돈 벌려고 팔려갔다'는 어머니의 표현을 빌리면 외삼촌의 경우 강제징용은 아니었을 것이다. 일수는 선장에게 일제가 조선인들을 남양군도로 보낸 이력을 재차 물었다.

"일제가 중국의 본토를 침공한 것은 1937년이었어. 하지만 그 이전부터 일본은 이 남양군도를 영구 점령할 목적으로 개발에 열심이었지."

일제는 각처의 요지마다 항구와 비행장 등 군사시설과 일본인의 거주지를 만들고, 카사바(고구마)나 사탕수수 재배농장과 제당공장까지 지으며, 당시 부족한 인력은 조선인이나 오키나와 주민들로 채웠다. 초기엔 지상낙원이라 홍보하며 조선인 브로커들을 통해 개인 또는 가족 단위의 농업이민을 장려하는 수준이었으나 미국과의 전쟁을 준비하면서부터 강

제동원이 급물살을 탔다. 후일 괌이나 필리핀을 침공한 것도 남양군도의 병력들이었다.

"일제의 강제동원령이 공표된 것이 1939년이지 않습니까?"

일수가 맞장구를 치자, 선장이 입에 고인 침을 삼켰다.

"독일이 폴란드를 침공한 1939년 9월을 2차 세계대전의 공식 개전일로 봐. 같은 해 일본은 중국의 최남단 하이난 섬을 침공하여 1주일 만에 접수했어. 이 무렵 일본군에 동원된 조선인 청년들의 수가 육해군 합쳐 무려 40만 명이었다고 해. 그러니 그 뒤로 강제 동원된 징병자나 징용자들을 생각하면 그 수가 얼마였겠는가? 일본군 위안부로 끌려온 여자들은 또 어쩌고? 자네 보국대(報國隊)란 말 들어봤어?"

1942년 일본이 미드웨이 해전에서 대패하자 다급한 나머지, 불온하고 불량한 조선인이라는 뜻으로 쓰인 불령선인(不逞鮮人) 죄수들까지 6개월만 고생하면 잔여 형기를 면제시켜 주겠다고 구슬려 이들에게 남방파견 보국대란 이름을 붙였다. 이 보국대들은 일본이 러일전쟁 후 차지했던 사할린이나 일본 본토는 물론이고, 요새 구축을 한답시고 중국의 하이난, 한국의 제주도, 오키나와, 심지어 남양군도 남단인 키리바시의 타라와(Tarawa) 섬까지 끌려갔던 것이다.

안타까운 것은, 전쟁 통에 죽었거나 원주민들 틈으로 자취를 감추었거나 저들의 생사여부를 제대로 밝힌 사람이 여

지껏 아무도 없다는 것이었다. 미국의 사이판 점령 후 포로로 수용된 15,000여 명 중 조선인은 1,300여 명이고, 티니안 섬의 경우 미군에 수용되었다는 12,200여 명 중 조선인이 3,700여 명이었다는 미국발 보도기사를 근거로 누군가는 민간인으로 끌려간 강제징용자가 얼추 5천 명쯤 될 것이라는 순진한 얘기를 하기도 했다.

패전한 일본이 도처의 전쟁문서나 기록들을 말소한 터라 군인이 아닌 민간인 피해조차 그 정확한 실상을 파악할 수 없었으니 어쩌겠는가. 그러므로 전쟁 통에 기아나 전염병으로 노역을 감당 못해 죽었거나 일본의 총칼과 몽둥이에 맞아 죽어 생매장 당한 자들이 어디에 얼마가 되는지 그 대강이라도 알 수가 없는 노릇이었다.

한국전쟁 특수로 떼돈을 번 일본정부는 1952년, 남양군도에서 일본인 유골 100만여 구를 발굴해 일본 본토로 봉환했다. 정작 우리는 나라 형편이 어려워 그렇게 하지 못했겠지만, 강제동원으로 끌려간 자들의 신상이나, 전쟁 통에 죽어서 현지에 생매장 당한 사람들의 수가 도대체 얼마인지는 누군가가 알아보려고 노력이나 했어야 옳았다. 한심하고 우울한 얘기였다.

"그러나 이 남양군도 어디엔가 죽지 않고 붙잡히지 않은 조선인들이, 또는 그들의 후예가 분명히 살아 있을 거라고 생각해. 전쟁이 끝난 직후 미군 공군기를 타고 귀국한 자들도 있었지만 그때라도 어느 누구 한 사람 제 일처럼 관심을 가졌더라면 이들을 찾아낼 수 있지 않았을까? 그러나 해방 후 여태껏 그들을 찾아 조국으로 데려와야 한다고 떠드는 정치인들을 난 아직 한 명도 보지 못했어."

"그럼, 박정희 정권이 지금 한일국교정상화 회담으로 요구하고 있는 과거청산 배상금 7억 달러는 순 엉터리 아입니꺼?"

선장의 사설에 이미 고수가 되어버린 일수가 북채를 세게 두드렸다.

"그렇고말고! 너희들 데모할 때 뭘 알고 떠들었나?"

"우리는 한국과 일본 간 역사적 청산이 결코 돈으로 해결될 문제가 아니라 그들의 역사적 과오에 대한 진정한 사과를 먼저 받아내야 한다고 생각했지예. 그런데 선장님 얘기를 듣고 보이 전쟁 때 억울하게 죽은 사람들의 목숨 값은 꼭 받아내야 한다고 생각됩니더."

"자네 말이 맞아, 이 정권이 전쟁으로 헐벗은 나라를 부흥 재건하려면 경제개발이 급선무인데 그럴 재원이 없으니까 고육지책으로 생각한 것이 작년 3월에 열린 한일회담이었어."

그 회담에서 우리가 7억 달러를 요구했고 일본은 7천만 달러만 주겠다며 오리발을 내밀었다. 이승만 정부 때인 1951

년, 제1차 국교정상화 한일회담이 열렸을 때도 중일전쟁과 태평양 전쟁으로 인한 인적·물적 피해청구권이 당연히 포함되어 있었다. 그러나 일본은 적반하장으로 그 시절은 조약에 의한 합법적 통치였다며 식민지에 그들이 투자했던 철도 등 기간시설과 기타 자산에 대한 '역청구권'을 들고 나와 그만 회담이 결렬되고 말았던 것이다. 벌써 10년도 지난 얘기였다.

국민들은 지금 한일회담을 결사적으로 반대하고 있지만, 돈이 급한 이 정부가 법률적 근거가 있는 청구권만 제시하겠다고 한발 물러섰으니, 어떤 결론이 나든 일본과는 앞으로 과거청산에 따른 불화가 끊이지 않을 것이 자명했다.

"잘 알겠심니더. 그 문제는 우리 세대가 지고 갈 짐이네예."

이름 없이 스러져간 무수한 조선인들의 죽음과 마치 전쟁에 미친 야차들이었던 일본의 군부를 생각하니 일수는 저도 모르게 억장이 무너지고 울화가 치솟았다. 그러나 선장은 지치지 않고 달리고 있는 지남2호였다. 그 시간 배는 필리핀해의 마리아나해구로 들어서고 있었다.

"선장님, 아까 잠깐 사이판의 자살절벽과 만세절벽을 언급하시던데 어떤 차이가…?"

"으—엉, 그건 사이판 섬을 통과할 때 내가 말해줄게."

선장은 숨이 찬지 잠시 일수의 말을 끊었다. 놀라운 것은 이곳 태평양의 섬들에 조선인과 그들의 후예가 살아 있을 것이란 선장의 말이었다. 그 말에 일수도 가슴이 뛰고 숨이 찼다.

잠시 후 정신을 차린 일수가 잽싸게 선장에게 물 컵을 대령했다. 물을 한 모금 맛있게 들이마신 선장이 화제를 바꾸었다. 어느 일본인 어로장에게 들은 이야기라고 했다.

마구로의 일생을 6~7년이라 본다. 마구로는 한시라도 몸을 움직이지 않으면 질식해 죽으므로 일생 동안 죽어라 헤엄을 치며, 휴식을 취하고 잠을 자는 것은 뇌뿐이다. 마구로의 살이 붉게 충혈된 것은 쉴 새 없이 온몸을 흔들어 헤엄을 치므로 아가미를 통해 산소가 충분히 공급되기 때문이고, 넙치가 살이 흰 것은 그 반대라 생각하면 된다. 그러므로 넙치는 자기가 사는 곳밖에 알지 못하고 마구로는 태평양, 대서양을 가리지 않고 세계의 바다를 떠돌아다닌다. 일본인들은 마구로를 즐겨 먹는데 어떤 사람은 그들의 기질도 마구로를 닮았다고 한다. 무슨 일이든 끈질기고 부지런하므로.

미국이 참치 통조림의 원료로 쓰는 마구로는 가쓰오(Skipjack tuna, 가다랑어)와 알바코(Albaco, 날개다랑어)다. 사모아 인근해역에서는 알바코 위주의 조업이 이루어지지만 보다 고위도의 해역에서는 가쓰오가 떼를 지어 몰려다닌다. 일본이 다른 마구로는 대부분 저연승이란 어구를 쓰지만 가쓰오는 수면에 가까이 이동하는 먹이를 쫓아 곧잘 상승하므로 미끼로 산멸치를 바다에 뿌리며 채낚이로 잡는다. 가쓰오 채

낚이 어법이 곧 그것이다. 에도막부 시절엔 일본의 남쪽 해
안가 어민들이 생산한 '가쓰오부시(가다랑어를 쪄서 말린 포)'
가 오사카와 에도의 상인들에게 많이 팔려나갔다. 일본 국
수에 쓰는 조미료 '가쓰오부시'의 역사만 따져도 400년 가
까이 된다.

그러므로 마구로 어업에 관한 한 일본의 자부심과 식습관
의 전통을 존중할 수밖에 없다는 얘기였다. 일수는 역시 어
느 말 하나 놓칠 수 없는 산지식이라고 생각했다.

남양군도의 실체와 '가쓰오부시'의 역사를 듣다 보니 패전
에도 불구하고 일본이 왜 미국을 상대로 남태평양에서 마구
로 어업을 독점하고 있었는지 그 이유가 분명해졌다. 다만
마구로를 닮아 일본 사람들의 기질이 끈질기고 부지런하다
는 말은 조금 의외였다. 일수는 그것이, 왜구의 노략질과는
별개로, 사시사철 불어오는 바람과 거친 바다에 단련된 섬나
라 사람들 특유의 기질과 육지를 향한 끊임없는 갈망이라고
받아들이고 싶었다.

우리나라에서도 섬사람들의 성정을 두고 독하다거나 야무
지고 억척스럽다는 말을 곧잘 했다. 최부는 『표해록』에서 '제
주 사람들은 겉보기에는 어리석은 듯하지만 속으로는 독하
다. 고집이 세고, 거칠며 거스르고 난폭하여 죽음을 가볍게
여긴다.'라는 기사를 썼다.

특히 '남해 사람 하나가 육지 사람 열을 이기고, 창선 사람

하나가 남해 사람 열을 이긴다.' 또는 '남해 창선 사람은 고
춧가루 서 말을 먹고 물길 30리를 기어서 간다.'는 말은 일수
도 어릴 적부터 자주 들었던 얘기였다.

섬사람들의 억척스런 면은 남자보다 여자가 도드라졌다.
젊어서부터 홀로 일수를 키워낸 어머니도 그랬다.

"남태평양 섬에 산재한 폴리네시아계 원주민들은 기원전
부터 이 바다 곳곳에 바람 따라 민들레 씨처럼 날려 왔을 것
이야. 그러나 15세기 대항해시대 이후 이 바다에 제국주의가
등장하면서 서구열강의 각축장이 된 것은 원주민들에겐 불
행한 일이었어."

당직시간을 확인하던 선장이 남양군도의 이야기를 다시
이어갔다. 미크로네시아 연방에 속하는 축(Chuuk)의 두블론
(Dublon) 섬에도 일본군 사령부가 있었다며, 그곳에서도 해
방 직후 일본인들과 3,500명가량의 한국인 노동자, 수십 명
의 위안부 여성들이 고국으로 귀환되었다는 이야기였다.

선장은 2년 전 '화양호'를 탈 때의 기억까지 들추었다. 적
수항해 중 기관고장으로 두블론 섬에 긴급 입항한 적이 있었
는데, 그는 일본군 사령부 인근의 일본식 건물 담벼락에 핀
수십 그루의 붉은 봉숭아꽃을 보고 깜짝 놀랐다고 했다. 봉
숭아꽃은 열대식물이 아니었기 때문이다. 그땐 생각 없이 그
봉숭아가 어느 조선인 '위안부' 소녀의 옷깃에 묻어 온 꽃씨

겠거니 추측했을 뿐인데, 언제부턴가 그 생각을 할 때마다 서럽고 원통한 마음이 든다고 말했다.

그 말을 듣는 순간, 일수 또한 처연한 바람이 가슴을 훑고 지나갔다. 일수는 비로소 이 남양군도에도 우리나라의 아픈 역사와 그 흔적이 도처에 남아 있음을 알게 되었던 것이다. 후일 시간이 되면, 이 태평양 섬들에 남겨진 전쟁의 역사나 그 흔적을 찾아보는 것도 의미 있는 일일 것이었다.

11월 21일. 선창으로 스며든 희미한 바다의 여명에 눈을 떴다. 『표해록』에서 읽었던 계보(鷄報, 새벽닭이 울 무렵)였다. 남쪽으로 갈수록 바다는 넓어지고 그 넓이만큼 물결도 완만하게 움직이고 있었다. 바람에 한결같이 출렁이는 물결은 깊은 바닷속까지 시나브로 응축된 힘을 쌓고 있는 듯했다. 유황도가 눈에서 사라진 지는 이미 오래였다. 어젯밤엔 남십자성을 보았다.

초사가 천측으로 구한 선위를 확인하니 배가 예상 항로보다 서쪽에서 움직이고 있었다. 일수는 그것이 물살이 센 북적도류해의 영향이라고 생각했다. 배는 이제 북마리아나제도가 시작되는 북위 20도 선을 향해 지칠 줄 모르고 달리고 있었다. 선장이 일수에게 알려준 가쓰오의 고향 괌은 활처럼 휘어진 마리아나제도 최남단에 있는 큰 섬이었다.

당직시간이 끝날 즈음 일수는 해도를 한번 살핀 후 상갑판으로 나와 힘차게 기지개를 켰다. 배가 지나간 자리에 물거품이 길게 줄을 섰다. 새는 허공에 길을 내고 배는 바다에 길을 낸다. 그러나 하늘과 바다 어디에고 길의 흔적은 없다.

이마를 스치고 지나가는 가벼운 훈풍은 적도에서 불어오는 무역풍이었다. 대기온도는 28도에 이르지만 더위를 느낄 수 없는 건 이 무역풍 탓이었다. 기온에 따라 표층수온도 상승할 것이다. 눈부신 청색 바다가 문득 봄날의 개펄처럼 갈증을 부추겼다.

내일이면 사이판과 그 밑으로 남서방향 6km 상거한 티니안 섬을 지나칠 것이다. 선장의 말을 듣고 나니, 일수는 태평양전쟁의 요충지였던 사이판이나 티니안 섬 어디엔가 어머니가 기억하는 큰 외삼촌이나 그 후손들이 살고 있을지도 모르겠다는 생각이 들었다.

점심을 먹으러 식당에 들어서던 길이었다. 안쪽에서 최강일 조기장이 일어서더니 입가에 은근한 미소를 지으며 일수에게로 다가왔다. 그가 까칠한 턱수염을 일수의 볼에 밀착하며 뜬금없이 귓속말을 건넸다.

"두 시간 뒤에 자네 방에 갈테잉까, 독아지 소주 2홉만 어따 담아 살째기 챙겨주소. 내 긴히 쓸 데가 있어 그라요. 지발!"

자기 할 말만 하고 급히 지나치는 그의 뒤태가 심상치 않아 일수는 일순 궁금증이 일었다. 긴히 쓸 일이라니? 그건 나중 일이고 우선 2항사 김병옥에게 보고할 일이 걱정이었다. 조기장이라면 속으로 이를 가는 그가 이 일을 공식적으로 처리해줄 리 만무했다. 그렇다고 선장 핑계를 댈 수도 없는 노릇이었다.

그래서 밥이 자꾸 목에 걸렸다. 2홉이면 소주 한 병이지만 95도짜리 주정이라면 일반 소주 네 병과 맞먹는 꼴이었다. 건강한 사내라도 혼자 마시면 뒷감당을 할 수 없는 주량이 아닌가. 일수는 조기장의 활화산 같은 성정을 생각하며 고민이 깊어졌다. 그가 굳이 일수를 지목하여 술 부탁을 한 것은 선장과 함께하는 당직사관이라는 백을 감안한 것이리라. 그도 아니라면 같은 섬사람이란 정서에 의지한 것일까? 이런저런 생각에 일수는 식사를 건성으로 때운 뒤 자리에서 일어섰다.

오후 4시 당직인 한구가 보였지만 지금은 말을 섞을 기분이 아니었다. 침실로 들어와서도 조기장의 은근한 부탁이 계속 일수의 머리를 짓눌렀다. 그때 버릇처럼 바다를 보고 싶다는 생각이 치솟았다.

브리지에 오르니 2항사 병옥과 진수가 고개를 돌려 일수를 주목했다. 일수는 병옥에게 예의를 갖춘답시고 허리를 숙이며 객쩍은 인사를 건넸다.

"2항사님, 정오 위치 측정은 잘 했습니꺼?"

"얀-마, 니가 지금 당직 점호 나온 거야?"

"그기 아이고예… 해가 너무 뜨거워서 해본 말입니다."

활활 타오르는 태양을 육분의에 담는 것은 쉬운 일이 아니었다. 정남에 솟아오른 태양의 남중고도는 눈이 부셔 측정이 용이하지 않기 때문이다. 일수는 병옥의 시답잖은 눈길을 피해 좌현 갑판으로 나오면서 혼자 속으로 학교 천측시간에 배운 태양의 고도측정법을 복기했다.

첫째, 육분의의 동경(動鏡)과 수평경(水平鏡) 앞에 있는 차양경(Shade glass)으로 태양광선의 광도를 조정한 후 오른손으로 육분의가 수직이 되도록 쥐고 태양과 마주선다. 그다음, 수평경을 통해 수평선을 똑바로 바라보면서 왼손으로 고정기를 쥐고 태양의 하연(下椽)이 수평선에 가까이 내려올 때까지 이동시킨다. 마지막으로 태양의 하연과 수평선이 일치하면 육분의를 좌우로 서서히 기울여 태양의 영상이 원호(圓弧)를 그리게 한다. 이 원호와 수평선이 접하는 곳이 곧 태양의 측정고도이다.

누구는 오른팔에 얹은 육분의를 지탱하는 것이나 태양의 고도를 측정한 정확한 시간을 얻기 위해 초시계를 누르는 일이 고역이라고 했지만, 일수는 그것을 내 직무라 생각하면 아무것도 아니라고 생각했다.

바다는 온통 하늘을 닮은 코발트색이었다. 잠잠한 수면은 기름을 끼얹은 듯 기척이 없었다. 먼 곳의 바다는 반짝이는 윤슬로 아예 태평했다. 영국 해군 예복의 네이비 블루와 동일한 순수한 바다의 색깔이었다. 그래서 바다보다 넓은 하늘의 영토는 없다는 말이 생겼나 보다. 일수는 갑자기 바다로 뛰어내리고 싶은 충동이 일었다. 저 바다 위에서 신나게 공이라도 찼으면 싶었다.

낚시꾼들이 흔히 쓰는 청물이란 말은 갯가의 바닥이 환히 드러나 보이는 맑은 바다를 일컫는다. 맑은 물에는 물고기가 살지 않는다. 물고기를 낚지 못해 애가 타는 그들은 청물을 보며 바다가 자라지 않는다고 투덜거렸다. 보석처럼 영롱한 에메랄드빛의 바다는 장차 그들의 목적지인 사모아 근해에 닿으면 눈이 시릴 정도로 보게 될 것이다. 다윈이 보았다는 수심이 얕은 산호초의 바다였다. 인천 앞바다나 서해의 칙칙한 황토색 물빛에 비하면 오늘 태평양은 가히 천국의 바다라 말해도 부족함이 없었다.

일수는 해양학 시간에 배웠던 바다의 색에 대한 기억을 다시 더듬는다. 육안으로 보는 바다의 색은 다양하다. 바다의 이름 중에 황해, 흑해, 홍해 등 색깔을 지칭하는 용어가 많은 것은 그 때문이다. 그렇지만 손으로 떠 보거나 투명한 컵에 담으면 수돗물이나 강물과 마찬가지로 바닷물도 투명하다. 순수한 물은 빛을 모두 흡수하기 때문에 색을 띠지 않는다. 원리를 따진다면 물은 투명하지만, 바다가 푸른색을 갖는 것은 빛의 산란 때문이다.

바닷물의 색깔은 투과하는 빛의 파장에 영향을 받는다. 물은 빛의 스펙트럼 중 파장이 긴 빨간색부터 시작해 주황, 초록, 파랑 순으로 흡수한다. 보통은 수심 10m 전후에서 대부분의 빛이 흡수되는데 가장 늦게 흡수되는 것은 파장이 짧은 파란색이다. 그래서 바닷물이 파란색으로 보이는 것이다. 일수는 문득, 바다에서 섬을 바라볼 때, 반대로 섬에서 바다를 바라볼 때 언제나 그리움이 앞섰던 것은 저 푸른 바다색깔 때문일지도 모른다고 생각했다.

쿠로시오난류가 북상하는 일수의 고향 거제도의 바다는 봄이 되면 유난히 초록빛을 띠었다. 이는 물속에 플랑크톤이 풍부하기 때문이다. 식물성 플랑크톤은 바다를 갈색, 적갈색, 초록색으로 만드는 중요한 요인이다. 그 밖에 연안의 침전물도 바다색을 변화시키는 요인이다. 특히 홍해는 물속에 붉은색 해조류가 많아 붉게 보이며, 흑해는 육지로 막혀 있어 산소가 부족해 플랑크톤의 서식이 어렵고 해저에 쌓인 부패한 퇴적물이 물 위로 떠오르면서 바다 전체가 검은 빛을 띤다. 또한 같은 지역의 바다라고 해도 일정한 색을 가지고 있지는 않다. 바다색을 좌우하는 태양빛이 구름에 의해 가려지거나 대기 중에 산란되는 등 끊임없이 변할 뿐만 아니라 플랑크톤의 서식 밀도와 난류와 한류의 흐름, 대륙붕과 해구 등 해저 지형에 따라 달라지기 때문이다.

이런 생각 끝에 일수는 나주선비 최부의『표해록』에서 읽었던 백해(白海)가 머리에 떠올랐다. 백해는 통상 얼음조각으로 뒤덮인 극지방의 바다를 지칭하는데, 중국 남쪽 해안으로 표류하던 윤정월의 바다에서 날씨가 흐렸음에도 흰빛을 띠고 있는 바다를 네 번이나 목격했다는 대목을『표해록』에서 읽었던 것이다.

  "흑산도 서쪽에서 나흘 밤낮을 지나자 바다 색깔이 흰빛이었다. 이틀 밤낮을 더 가니 더욱 흰빛이었다. 또 하루 밤낮을 가니 다시 푸르더니 이틀 밤낮을 가니 도로 흰색이 되었다. 다시 사흘 밤낮이 지나자 물색은 붉고 탁하였다."

  또한 최부는 제주도 노인들이 그에게 들려준 말, 즉 고려 말 원나라에 조공을 바치던 제주도 사람들이 한라산 정상에 올라 중국 서남쪽 해안을 바라보며 백사장 같은 것이 보인다고 했다는 말을 상기하며 그의 선원들에게 이렇게 말했던 것이다.

  "제주 사람들이 원나라에 조공할 때 명월포에서 순풍을 만나 직항로로 백해를 거쳐 일곱 날 밤 대양을 건넜다네. 우리가 이 백해에 들었다면 다행히도 중국 해안에 가까워지지 않았나 생각하네."

  최부가 중국 해안에 최초로 표착한 곳이 절강성 영파부 하산 지역이었다. 일수는 백해의 정체를 찾아 백방으로 고심하던 끝에 도서관에서 다음의 기록을 찾기도 했다.

"전당강(錢塘江)의 대역류 현상-항주만의 나팔 주둥이 모양의 지형에는 매년 춘분과 추분의 특수한 천문 기상요인이 작용한다. 매년 8월 18일 전후로 가장 장관을 이룬다고 한다. 전당강의 입해구인 절강성 해령 염관진에는 8월 18일이면 인산인해를 이뤄, 큰 물결이 올 때 먼 곳으로 눈길을 주면 세상은 온통 하늘과 물뿐이다. 그 사이를 흰 갈매기들이 길게 일렬종대로 줄을 지어 날갯짓하며 오는 것 같은 장관을 감상한다고 한다. 여기서 갈매기는 세차게 튀어 오르는 백파(白波)이리라. 송나라의 주밀(周密)은 이에 대해 다음과 같이 언급했다. 절강의 조수는 천하의 장관으로 16일과 18일 사이에 가장 성대하다. 바야흐로 그것이 바다의 문에서 나설 때는 겨우 은전과 같지만 점차 가까워지면 옥성(玉城)의 설령(雪嶺)처럼 하늘에 맞닿은 채 달려오는데 그 굉음은 천둥소리와 같이 천지를 뒤흔든다."

그러나 일수는 밀물 때 밀려드는 세찬 해일의 군무를 최부가 말한 백해와 동일시하는 것은 다소 무리라는 생각이 들었다. 실제 지도상에도 절강성 영파부 인근 북부에 백해촌(白海村)이라는 지명이 있었다. 그래서 흰빛을 띠는 바다의 존재를 인정하고 싶었지만 최부의 뱃길을 답사할 수도, 중국을 다녀올 방법도 없어 지금까지 애만 태웠던 것이다. 일본의『표해록』번역본에도 이 백해에 대한 별다른 주석이 없어 안타까운 것은 매일반이었다.

그래서 옛 제주도 사람들의 눈에 백사장처럼 보였다는『표해록』의 백해는 낚시꾼들이 바다가 자라지 않는다고 투정하던 청물이 아닐까라는 생각이 들기도 했지만 이는 상공이 아닌 배 위에서의 관측이었으므로 당치 않은 생각이었다. 일반적인 자연 현상이 아니어서 선생으로 모신 선장에게 물어볼 일도 아니었다.

전단강 하구의 해일은 규모의 차이만 있을 뿐 수시로 일어나는 조수현상이었다. 결국 일수는 최부가 중국 남동부 연안에서 표류 중 백파가 만발한 바다의 밀물현상을 본 것이라 치부하고 말았다.

파도가 없는 바다는 고요하기까지 했다. 일수의 목 언저리를 감싸는 미풍은 지금 동쪽으로 불어가는 서풍이었다. 일년 중 몇 안 되는 이 바람은 카누를 탄 폴리네시아인들을 하와이까지 실어 갔다는 그 바람일 것이다.

일수는 난간에 손을 짚고 허리를 굽힌 채 계속 바닷속을 응시했다. 저 바다의 색은 수심이 깊어질수록 불투명한 물빛이었다가 50미터 아래로는 빛이 소실되는 어둠일 것이다. 인간은 스스로 그 어둠의 바다 밑을 내려갈 수도, 눈으로 지켜볼 수도 없다. 그러므로 무심한 자의 눈에는 저 푸른 바다가 겉으로는 태평한 것 같겠지만 그 속은 끊임없이 움직이는 수많은 생물체들의 세계인 것이다. 땅속을 흐르는 물이 대지를 살리듯 대서양 북쪽이나 남극에서 심해로 가라앉은 찬물이 천년의 시간을 초월하여 지구 곳곳의 바다를 순환하며 산소를 공급하여 바다를 살린다. 또한 차가운 심해수는 달팽이걸음으로 서서히 용승하며 바다 상층부로 심해의 영양분을 운반하므로 항상 바다를 살찌우고 활기차게 만들어준다.

이에 비하면 사람의 속은 얼마나 얕은가. 생각이 여기까지 미치자 일수는 문득 바다를 닮아야겠다는 결심을 하게 되었다. 아버지처럼 술을 먹고 함부로 속을 보이지 않으며, 모진 바람에도 참고 견디고, 자연 선택의 길을 찾아 열심히 살아야겠다는. 저 바닷속을 속속들이 살피고 싶다는 생각과 함께, 일수는 갑자기 최강일의 속을 들여다보고 싶어졌다.

일수는 뛰다시피 계단을 내려가 조리장을 찾았다. 부산에서 중국집을 하다가 목돈을 벌고 싶다고 배를 탄 마흔 무렵의 조리장은 눈치가 빠르고 사람들의 비위를 맞추는 데 선수였다. 일수는 그에게 동기들끼리 회식을 하려 한다, 만약 무슨 문제가 생기면 내가 책임지겠노라 다짐을 하고 독아지 술을 한 병 가득 얻을 수 있었다.

강일은 약속한 시간에 맞춰 일수의 침실로 찾아왔다. 이층 침대에 누워 있던 한구가 일어나 슬며시 자리를 피했다. 일수가 미리 조기장과 조용히 할 얘기가 있다고 말해두었기 때문이다. 강일은 일수가 건넨 소주병을 보자 다짜고짜 뚜껑을 열더니 물 마시듯 한 모금 나발을 불었다. 술이 아니라 95도의 알코올이었다.

"조기장님, 술은 나중에 마시고… 무신 긴한 일이 있다면서요. 그게 뭡니꺼?"

"아, 오늘이 울 아부지 제삿날이지라."

바다에서 부모의 기일을 챙기는 자식의 마음이 애틋했지만 일수는 걸신들린 듯 술을 탐하는 그의 태도가 영 마뜩잖았다.

"조기장님은 다 좋은데 술 욕심이 너무 과하지 싶습니다. 아버지가 전에 술도가를 했심꺼, 아님 무슨 특별한 사연이라도 있습니까?"

"실항사, 고것이 무슨 말이당가?"

"아, 이 술은 조기장님 말을 듣고 제가 몰래 준비한 기라서… 혹시나 우찌 될까 싶어 그랍니다."

일수의 말씨는 늘 오락가락했다. 어릴 적 고향 사투리와 이별한 후 부산이 반객지, 반고향이 된지라 말씨가 정체불명이 되어버린 탓이다. 상대방이 친구이거나 편한 사람들일 때는 더욱 그랬다. 일수의 그 말에, 강일은 입술을 베어 물더니 잠시 뒤로 물러나는 눈빛을 했다. 술 한 모금에 그의 얼굴은 벌써 닭 벼슬처럼 붉은 기운이 감돌았다.

일수가 술도가를 운운한 것은 그가 구조라국민학교 1학년 때 어머니의 손을 잡고 부산 영도로 이사했던 일과 남항동

부근에서 백부가 꾸리던 막걸리 공장의 기억이 떠올랐기 때문이다.

막걸리 공장의 출하실, 익은 술이 가득 담긴 커다란 수조 곁에서 어른, 아이 할 것 없이 바가지로 술을 떠 물 마시듯 했던 것이다. 그들은 장군통(배가 불룩한 나무통)에 막걸리를 실어 나르던 배달원이거나 일수 같은 친척 나부랭이들이었다. 일수는 큰집을 찾을 때마다 막걸리나 고두밥을 곧잘 훔쳐 먹곤 했었다. 국민학교 시절부터 중학교를 마칠 때까지 무시로 그랬다. 배가 고프거나 간식이 그리워 한 짓이지만, 백부의 술 공장이 일찍 망해버린 것은 어쩌면 일수에겐 다행한 일이었다.

"아부지 제사는 그렇다 쳐도, 바다에 나와 있으이 내 속이 속이 아잉께 그라지라."

"그 사연을 들려주시면 나중에 배에서 무슨 일이 생겨도 제가 조기장님을 도울 방법을 찾아보도록 하겠심더."

일수의 그 말에 갑자기 허- 하고 고개를 뒤로 젖히던 강일이 곧장 일수에게 얼굴을 들이대고는 장가도 안 간 어린 놈이 뭘 안다고 선생 노릇이냐는 듯 짐짓 노인 같은 표정을 지었다.

"실항사가 나를 돕는다고라? 오늘맹키로 술만 구해주면 될 일로….."

말을 하다 말고 무안한지 강일은 기름때 자욱한 두 손으로 얼굴을 씻는다.

"조기장님이 재미로 하는 일이라면 술을 무단 반출한 제가 우째 책임을 지겠는교? 내 모르는 무슨 사연이 있지 싶어 묻는 기라예."

일수의 그 말에 강일이 마지못해 입을 열었다.

"내 속을 까라몬 쪼까 거시기한디… 실항사 맴이 고렇당께 내 말해뿔라요. 바다로 나오면 잊어삐릴까 싶었는디, 요짐 항해 중이라 그란지 밤만 되면 머리가 하예가꼬 도통 잠을 이룰 수가 없어라. 마누라 그 직일 년이 어린 자슥새끼 둘을 내삐러두고 도망쳤걸랑. 올 봄에 두 번째 어기를 마치고 집에 돌아가이 늙은 어무이와 아들만 병든 달구지맹키로 웅숭그리고 있능기라. 땅이 내리앉고 눈이 확 뒤집어지데? 날 이 배로 잡아댕긴 우리 기관장님이 아니었으몬 내가 죽든가 누가 죽든가 큰일 날 뻔했어야. 술 아이몬 의지할 데가 없었지라."

"그럼 부인이 다른 남자와 눈이 맞아 가출한 거네요. 혹여 어디 있는지 애들 엄마를 찾아볼 생각은 안 해봤심니꺼?"

"어이, 실항사! 나같이 당해보지 않은 사람은 암만 그 속을 모를 것이여. 지미 씨부랄! 머시마 거시기에 아무리 환장을 했기로 지 뱃속으로 낳은 자슥들을 내삐고 집을 뛰쳐나간 년을 나가 빙신 육갑헌다고 찾아라?"

"듣고 보니, 제가 할 말이 없네예. 그나저나 속에 천불이 난다고 맨날 술로 해결하면 선상생활이 가능하겠습니꺼? 저는 머리가 복잡할 때 바다를 오래 쳐다보면 위로가 됩디더. 조기장님도 그리 함 해보이소."

"바다가 날 위로해준다꼬? 택도 없는 소리 허덜 말랑께. 나 같은 기름쟁이는 기계가 젤로 좋은 친군 기라. 어장에 도착해서 조업이 시작되면 이 병도 나아질 텡께 너무 걱정허지 마소."

"조기장님의 심정이 그렇다면 다행입니더. 이번 어기에 돈 많이 벌어서 돌아가면 어린 자식들을 봐서라도 우짜든지 꼭 새장가 드이소."

"나가 오늘 실항사를 믿고 술을 부탁한 기 참말로 잘핸 상 싶소. 앞으로는 술 생각이 나더라도 쪼까 참아볼라요. 고맙소."

목안에 잠긴 가래를 한 덩이 뽑아낸 사람마냥 말을 마친 강일의 얼굴이 훨씬 편안해 보였다. 이젠 볼일이 끝났다는 듯 술병을 든 손을 번쩍 치켜들며 강일이 침실을 떠났다. 기름때가 묻은 그의 등이 육지에 남겨진 그의 가족들처럼 구지레하여 일수는 마음이 쓰렸다. 그는 뱃사람들이 겉으로는 강인해보여도 속은 여리고 단순하다는 말을 처음으로 실감했다.

철학자 칸트가 경외심을 갖게 된 것은 별들이 총총 박힌 하늘과 인간의 마음속 도덕심이었다고 누군가 말했다. 일수의 경우, 깊은 바닷속이건 얕은 사람 속이건 그 속을 유심히 들여다보지 않으면 알 수 없는 것이 또한 세상일이라는 생각이 들었다.

이튿날 일수의 오전 당직시간이었다. 배의 위치는 북위 15도 선에 접근하고 있었다. 레이더를 살피니 우현으로 사이판 섬이 찍혔다. 사이판 섬을 찾아보려고 망원경의 배율을 키우고 있는데 난데없이 갑판이 요란한 고함소리로 시끌벅적했다.

일수가 망원경에서 눈을 떼고 고개를 돌리니 선원들이 너나없이 일어서서 '날치 떼다!' 고함을 지르며 바다를 향해 손가락질을 하고 있었다. 날치란 말에 일수는 선수방향으로 급히 눈을 돌리니 마치 히빙라인(heaving line, 굵은 로프 줄 앞에 매다는 가는 던짐줄)이 허공을 가르듯 날치 서너 마리가 줄을 지어 부르릉- 하고 날아갔다. 일수도 날치의 실물은 처음이었는지라 그 비행이 너무 신기했다. 그는 눈을 부릅뜬 채 망원경으로 배의 전방을 열심히 살폈다.

"날치 구경을 하고 있는가?"

그때 선장의 목소리가 일수의 등 뒤로 다가왔다.

"아- 선장님, 날치는 난생처음 봅니더. 꽤 멀리 날아가네예."

"하- 하, 그렇겠지. 물 위로 한번 튀어 오르면 보통 100m 정도는 날아. 저놈들은 아마 지금 만새기에 쫓겨 달아나는 중일 게야. 가끔 배 위로 뛰어드는 놈은 아주 다급하여 방향

설정을 잘못 한 놈들이지."

일수가 수면으로부터 약 2m 높이로 날아오르는 날치의 모습을 살폈다. 몸길이는 30cm 전후, 머리는 역삼각형이다. 물을 가르는 동안에는 포식자를 살피느라 커다란 두 눈을 마치 카멜레온처럼 각기 다른 방향으로 좌우상하 뒤룩거렸다. 꼬리날개는 V자 모양으로 깊게 갈라져 상엽이 하엽보다 짧았다. 하엽의 날개를 노처럼 한 번 파닥거릴 때마다 제 몸의 두 배만큼이나 전진하고 또 비행의 방향타로 쓰이는 듯싶었다. 그러나 날치의 비행은 새의 날개를 방불케 하는 넓은 가슴지느러미와 상승을 돕는 배지느러미의 역할이 클 것이라고 일수는 생각했다.

그가 등 뒤에 선 선장에게 날치에 대한 관찰소감을 전하자 선장이 흡족한 표정으로 밝게 웃더니 또다시 선생님처럼 말했다.

"이-야! 실항사 자네는 앞으로 생물학자가 되어도 성공하겠어, 놀라워. 날치는 한국에도 제비날치·새날치·매날치 등 6종이나 있어. 저놈이 바람만 잘 만나면 시속 60km 속도로 400m까지도 날아. 자네가 본 것보다 더 높이 비상할 수도 있지만, 공중에는 갈매기나 군함새 같은 날치를 노리는 또 다른 천적이 있기 때문에 날치는 언제나 적당한 높이를 선택하지. 다윈이 말한 자연선택의 유전자가 바로 그런 거야. 새가 둥지를 트는 것과 같은 이치로 자연선택의 지혜인 거지."

자연선택의 지혜? 말도 못하는 저 고기도 생각이 있단 말인가? 일수는 어제 바다를 응시하다가 문득 바다를 닮아야겠다고 다짐한 기억이 되살아나며 선장의 입에서 우연히 자연선택이란 말을 듣게 되어 놀랐다. 그 놀라움은 선장과 대화를 나눌 때마다 언제나 느끼는 새로운 깨달음이었다.

갑판의 소동이 사라진 후, 얼추 두 시간이 지나자 해가 높아 기온이 28도까지 올랐다. 얇은 반팔 작업복보다 민소매가 더 나을 것 같았다. 일수는 차양용 천막 그늘에 앉아 모자나 수건을 둘러쓰고 러닝셔츠 홑겹으로 버티는 선원들이 짜장 부러운 생각마저 들었다.

그때 우현으로 10마일 떨어진 곳에 가늘고 길쭉하게 생긴 섬이 나타났다. 바로 사이판 섬이었다. 일수가 다시 선장을 찾았다.

"선장님, 저 섬이 사이판 섬 맞죠? 저 섬을 지나칠 때 해주시겠다는 말씀이…."

"아-, 그렇지. 자살절벽과 만세절벽. 1941년 12월의 일본의 진주만 기습으로 일본에 대한 적개심이 불타올랐던 미국이 1942년 미드웨이 해전에 승리한 후 그 여세를 몰아 남태평양에 산재한 일본군을 섬멸하기 시작했지."

선장은 일수에게 조금 더 아래로 가면 미크로네시아제도의 포나페(Pohnape) 섬이 나올 것이라 했다. 포나페 섬 동서로 흩어진 축(Chuuk)이나 일본의 남양청이 있었던 팔라우(Palau), 코스라에(Kosrae), 키리바시(Kiribati)의 타라와(Tarawa) 섬 등 적도 근방의 일본군 요새를 미국이 차례대로 격파한 뒤, 이를 발판으로 남양군도 일본군 총사령부가 있던 사이판을 집중 공격한 것은 1944년 6월이었다.

사이판을 사수하기 위해 중국 방면의 관동군이나 일본 본토 혹은 조선에 주둔하고 있던 일부 군인을 이동시키려고 사력을 다했지만, 곳곳에 잠복하고 있던 미군의 잠수함이나 폭격기의 선제 타격으로 물거품이 되자 결국 일본은 전가의 보도처럼 옥쇄작전을 꺼내 들었다.

남쪽 해안의 방어선이 붕괴되자 섬의 북쪽으로 쫓겨난 일본군의 지휘부가 모두 권총 자살을 결심하던 찰나, 히로히토 천황의 밀명이 하달되었다. 내용인즉 귀신잡배인 미군에게 항복하여 군사기밀을 누설하느니 군인·군속은 물론 민간인들도 모두 죽으란 말이었다. 강제징집과 징용자, 일본군들의 위안부로 끌려온 조선인들도 예외가 아니었다.

"결코 자발적일 수 없는 원주민들과 조선인들은 줄에 묶여 끌려왔다더군. 미군이 방송으로 죽지 말고 귀순을 하라고 목이 터져라 호소를 했다지만, 죽음을 선택한 자들은 마이동풍. 그 행렬이 무려 1만 명이었다고 해."

일수는 전쟁에서 군인들의 자폭이나 자결은 들어보았지만 민간인들까지 죽음으로 몰고 간 것은 처음 듣는 얘기였다.

"일본 내각조차 깜짝 놀란 집단 자살의 밀명은 저들의 살아 있는 신, 천황의 결단이었다고 해. 군인들은 산꼭대기에서 절벽 아래로 투신하고, 일반인들은 해안가의 절벽에서 몸을 던지고… 어린 아이가 딸린 아녀자들은 아이들을 절벽 아래로 먼저 던진 후 바다로 뛰어들었다고 해. '천황폐하 만세!'나 '대일본제국 만세!'란 허망한 절규가 산 위에서 바닷가에서 난무했겠지. 그래서 산 위의 절벽을 '자살절벽', 바닷가의 절벽을 '만세절벽'이라고 불러."

이곳의 마리아나해구는 세계에서 가장 깊은 14,000m의 바다였다. 근방의 섬들은 모두 화산섬이라 물속 바위 밑이 또 수천 길 낭떠러지였다.

"아무리 전쟁에 패한 고육지책이라 해도 국민들에게 집단 자살을 명령한 국가는 고대 전설의 왕국을 제외하곤 일본이 세계적으로 유일해. 내가 일본의 사무라이 정신이나 제국주의를 허무맹랑한 것이라 평가하는 이유도 바로 이 때문이야."

"선장님의 말씀을 듣고 보니 일본의 패망은 과대망상에 의한 것이 아니고 사필귀정이었다는 생각이 드네예."

"글쎄… 세상일이란 우연과 필연이 결합된 수레바퀴야. 역사를 읽다 보면 그 것이 보여. 내가 반일(反日)보다 극일(克日)이 중요하다고 말하지 않았는가. 무턱대고 일본을 위대한 나라라고 칭송하는 외눈박이들은 무시한다고 해도, 아직도 일본을 따라 하면 손해 볼 일이 없다고 부추기는 맹꽁이들은 어찌해야 좋을지 그게 걱정이야."

우연과 필연이 결합된 수레바퀴? 딱히 일본제국의 몰락을 두고 하는 말은 아닌 듯했다. 오히려 일수는 선장의 그다음 말에 박수를 치고 싶었다. 사이판 섬을 지나 남서방향으로 4마일 상거한 티니안 섬이 거뭇하게 보이자 선장이 다시 이야기를 이어갔다.

이 섬은 미국이 히로시마나 나가사키에 원폭을 투하한 B-29의 중간 기착지로도 유명했다. 이곳에는 일본군이 만든 남양군도 최대의 비행장이 있었다. 사이판을 접수한 직후 미군이 남북 양면으로 티니안에 들이닥쳤을 때, 9,000명가량의 소수였던 일본군은 비록 결사항전의 자세로 저항했지만 사이판이 함락된 직후라 만세돌격의 투지도 약했고 사이판처럼 천황의 자살 명령도 하달되지 않았다 한다. 그 덕에 이 티니안 섬에서 비행장과 군사기지 건설에 동원되었던 조선인 강제징용자들이 미군의 군용기 등에 실려 2,500명이나 귀환했다는 기록이 있다. 누구는 티니안 섬의 밀림에 암매장당한 조선인들의 주검은 그 두 배가 넘을 것이라고 추정했다. 왜냐면 이 전투에서 4천여 명의 일본 군인들이 자살했고, 민간인들을 포함 모두 만 3천여 명이 생매장당했다는 미군의 보고서가 나왔기 때문이다.

티니안 섬을 끝으로 선장이 들려준 남양군도의 끔찍한 이

야기가 막을 내렸다. 다만 일수가 마음속으로 부둥켜안은 것
은, 죽지 않고 원주민들 틈에서 이름도 성도 없이 살아남은
자들도 분명 있었을 것이란 선장의 말이었다. 어머니의 기억
속에 큰 외삼촌이 여전히 살아 있는 것처럼.

쉼 없이 출렁이는 바다에는 잊을 만하면 날치 떼가 나타나
수면 위를 날았다.

7

적도제

11월 25일. 사이판을 통과한 지 삼 일째다. 북마리아나제도의 남서쪽 괌은 바라보지도 못했다. 지남2호는 동남쪽 미크로네시아 연방의 포나페 섬을 향해 달려가고 있었다. 이제 동쪽으로 가면 갈수록 선내 표준시각이 경도 15도마다 1시간씩 빨라질 것이다. 시나브로 적도에 가까워지고 있었던 것이다.

야간 당직시간에는 선수 쪽 하늘에서 삼태성과 남십자성을 차례로 볼 수 있었다. 모두 일수가 천측시간에 배우고 익힌 별들이었다. 오리온자리의 허리띠라 불리는 삼태성은 천구의 적도에 위치하여 세계 어디서나 볼 수 있는 유명한 별자리였지만 일수에게는 지금껏 그저 하늘의 별이었을 뿐이다. 정방형으로 생긴 오리온자리의 오른쪽 어깨에는 오렌지색의 거대한 별 베텔게우스가 있었고, 왼쪽 다리에 해당하는 흰색의 리겔도 뚜렷하게 보였다. 모두 1~2등급의 밝은 별이다. 삼태성 밑으로는 적황색의 오리온성운의 발광까지도 읽혔다.

그때 바람이 거칠어지며 배가 좌우로 크게 흔들렸다. 각기 방향이 다른 바다의 물결이 서로 부딪히며 산을 이루어 솟구치더니, 부서진 파문이 갑판 위를 휩쓸고 지나갔다. 물결의 충돌은 남동쪽에서 불어오는 무역풍의 영향이다. 아침에도 저렇게 바다가 출렁인다면 갑판부는 일을 제대로 할 수 없을 것이다. 그 생각에 최근 선원들에게 사위와 장인으로 통하는 구룡포 출신 이영택과 통영 사람 문태식 갑판장의 다정한 얼굴이 떠올라 일수는 저도 모르게 입가에 미소를 지었다.

어둠이 깊어지자 저 멀리 정남쪽 하늘에서 남십자성이 나타났다. 남십자성은 북위 33도 이남에서만 관측되므로 한국에선 볼 수 없는 별이었다. 일찍이 남태평양의 토인들에게는 북두칠성과 같은 존재였고 대항해시대엔 모든 유럽 뱃사람들의 길잡이였다. 항해 중 남십자성을 만나면 그들은 모두 하나같이 기도를 했다고 한다. 제임스 쿡(James Cook) 선장 이래로 선원들은 이 별을 보고 남극의 위치를 가늠했다고 한다. 북극성보다 더 높은 곳에서 화려한 은하수를 배경으로 반짝이고 있는 남십자성은 호주·뉴질랜드 국기에 그려진 아주 유명한 별이지만 남반구에서는 가장 작은 별자리였다. 그러나 일수에게는 앞으로 수없이 바라보아야 할 중요한 별이기도 했다.

 포나페 섬을 지나쳤다. 배는 이제 적도를 향해 숨 가쁘게
달리고 있었다. 출렁이던 바다가 갑자기 고요해졌다. 바로
말로만 듣던 무풍지대였던 것이다. 대항해시대, 여러 날 또는
수주일 동안 죽음의 고요 속에서 물과 식량부족으로 굶어
죽는 경우가 허다했다는 적도의 바다였다.

 일수가 침실에서 일어나 갑판으로 나오자 선원들이 죄 바
다를 향해 허리를 구부린 채 술렁거리고 있었다. 무슨 영문
인지 몰라 눈만 껌벅거리는 일수를 보고 갑판장이 '저 보시
오! 가쓰오 떼요. 가쓰오.'라고 외쳤다. 선수 좌우로 백파를
일으키며 돌고래처럼 솟구치는 일군의 무리가 가쓰오라는
얘기였다. 갑판장의 말에 일수도 급히 좌현 난간 아래로 허
리를 숙였다.

 체장이 100cm나 되고 체형이 방추형으로 생겨 일견 줄고
등어인가 싶었지만 경사진 주둥이가 크고 줄고등어보다 몸
색깔이 밝아 전체적으로 불그스름하게 보였다. 등은 짙은 청
색을, 등 아래 체측으로 암청색을 띤 세로줄이 서너 개나 있
고, 배는 은백색이었다.

 적도 수역에서는 연중 산란을 한다지만 주요 산란장은 괌
이란 놈이었다. 지금 그들의 진행방향 또한 북마리아나제도
서쪽 끝 괌일 것이다. 마치 선수파를 타고 유희를 즐기는 돌

고래처럼, 가쓰오가 배에서 가까운 수면을 박차고 달리는 것은 필시 까나리나 멸치 같은 표층어군을 쫓고 있는 상 싶었다. 이른 아침이나 해질 무렵에 먹이를 찾는 습성이 있다 하니 지금이 바로 그 밥때였다. 산멸치를 바다로 살수하면서, 깃털을 단 낚싯대를 물속으로 한번 던졌다가 곧바로 치켜올리면 낚싯줄을 따라 뛰어올라 등 뒤 갑판으로 떨어진다는 가쓰오는 식탐이 강한 놈이기도 했다. 모두 선장이 일수에게 들려준 일본 어로장의 얘기였다.

일수는 아침 식당에서 진수와 마주 앉았다. 그가 숟가락도 들기 전에 볼멘소리를 했다.

"일수야, 너 적도에 닿으면 바다에 빨간색 수성페인트로 선을 그어 표식을 해놓았다는 얘기를 들어봤냐?"

"글쎄, 그런 소리는 처음 듣는데… 누가 그래?"

"내일이면 적도를 통과할 거야. 2항사가 그러는데 1차 세계대전 후 일본과 영국 간에 서로 침범하지 말자고 그어놓은 경계선이라고 하면서 잘 지켜보라고 하네? 그래서 어제부터 줄곧 망원경을 손에 쥐고 있어."

일수는 배운 적도 들은 적도 없는 얘기였다. 그런데 진수가 불퉁스레 한마디를 더 보탰다.

"적도를 통과할 때 적도제를 지내야 하니깐 빨간색을 발견하면 그 즉시 보고해야 미리 준비를 한다고 하더군. 전 항차에는 제일 먼저 발견한 사람에게 상금도 주고 그랬다 해."

일수는 2항사가 했다는 그 말에 어이가 없었다. 그 말이 사실이라면 간밤에 선장도 틀림없이 일수에게 그런 지시를 했을 것이다. 그렇지만 대구 출신인 진수가 그의 사수인 2항사의 말을 곧이곧대로 받아들인 것을 나무랄 생각은 없었다. 공부가 짧은 미나라이라면 모를까, 턱도 없는 소리라 치부하며 일수는 진수 모르게 속으로 혼자 웃음만 흘리고 말았다.

다음 날, 적도를 지척에 두고 30도를 웃도는 가열찬 공기가 바다 위를 가득 점령하고 있었다. 태양열이 뜨거워 갑판의 판자들이 쩍쩍 갈라지는 소리를 내고 수면의 바닷물이 끓어 김이 모락모락 피어오르는 느낌이 들었다. 데워진 바닷물의 증기들이 죄 공중으로 상승하여 큰 비구름이 되고 서서히 북상하면서 열대성 저기압에 휩쓸려 태풍이 될 것이다. 그러나 질량 보존의 법칙에 따라 바다는 결코 마르지 않는다. 해류는 서쪽으로 1노트의 속도로 흘러가고 수온은 대기온도와 어금버금했다.

"비가 오지 않아 다행이군. 적도를 통과할 시점에 맞춰 잊지 말고 기적을 길게 한 번 울려!"

11월 30일 10시. 동경 166도 17분의 적도점을 통과했다. 일수는 선장의 명령대로 1분 동안 장성(長聲)의 기적을 울렸다. 수평선 어디에도 붉은색 표식은 없었다. 서울내기 2항사의 장난에 속아 넘어간 진수가 짜장 불쌍하다는 생각이 들었다.

갑판에는 초사의 지휘로 한구와 갑판부원들이 적도제를 준비하느라 분주했다. 브리지 바로 아래 갑판에 간단한 제상이 놓이고 선미 쪽으로 두 줄의 식탁이 차려지고 있었다.

곧이어 2항사와 진수가 선교에 나타났다. 일수를 본 진수가 마치 당직 때문에 급히 먹은 점심이 체한 듯 고통스런 표정을 짓다가 미운 눈길로 2항사를 흘깃거렸다. 선장이 갑판으로 내려가자 일수가 두 사람을 향해 배꼽을 잡고 웃음을 터뜨렸다. 눈치 빠른 병옥이 곧장 맞장구를 쳤다.

"인마, 진수! 얼굴 풀어. 그게 다 추억인 거야. 적도의 추억. 하, 하, 하!"

2항사 병옥은 일수가 터뜨린 그 웃음의 의미를 진즉 알고 있었던 것이다.

적도제는 안전한 항해를 위해 바람을 불게 해달라고 기원한 데서 비롯되었다. 바람에 전적으로 의지했던 범선 항해 시절 무풍지대에 갇혀 여러 날 뜨는 수주일 동안 선원들온 허기와 병에 시달려야만 했었다. 그 지옥의 고통을 면하려고 생각해낸 의식이 바로 적도제(Neptune's revel)였다. 음식과 제물을 바친 후 술과 음식으로 잔치를 벌이던 것이 점차 축제 형식으로 발전한 것이다. 남북항로가 아닌 동서항로인 경우에는 날짜변경선을 택한다. 기관동력이 생긴 후로는 항해의 고달픔을 잊기 위한 통과의례일 뿐이었다. 지금은 간단한 제사를 올리거나 특식으로 준비한 음식을 서로 나누어 먹으며 특별한 일이 없는 한 당직을 빼곤 모두 하루를 쉬게 했다.

삶은 돼지머리가 등장하고 나물과 밥, 찐 생선 등을 진열한 제상 앞에서 선장이 먼저 술을 따른 뒤 바다와 바람의 신들에게 절을 했다. 그 뒤로 기관장을 필두로 통신장과 갑판장 등 직장급 선원들이 조신하게 줄을 섰다. 출항제의 고수레와는 사뭇 다른 진정한 마음이 전해졌다. 오늘의 집사는 초사였다. 선장을 비롯한 사관과 직장들이 차례차례 돼지머리에 50원, 100원짜리 지폐를 꽂았다. 그 돈은 요리하느라 수고한 조리장의 몫이었다. 그래서 돈이 꽂힐 때마다 신이 난 조리장이 눈웃음을 쳤다.

식탁은 모처럼 보는 진수성찬이었다. 특식으로 띄엄띄엄 돼지 수육과 소 갈비찜이 깔리고, 중국요리인 탕수육과 잡채에다 저마다 일 인분의 짜장면이 나왔다. 게다가 후식으로 사과까지 상에 올랐다. 일수는 앞으로 바다의 날이 창창한데 조리장이 과연 이래도 되나 싶었다.

그때 웅성거리고 있던 선원들 틈에서 젊은 통신장이 냅다 소리를 질렀다. 그가 소리를 친 곳에는 돼지머리에서 돈을 챙기고 있는 조리장이 있었다.

"어따메! 화-장, 저 남방 하는 짓 보소."

펼쳐진 상을 따라 조기장 최강일이 술독을 어깨에 메고 흥타령에 갈 짓자 춤을 추고 있었던 것이다. 그가 술과 친분이

두터운 것은 어쩔 수 없는 노릇이었다. 함께 어깨춤을 추며 물통을 들고 뒤따르는 자는 그의 조수인 젊은 기관원이었다. 힘이 센 강일이 어깨에 둘러멘 술독을 기울여 주전자마다 술을 나눠 따르면, 그의 똘마니가 주전자에 담긴 독주에 물을 탔다. 보아하니 오늘 낮 기관부 당직은 2기사 정명진이었다.

식사를 마친 선장이 먼저 자리를 뜨자 초사가 일어나 일동에게 건배를 청했다. 배를 채웠으니 이젠 술을 마시자는 뜻이었다.

"오늘 하루는 당직만 빼고 전원 휴무요. 올라온 술독 한 병이 끝날 때까지 우리 오랜만에 노래도 하고 함 놀아봅시다. 자- 잔들 쭉 비우고, 노래는 선착순이요. 선착순!"

일배주가 끝나기 무섭게 남방이 일어나더니 이난영의 '목포는 항구다'를 불러 젖혔다. 기다렸다는 듯 젓가락 장단이 춤을 추고 몇 발짝 못 가 합창이 급행열차를 탔다. 남방은 노래의 물결에 실려 '목포의 눈물'까지 내달렸다.

다음은 일어서고 말고가 없다. 누구라 할 것 없이 한 소절만 던지면 모두가 제 노래인 양 기차소리를 냈다. 고운봉의 '선창'이, 김정구의 '눈물 젖은 두만강'이, 백야성의 '잘 있거라 부산항'이, 백년설의 '번지 없는 주막'이, 남인수의 '이별의 부산 정거장'이, 현인의 '고향만리'가 숨 가쁘게 줄을 이었다. 노래와 함께 저마다 쏟아낸 정한(情恨)과 알알이 맺힌 설움이 갑판 위에 흥건 낭자했다.

남쪽나라 십자성은 어머님 얼굴/눈에 익은 너의 모양
꿈속에 보면/꽃이 피고 새도 우는 바닷가 저편에/고향
산천 가는 길이 고향산천 가는 길이 절로 보이네/보르
네오 깊은 밤에 우는 저 새는/이역 땅에 홀로 남은 외
로운 몸을/알아주어 우는 거냐 몰라서 우느냐

　일제에 의해 보르네오 등 동남아로 끌려간 조선인들이 남
십자성을 바라보며 고향과 어머니를 그리는 장면을 그린 가
사여서 감흥이 유별했다. 그 때 구룡포 총각 이영택이 엉거
주춤 일어서더니 좌중을 향해 손을 내저었다.
　"에- 어머님 얼굴 하이까 집 생각도 나고, 우리 오매가 할
매캉 화투 치면서 부르던 화투노래 함 불러볼랍니더. 괜찮겠
심니꺼?"
　"아따, 보-숭 사위 아인가베. 불러, 불러!"
　"헤-헤. 그라몬 함 불러보겠심더."
　노래를 시작하기도 전에 그의 장인이라는 갑판장이 꽥 하
고 목청을 돋우었다.
　"이 노래는 굿거리장단이야. 젓가락을 따-다-따, 따-다-
따 이리… 올체 그리."
　영택은 어깨 위로 팔을 학의 날개처럼 펼치고 몸과 함께
너울너울 몇 차례 까불더니 이윽고 목청을 뽑았다.

얼씨구나 긴긴 밤에 화투노래나 불러보자

정월 솔가리 속속 든 정을

이월 매조에 맺혀놓고

삼월 사쿠라 찬란한 마음

사월 흑싸리에 흩어지고

오월 난초에 나는 나비

유월 목단에 춤을 춘다

칠월 홍돼지 홀로 누워

팔월 공산 달 밝은 밤에

구월 국화 굳은 마음

시월 단풍에 다 떨어지네

동지섣달 설한풍에 낙엽만 날려도 님 생각 나네

얼씨구 절씨구 절씨구 지화자 좋네 화투노래나 불러볼

까나.

사위와 장인이 합작한 멋들어진 공연이었다. 노래가 끝나자마자 앵콜 요청이 터져 나왔지만 이날은 선수들의 무대가 아니었다. 잠시 틈이 생기자 저마다 잔을 돌리고 웃고 떠들며 축제 잔치가 절정으로 치닫는 분위기였다. 그때 돌연 2항사가 등장했다. 그는 초사 곁으로 가 앉더니 걸신들린 듯 상위에 놓인 돼지고기 수육 등 남은 음식들을 마구잡이로 입에

쑤셔 넣었다. 그러면서 연거푸 술을 찾았다.

"2항사, 나는 그만 일어설 테니 뒤처리는 자네가 하도록 해. 술 조심하고."

"예, 염려 놓으십시오, 초사님."

2항사가 제발 이 잔치의 뒷정리를 잘 해주었으면 좋으련만. 초사가 일어서는 것을 본 일수는 왠지 마음이 불안하고 초조해졌다.

다시 노래 소리가 일어났다. 신세영의 '전선야곡'이 앞장서자 유춘산의 '향기 품은 군사우편'이 뒤따른다.

그때였다. 2항사가 자리에서 벌떡 일어서더니 노래 열차를 멈춰 세웠다. 그의 얼굴은 이미 벌겋게 물들어 있었다.

"에이, 그런 뽕짝 노래 말고 이젠 팝송을 불러야 돼. 우리가 미국령 사모아로 가니깐 영어 노래도 한두 개는 알아놓아야 되지 않겠어? 내가 시범을 보일 테니 함 들어보슈."

목청을 가다듬던 병옥이 정작 꺼낸 노래는 작년에 발표해 유명해진 영국가수 클리프 리처드(Cliff Richard)의 'The Young ones'였다.

Darling we're the Young Ones
And the Young Ones.
Shouldn't be afraid to live and love
While the flame is strong⋯

가사의 뜻은 '사랑하는 젊은이들이여, 젊음의 열정이 뜨거울 때 인생과 사랑을 즐기자' 뭐 그랬다. 그 시간 가사를 듣고 무슨 소린지 알아듣는 사람은 일수나 한구뿐이었다. 그러니 선원들의 기분이 잡칠 수밖에. 2항사는 지그시 눈을 감은 채 제 멋에 겨워 몸을 흔들어댔지만 선원들은 멀뚱히 하늘을 쳐다보거나 저들끼리 쑥덕거리며 술잔만 기울였다. 분위기가 심상찮음을 느꼈는지 2항사가 노래를 멈추고는 좌중을 한 바퀴 쓰윽 일람하더니 대뜸 조기장을 향해 눈을 부라리며 손가락질을 했다.

"어-이, 남방! 내가 노랠 부르는데 박자는 못 맞추더라도 듣기는 해줘야지, 씨팔! 너만 처마시지 말고 나에게 한 잔 따라 올려봐."

그 순간, 일수는 가슴이 덜컹 내려앉았다. 술잔을 들고 일어서는 조기장을 보더니 옆에 앉은 한구가 어-어 하며 짧은 비명을 내질렀다. 아니나 다를끼, 2항사에게 디기간 조기장이 다짜고짜 술잔을 그의 얼굴에 던지더니 그 빈손으로 힘차게 주먹을 한 방 날렸고, 그 충격으로 뒤로 벌렁 나자빠진 2항사의 몸 위로 사정없이 발길질을 해댔다. 가까이 앉았던 기관장과 갑판장이 황급히 일어나 뜯어말리지 않았더라면 사고도 큰 사고였을 것이다.

안타깝게도 적도제는 그 일로 그만 파장이었다. 2항사는 급히 침실로 옮겨졌고, 몇 분 뒤에 나타난 초사가 기관장과 갑판장을 따로 불러 경위를 듣는 동안 술 기분을 망친 선원들은 하나같이 입이 쓰다는 표정으로 주섬주섬 잔치상을 치웠다.

일수는 한구와 함께 진수가 혼자 자리를 지키고 있을 선교로 향했다. 17세기경, 이교도 넵투누스(Neptunus)들은 선원들에게 바닷물을 끼얹거나 로프에 몸을 묶어 바다에 내던지는 희생의식을 치렀다고 한다. 오늘 2항사와 조기장 간에 벌어진 몸싸움도 그런 종류의 액땜이라고 생각하면 그만이었다.

늦은 오후였다. 소동을 일으킨 조기장에 대해 선장의 강제 하선 명령이 떨어졌다. 사모아에 입항할 때까지 자숙하라는 말과 함께. 진수의 말로는 노랫소리가 질펀해지자 선장이 선교에 올라와 회식자리를 쭈욱 지켜보고 있었다고 했다. 그래서 초사도 변명할 여지가 없었다.

식당에 모인 선원들은 쌍방과실이라며 의견이 분분했고, 일부는 2항사를 두고 맞아 죽어도 싼 놈이라며 입에 거품을 물었지만 사건의 경위보다는 결과가 더 중요했다. 이유야 어떻든 배가 바다에서 조업 중일 때는 개인적인 다툼으로 인한 선내 폭행은 미필적 살인죄로 다루었다. 예를 들어, 누군가에게 원한을 품은 자가 있어 깊은 밤 고이 잠든 그 상대를 달랑 들어 바다에 빠뜨려버리면 쥐도 새도 모르는 살인사건이 되는 것이다.

2항사는 왼쪽 눈이 시퍼런 피멍에 잠겼고 갈비뼈 몇 대에 금이 갔다. 그래서 2항사가 몸을 추스릴 때까지 1항사가 대체당직을 서게 되었다.

"자연은 인간에게 결코 원한을 품거나 시비를 거는 법이 없어. 생존경쟁의 갈등은 이 지구의 객체인 인간이나 동식물의 선택일 뿐이지. 자연은 오직 우주의 법칙에 순응할 뿐이야. 그래서 끊임없는 바람이 제 아무리 머리를 쥐어뜯어도 바다는 불평 한 마디 하지 않거든. 그러니 이 바다를 절대 원망해서는 안 돼."

당직시간 내내 말이 없던 선장이 독백하듯 툭 던진 말이었다. 이날 밤, 시종 침통한 표정으로 캄캄한 바다만 응시하던 선장의 위엄에 눌려 일수도 조기장의 강제하선 조치에 대해 입도 뻥긋하지 못했다.

선장의 말을 곰곰 되씹으며 일수는 침실로 돌아왔다. 잠자리에 누워서도 선장의 그 말이 머릿속에서 쉬이 지워지지 않았다. 알 것 같으면서도 모를 밀이었다. 어미니의 얼굴이 잠시 눈에 어른거리는가 싶더니 이내 잠이 들고 말았다.

이튿날 저녁 무렵, 지남2호는 적도 바로 아래 남위 6도 동경 177도 선상에서 손에 닿을 듯 가까운 조그마한 뉴타오 섬을 만났다. 유황도의 실물을 지근에서 본 뒤로 12일 만이었다. 섬 주위로 하얀 포말이 일어나 섬을 에워싸고 있었다. 그것이 고리 모양의 산호초인 환초(環礁)에 부딪히는 바다의 파문이자 폴리네시아계 토인들이 육지를 인식하는 증표임을 일수가 안 것은 나중 일이었다. 육지 냄새를 맡은 선원들이 또다시 손을 흔들며 날뛰었다. 어제 낮에 일어난 일을 생각하면 일수는 그 섬에 내려 잠시 쉬어 가고 싶었다. 그러나 그때만 해도 땅 멀미는 미처 생각을 하지 못했다.

아메리칸 사모아까지의 항정은 이제 엿새가 남았다. 배 시계는 이미 세 번이나 바뀌었다. 서쪽으로 흐르는 해류의 움직임도 바람과 함께 멈춘 듯 마치 바다의 사막에 갇힌 느낌이라고 일수는 생각했다. 그러나 배는 쉬지 않고 계속 동남쪽으로 달려가고 있었다. 가끔씩 뱃전에서 수면 위 허공을 가르는 날치 떼가 나타나 항해에 지친 선원들에게 친구가 되어주었다.

더위에 지친 갈매기들도 드물게 뱃머리나 선미에 내려앉았다. 배는 아직 무풍지대를 벗어나지 못했다. 그래서 뻑뻑한 느낌의 바다도, 평온한 항해도 차츰 지루해져 갔다. 하늘은 흐림과 맑음을 반복했으며 수평선 위로 피어난 뭉게구름은 하늘과 바다를 구분할 뿐이라는 듯 지나치는 배 따위엔 관심조차 없었다. 습도가 높아 짜증이 날 때마다 일수는 차라리 여우비라도 쏟아졌으면 하고 생각했다. 그럴 때마다 한구가 조금만 참으라고 그를 달랬다. 초사에게 들었다며, 이 무풍지대가 끝나면 시원한 바람을 타고 뿌려대는 스콜을 만날 것이라고 했다.

하루는 초사가 몹시 지쳐 보이는 갈매기 한 마리를 잡아 자기 방 침대 곁에 재운 뒤 다음 날 돌려보냈다. 새는 고맙다는 인사인 양 배 주위를 한 바퀴 선회하더니 저 멀리 남쪽 수평선 너머로 힘차게 날아갔다. 전장이 약 50cm인 그 새는 머리와 배만 하얗고 목덜미 아래 등과 날개는 진회색을 띠었다. 특히 펼친 날개가 길어 날갯짓이 우아했다. 부산의 해운대나 자갈치에서 흔히 보던 괭이갈매기는 분명 아니었다.

"초사님, 아까 날려 보낸 그 새 이름이 뭡니꺼?"

당직 교대시간에 만난 초사에게 일수가 물었다.

"응, 처음엔 나도 몰랐는데 책에서 찾아보니 슴새과의 회색 바다제비더군. 곧 번식기가 되는데 먹은 게 시원찮았는지 밤새 똥도 누지 않더군. 적도 이남 해역에서 배를 따라다니는 새는 거의 저놈 같은 바다제비 종류야."

새를 방에다 재우다니? 일수는 언젠가 비둘기 한 마리를 집에 가두었다가 아무 데나 수시로 싸대는, 오줌이 섞인 그놈의 칙칙한 똥에 진저리를 쳤던 기억이 되살아났다. 그러나 산에서는 산새가 반갑고 바다에선 바닷새가 정겹다. 특히 바닷새는 바다의 노동에 힘들고 지친 남자들에게는 밤하늘의 별만큼이나 반가운 존재였다. 바다제비라는 말에 일수는 신천옹이라 불리는 알바트로스가 생각났다. 슴새과인 이 둘은 연승에 걸린 이깝을 낚아채려다 자주 낚시에 걸려 올라온다는 새였다. 일수는 이참에 알바트로스의 멋진 색이(素餌)비행도 꼭 보고 싶다는 생각이 들었다.

"초사님, 이 해역에서 알바트로스를 본 적도 있습니꺼?"

"그럼, 있고말고. 남반구에서 가장 개체수가 많다는 검은눈썹알바트로스나 그보다 덩치가 큰 흰알바트로스를 본 적이 있어. 성조의 종(種) 구분을 잘 하려면 부리 색깔이나 몸길이를 봐야 해. 사모아에 내리거든 이곳 바닷새에 대한 정보를 찾아봐. 이놈들은 배에 접근을 잘 안 해서 식별이 어려울 거야. 흰알바트로스를 목격한 것은 운이 좋아서였나 싶었는데, 알고 보니 이놈만 유별나게 배를 잘 따라다닌다고 해."

"와, 앞으로 초사님께 많이 배워야 하겠심니더."

일수는 무엇이든 시원시원 대답을 잘 해주는 초사가 부럽고 존경스러웠다. 그와 일별한 일수는 다시 다윈의 『비글호 항해기』를 떠올리며 이 바다를 더 열심히 배워야겠다는 꿈을 가슴에 품었다.

무더운 날씨에도 갑판장은 선원들을 다그치며 어구 제작에 열심이었다. 마무리된 어구가 얼추 300광주리라니 목표량의 7할 이상은 채운 셈이다. 앞으로 사모아까지 남은 여정과 사모아에서의 출항 준비 기간을 감안하면 어구 작업은 시간적으로 여유가 있었다.

한편 브리지도 매일 붐볐다. 강제하선 명령이 떨어진 다음

날로 조기장이 선장을 찾아와 브리지 한 구석에 무릎을 꿇고 앉아 석고대죄를 일삼았기 때문이다. 낮이거나 밤이거나 그는 제 쉬는 시간에 맞춰 선장이 지키는 브리지로 날마다 출근했던 것이다. 선장 방으로 찾아가지 왜 여기람, 키를 잡은 조타수도 일수도 마음이 불편했지만 내색을 할 수 없는 상황이었다.

"선장님, 제가 죽을죄를 지었어라. 입이 열 개라도 헐 말이 없응께 지발 용서해주시시요잉. 나가 시방 당장이라도 물에 빠지 죽고 잡아도 집에 있는 어무이랑 어린 자슥들은 우짜고라? 제 맴이 거시기 쪼까 아프다고 술김에 지랄을 했응께 우짜등가 한번만 살리주시시요잉…."

울다가 흐느끼다가 매일 두 시간 가까이 머리를 조아린 채 조기장은 선장에게 용서를 빌었다. 생각해보니 석고대죄의 흉내를 제대로 내려면 선장이 지키는 브리지가 옳았다. 선장은 그런 조기장을 언제나 본체만체 침묵으로 일관했다. 더욱 이상한 깃은 딘 한 빈도 그를 꾸짖거나 내쫓지도 않았던 것이다.

한편 사흘 뒤엔 기관장과 갑판장이 앞장서서 연판장을 돌려 선장에게 조기장의 선처를 구하는 탄원서를 올렸다. 탄원서 내용 중 주목할 점은 2항사 김병옥의 무례하고 오만방자한 언행을 지적한 부분이었다.

"직급에 따른 지휘계통의 엄중한 선내규칙이 있다 캐도, 돈이나 신분보다 인간이 먼저 아입니까? 우리말에 인간 같찮은 것은 몽둥이로 개 패드끼 하라 안 했습니까. 아무리 술자리라고 해도, 직급이 같은 조기장을 선원들이 다 보는 앞에서 양아치가 거지새끼 부리듯 한 2항사의 망동을 우리는 남방보다 더 나쁘다꼬 봅니다. 이런 개차반이 어데 있습니까? 어쩌구 저쩌구….”

연판장에는 2항사와 선장을 뺀 전 선원의 지장이 빼곡히 찍혀 있었다. 개차반은 개가 먹는 사람 똥을 이른다. 이 얼마나 통쾌무비한 표현인가. 그래서 탄원서의 문장은 조기장의 직속상관인 기관장의 것이 아니고 대학생 자녀를 둔 갑판장의 솜씨일 것이라는 생각이 들었다.

초사도 가만있지 않았다. 옆구리는 기침을 못 할 정도로 금이 갔다지만 눈두덩의 피멍과 부기가 얼추 빠져 이제 감긴 눈을 뜬 2항사를 불러 시말서를 쓰게 하는 한편으로 조기장과 맞대면을 시켜 화해를 주선했다. 조기장의 벼락같은 육탄 공격에 혼이 났던 2항사가 조기장 앞에서 자신이 무례했음을 스스로 인정하고 진정으로 사과했음은 물론이다.

12월 5일 10시경. 선장이 또 한 번 기적을 길게 울리라고 했다. 우현으로 솔로몬군도를 멀리 두고 좌현으로는 투발루 섬을 비켜가면서 날짜변경선을 넘은 것이다. 별안간 현지 날짜가 12월 4일이 되었다.

적도기점 위도(緯度)는 남북 90도씩, 경도(經度)는 지구 둘레를 360도로 산정해 이를 동서로 180도씩 구분하는데 이 경도 180도 선이 날짜변경선이다. 동에서 서로 항진해 이 선을 통과하면 하루를 건너뛰어 다음 날짜로 당기고, 반대 항로라면 하루를 반복한다. 지남2호는 계속 동남향을 고수하고 있었으므로 공짜로 하루를 더 벌게 된 셈이다.

국제자오선협약에서 영국 그리니치 천문대를 기준으로 하루 24시간이라는 표준시가 확립된 것은 1884년이었다. 그리니치 천문대를 본초자오선(경도 0도)으로 정하고, 인구밀집 지역과 육지가 거의 없는 태평양상에 180도 선이 오게 해 혼란을 최소화했다. 그러나 북반구 시베리아와 알류산열도 및 남반구 뉴질랜드 부속 섬들이 이 날짜변경선에 걸쳐 있어 본토와 같은 시간대로 묶다 보니 이 지역들은 예외적으로 돌출된 지그재그식 선을 이룬다. 날짜변경선은 그렇고, 시간대는 기준선인 그리니치 천문대의 동쪽/서쪽으로 15도를 이동할 때마다 1시간씩 추가/감소된다. 그러므로 우리가 현재 사용하는 시간은 바다의 발명품인 셈이다.

바다 위 가상의 선이 하루를 더 살게 한 생뚱맞은 일을 당하고 보니 언뜻 실감이 나지 않았다. 이미 배 시각은 네 번째 바뀌었다. 앞으로 사흘이면 드디어 사모아 입항이다. 사모아는 독립국인 서사모아와 미국령인 동사모아(American Samoa)로 구분된다. 지남2호의 최종 목적지는 미국령 동사모아의 파고파고(Pago pago)항이었다.

남위 10도 근방에 이르자 남반구의 무역풍인 남동풍이 본격적으로 불기 시작하면서 잠깐잠깐 돌풍을 동반한 여우비가 쏟아졌다. 한구가 일수에게 알려준 바로 그 스콜이었다. 낮 당직시간에 일수는 해도를 펼치고 동사모아의 파고파고항을 찾아 삼각자로 거리를 읽는다. 예상한 대로 만 하루면 닿을 길이었다.

닷새째 이어진 조기장의 석고대죄가 이날 낮 12시부로 전격 해제되었다. 날짜 변경으로 어리둥절해하고 있던 선원들은 선장의 하선 명령이 취소되었다는 낭보를 접하고는 곳곳에서 '과연 하루라도 더 살고 볼 일'이라며 마냥 웃고 떠들었다. 이날 선장의 입회하에 화해의 악수를 나눈 두 사람이 손을 맞잡고 선교계단을 걸어 내려오자 갑판에 있던 선원들은 갑자기 난리법석을 떨었다. 마치 폭탄이 터지듯 일제히 환호성을 내지르고 박수를 치는가 싶더니, 누가 먼저라 할 것 없이 번쩍 손을 들어 만세 삼창을 했던 것이다.

"선장님, 만세! 지남2호, 만세!"

그 순간 일수는 자신도 모르게 만세를 따라 부르며 목이 메여 눈물을 쏟고 말았다. 그 눈물은 마치 아버지의 주검 위에 흙이 뿌려질 때 쏟아졌던 걷잡을 수 없었던 눈물과도 같았다. 차이가 있다면 그것은 절망이 아닌 희망의 눈물이었다. 다시 찾은 이 평화는 날짜변경선이 안겨준 따뜻하고도 지극히 아름다운 선물이었다.

8
아메리칸 사모아

현지 시각 12월 7일 정오. 지남2호는 마침내 아메리칸 사모아의 산호초 밭으로 다가섰다. 깊은 바다의 물결이 부딪혀 하얗게 포말이 이는 곳을 보초(堡礁)라 하고 환초(環礁)는 보초가 섬을 고리 모양으로 에워싸고 있는 모습을 이르는 말이다. 반면 거초(裾礁)는 일자로 길게 뻗은 형태의 산호초를 말한다.

환초나 보초는 '가라앉는' 섬에서 만들어지고 거초는 '솟아오르는' 섬에서 만들어진다고 밝힌 자는 『비글호 항해기』를 쓴 다윈이었다. 그는 침강과 융기가 교차하는 태평양의 섬들을 관찰하며 침강하는 섬은 화산 활동이 없는 반면 융기지역에는 활화산이 있어 산호초의 형성에 영향을 끼치고, 산호도 스스로 자연선택에 따라 서식하므로, 산호초의 바탕이 변해 산호섬이 생긴다는 사실을 최초로 밝혔다. 산호초의 형성과정을 바탕으로 대양의 밑바닥이 가라앉을 수 있다는 주장을 통해 그는 진화론과 함께 위대한 발견을 했다는 찬사를 한 몸에 받았다.

경험자들인 선장과 초사가 어깨를 나란히 하고 인공수로를 찾아 수심이 5미터 내외인 초호(礁湖)로 들어섰다. 400톤급 이하인 선박은 강제도선이 아니었다. 항내는 마치 거문도처럼 항아리 모양으로 생겨 수면이 고요했다.

부두 안벽으로 다가서자 일본기를 단 큰 배가 한 척 계류되어 있고 그 주위로 작은 목선들이 10여 척 모여 있었다. '니치레이'의 3천 톤급 모선 '치구젠마루'였다.

부두에는 마중을 나온 몇몇 회사의 주재원 및 '밴 캠프' 직원들, 귀머리와 목덜미에 하얀 꽃을 두른 원주민 아가씨들이 야자수 그늘 아래 서 있었다. 선장이 기관장과 초사를 대동하고 환영인사들을 만나러 배를 내려가는 사이 배에 남은 사람들은 모두 갑판으로 나와 손을 흔들고 있었다. 구룡포 청년과 헷또 같은 젊은 축들은 원주민 아가씨들을 향해 입으로 피리를 불거나 괴성을 질러댔다. 일수도, 한구와 진수도 마찬가지였다. 그것은 오랜만에 만난 육지와 젊은 여자들을 보자 발작하듯 터져 나온 동물적인 반응이었다.

배의 엔진이 멈추어서 그런지 머리가 어질어질했다. 일수는 비로소 그게 육지 냄새를 맡은 땅 멀미라는 생각을 했다. 심호흡을 몇 번 한 뒤 뒤돌아서는데 조기장이 곁에 와 서 있었다. 적도를 넘어 날짜변경선을 지나고 그가 만세를 부르며 눈물을 흘리고 있을 때 맨 먼저 다가와 그의 손을 잡아주었던 최강일이었다.

"배가 무사히 잘 달려줘 고맙습니다."

"하, 하, 하! 아까 기관장도 엔진을 어루만지맨서로 그랬지라. 아무튼 실항사 땜시 내 병이 다 나았어라."

"이제 고기만 열심히 잡으면 더 바랄 게 없심니더."

"그라지라, 암만 그라지라."

선장 일행은 현지 주재원을 데리고 한 시간 뒤에 귀선했다. 주재원은 선원들의 하선은 내일 오전 10시부터 조를 짜서 실시하고 1인당 5달러의 상륙수당을 지급하겠노라는 말을 전한 뒤 배를 떠났다. 환율이 250원이던 때였다. 선장은 미국의 제35대 대통령 '존 F. 케네디'가 11월에 괴한의 총탄에 암살되었다는 놀라운 소식을 전했다. 날짜로 따져보니 불과 18일 전의 일이었다.

다음 날, 오전부터 2항사가 조기장의 손을 잡고 상륙했다. 금이 갔다는 뼈가 원상태로 회복되려면 아직 한 달이 더 걸릴 일이었다. 일수는 그가 제멋대로 엄살을 부렸거나 공갈을 친 것이라 단정했다. 어쨌거나 누구 마음이 먼저 움직였는지는 몰라도 사내들이란 한번 싸우고 나면 더 친해진다는 말은 틀림없었다. 일수는 점심을 마치고 거리 구경이나 하자며 한구를 불렀다.

현문(舷門)에 걸친 나무다리를 지나 땅을 밟으니 마치 허공을 딛듯 다리가 후들거렸다. 은근슬쩍 땅도 기우뚱거려 여전히 파도에 흔들리는 배의 갑판을 걷는 기분이었다.

먼저 주재원의 사무실부터 찾았다. '밴 캠프' 공장 옆에 또 다른 마구로 통조림 공장이 들어서 있었다. 올해 설립된 '스타키스트(Starkist)'란 미국 회사였다. 한국 배들 중엔 올해 첫 출어한 동화수산 소속 두 척이 납품계약을 체결했다고 했다. 기존 한국 배들이 거래를 트지 않은 것은 척 수도 적은데다 밴 캠프와의 인연을 무시할 수 없어서인데, 다만 새로 입어하는 배들이라면 계약이 자유롭다는 주재원의 설명이었다.

주재원에게 도보로 둘러볼 만한 곳을 몇 군데 소개받고 상륙수당을 챙긴 후 거리로 나섰다. 배가 계류된 부두길은 해안에 바짝 다가선 화산암 절벽으로 차 두 대가 겨우 지나갈 정도로 좁았다.

두 사람은 태평양전쟁 때 군인 병영이 있었다는 서쪽으로 걷기로 했다. 가는 길에 산에서 흘러내리는 개울가에서 윗몸을 다 드러낸 채 목욕을 하고 있는 천연의 여인들과 눈이 마주쳤다. 그들의 상냥한 눈웃음에 놀라고 당황한 것은 오히려 이쪽이었다. 그들은 고갱이 그린 타이티 여인들보다 훨씬 부드럽고 고운 얼굴들이었다. 조금 더 걸어가니 도로 좌우로 사모아의 관공서와 박물관과 시장이 있는 조금 널찍한 공간이 나왔다. 일수는 한구와 함께 민속역사박물관부터 찾았다.

박물관 입구에 들어서자 정중앙 벽면에 항공사진인 아메리칸 사모아의 조감도가 크게 걸려 있었다. 아메리칸 사모아는 육지면적의 2/3를 차지하고 인구의 9할이 모여 살고 있는 투투일라(Tutuila) 섬과 동쪽과 동남쪽 방향에 흩어져 있는 네 개의 작은 섬, 그리고 두 개의 환초(Rose, Swains Atolls)로 이루어져 있었다. 안내문에는 육지 면적이 76제곱마일이고, 바다를 포함한 연면적은 미국의 오리건주나 뉴질랜드와 맞먹는다고 쓰여 있었다.

이 섬의 폭포수를 제일 먼저 발견한 선녀의 이름은 '마시나'였다. 목욕하는 선녀 '마시나'를 찾아 카누를 타고 서쪽으로 노를 저어 온 총각이 있었는데 그의 이름이 '투투'였다. 서쪽 어느 섬에 살던 마음씨 고운 처녀 '일라'도 '마시나'를 보겠노라 카누를 타고 동쪽으로 향했다. 그렇게 한날한시에 동쪽 끝과 서쪽 끝에 닿은 두 선남선녀가 조우하여 지금의 동사모아인의 조상이 되었고 섬 이름이 투투일라가 되었다는 전설이다.

남태평양의 발견과 정착민들의 역사는 약 4천 년 전으로 거슬러 올라갔다. 최초의 이주민들은 얼굴이 검붉고 곱슬머리였다는데 동남아시아나 필리핀 북쪽에 흩어져 있던 티모르(Timor)나 몰루카(Molucca) 등지의 작은 섬들에서 출발했을 것이란 추측이다.

현재의 원주민 조상이 나타난 때는 1,800년 전으로 추정하는데 파푸아뉴기니에서 비롯된 폴리네시아계 이주민들이 보다 좋은 기후를 찾아 카누를 타고 솔로몬군도, 비스마르크 제도 등을 거쳐 사모아, 통가, 피지 등지로 흘러들었을 것이라 했다. 남태평양의 섬들에 산재한 옛 토기 유물에서 공통적으로 확인된 라피타(Lapita ceramic pottery) 문화권이 그 증거였다.

원주민 이주자들의 이동은 대략 AD 1,000년경 끝나고 이후 섬들 간에 상호 불가침조약 등으로 공존의 역사를 써내려갔다고 한다. 19세기 말 영국 · 독일 등에게 간섭받았던 동사모아군도가 아메리칸 사모아로 공식화되어, 박물관이 들어선 이곳 파가토고(Fagatogo) 마을에 성조기가 게양된 것은 1900년 4월이었고, 동사모아군도의 추장들이 미국에게 국가의 이익을 전적으로 위임한다는 조약이 체결된 것은 1904년 7월이었다. 그 기사의 바로 밑에 흰 옷으로 성장(盛裝)한 원주민들이 산언덕의 국기 게양대 곁에서 미국인들과 함께 찍은 낡은 기념사진이 하나 걸려 있었다.

최근 역사를 조명한 사진들 속에 군인들의 행군 모습과 부대 막사, 야포 등 군사시설을 찍은 사진들도 있었다. 파고파고항 내에 설치했다는, 어뢰 차단용 그물망을 찍은 사진이 일수의 눈을 사로잡았다. 일본 해군의 잠수정이 이곳 파고파고항에 나타나 위협을 가한 것은 실제로 있었던 일이었다. 일본과의 태평양전쟁이 본격적으로 시작된 1940년에는 이곳 사모아에 집결한 미군 병사만 무려 8천여 명이었고 전쟁 후 군인들이 철수한 것은 10년 뒤인 1950년이었다고 한다.

특히 일수의 눈길을 끈 것은 그들의 해상 이동수단인 카누의 실물 크기의 모형과 그 항해술이었다. 1769년 태평양을 찾았던 영국의 쿡 선장은 폴리네시안 카누가 자신들의 배보다 더 빨리 달렸다는 기록을 남겼다. 원주민들은 빵나무의 백목(白木)과 코코넛 섬유로 만든 V자형의 동체 두 개를 이어 만든 카누를 타고 남동무역풍을 따라 동쪽으로 나아갔다. 그들의 항해술은 하루에 최대 150마일까지, 멀리는 5,000마일의 대양 항해도 가능하도록 발전되었다고 한다.

일수는 또한 그들의 대양항해를 가능케 한 비결을 설명한 박물관의 글이 흥미로웠다.

첫째, 토인들은 나침반으로 여긴 별(Compass star)을 따라 동쪽으로 이동했다.

두 번째는 수평선 너머로부터 밀려오는 너울의 움직임을 읽는 기술이었다. 이는 곧 눈으로 보이는 것을 초월하여 너울의 굴절과 반동을 몸으로 느끼고 그 감각으로 나아갈 방향을 정하는 것이다. 달빛이 없는 어둠 속에서 섬 가까이 도착하면 암초를 피하기 위해 날이 밝기를 기다리고, 수평선에 배를 멈추는 것은 그 너머 육지가 있다는 것을 알기 때문이다.

셋째, 구름의 모양과 색깔을 살피는 것이다. 이를 통해 바람에 따라 바뀌는 구름의 형태를 보고 청명한 하늘일지 임박한 태풍일지를 감지해낸다.

마지막으로 새들의 종류를 식별하는 법이다. 이는 하늘을 날고 있는 새가 텃새인지 이동 중인 철새인지를 읽어내는 것을 말한다. 그들은 새들의 날갯짓 모양, 고기 잡는 방식만 봐도 저 멀리 반점과도 같은 새의 종류를 알아내는 능력이 있었다는 얘기다. 가령, 태평양 황금물떼새(Pacific golden plover)는 철새이고 그들의 이동경로를 보면 어디가 북쪽이고 어디가 남쪽인지를 알아낸다는 말이다. 만일 섬에 서식하고 있는 텃새라면, 멍청이가 아니고서야, 가까이 있는 그 새들의 서식지인 섬의 방향까지도 금방 알아챌 수 있다는 것이다. 특히 오후 시간에 바다에서 부비새 무리를 만난다면 그 주위에 틀림없이 육지가 있다는 증거이므로 카누의 토인들은 부비새를 줄곧 따라다니며 관찰을 해야 한다. 어둠이 찾아오면 부비새들이 저들의 둥지를 찾아가기 때문이다.

이 밖에도 원주민들의 가옥인, 나무기둥 위에 야자수 잎으로 지붕을 씌우고 마루만 깐, 벽도 방도 구분이 없는 팔레(Fale)와 뽕나무나 닥나무 껍질을 이용하여 만든 전통의복(Tapa cloth) 토가(Toga), 허리 아래를 둘러싼 치마 라바라바(Lavalava), 부족의 우두머리인 추장을 일컫는 마타이(Matai)

가 차려입은 의례복, 젊은 장정들이 잔치나 제례에 쓸 음식들을 장만하기 위해 장작불로 달군 우무(Umu)라는 돌 오븐을 만드는 모습, 마타이 앞에서 아바(Ava, 식물의 뿌리에서 추출한 액을 발효시킨 음료. 다른 지역에서는 카바 또는 사카오라고도 하는데, 마취나 흥분효과를 일으킴)라는 술을 따르는 의식(Ava ceremony), 원주민들의 주요 음식 등 기타 생활상을 담은 사진들을 일수는 실컷 구경했다.

한구는 수첩을 꺼내 들고 뭔가를 열심히 메모하느라 자주 일수의 발길을 무디게 했다. 한구는 수첩에다 '러브스틱(love stick)'이란 단어를 쓰고 동그라미를 쳐 강조해놓았다. 러브스틱이란 어둠이 깊은 밤 사방이 온통 개방된 오두막집에서, 잠자는 애인을 깨운다고 어린 사내들이 들이대던 팔이 긴 장대였다. 두 사람은 기억해야 할 것이 너무 많아 줄어 전에 진수를 데리고 다시 한 번 더 들르자고 약속을 했다.

박물관을 나선 둘은 시장 쪽으로 향했다. 사진에서나 길에서 마주친 폴리네시안 원주민 남자들은 하나같이 장대하고 우람한 거인 체격이었다. 남자들은 믿음직스럽고 여자들은 미인이었다. 미국계 혼혈인 듯싶은 젊은이들은 전쟁의 후손으로 읽혔는데, 일수가 짐작한 대로 그들은 미군 병사들과 어린 원주민 소녀들 간에 발생했던 비일비재한 로맨스의 열매들이었다. 미군들이 철수한 후 그 열매를 거두고 키운 것은 어리지만 강인했던 어머니들이었다. 태평양의 섬들은 그렇듯 모계사회였던 것이다.

난데없이 열세 살쯤 되어 보이는 어린 소녀 둘이 길 옆에서 뛰어나와 일수의 팔에 매달리더니 영어로 맥주 사달라, 아이스크림 사달라, 하며 떼를 썼다. 회사 주재원은 이곳의 바(bar)에는 맥주 외의 독주는 일절 팔지 않는다고 말했다. 그럼에도 술에 취해 비틀거리는 사람이 있으면 그 즉시 경찰이 잡아간다고도 했다. 조금 더 걸어가니 이번엔 웬 처녀들이 다가와 서슴없이 말을 걸었다.

"당신들, 결혼했어요? 한국에서 함께 살게 해줄 수 없나요?"

상상도 못한 질문이라 순간 일수와 한구는 서로 얼굴을 마주한 채 우물쭈물하고 말았다. 허다한 일본 선원들을 놔두고 첫눈에 한국인을 알아보는 것이 더욱 신기했다.

"호, 호, 호! 그냥 해본 소리야, 쏘리."

사모아 처녀들은 이내 저들끼리 깔깔거리며 제 갈 길로 가버렸다. 가슴이 뜨거운 처녀들의 순진한 객기였다. 그래도 일수는 참 우스웠다. 이방인들에 대한 호기심인지 멀고 먼 외국에 대한 동경심인지 도무지 그 속을 알 수가 없었던 것이다. 그런 까닭에 박물관에서 본 '러브스틱'이란 단어가 다시 머리에서 아롱거렸다.

이런 나라에 아직 공창이나 사창이 없다는 주재원의 말도 쉽게 이해가 되지 않았다. 마타이를 중심으로 한 엄격한 혈연주의나 19세기에 몰려온 영국 선교사들의 순결주의의 영향이 아닌가도 싶었다. 그러나 이성과 성에 대한 인식은 매우 자유롭다는 생각이 들었다. 한 달 뒤 바다에서 돌아오면 저 원주민 처녀들이 어쩌면 큰 위안이 될 수도 있으리라. 그래서 일수는 다음에 또 그런 처녀들을 만나면 좀 우질부질해야겠다고 생각했다.

마을을 둘러보니 16미리 영사기를 돌린다는 작은 극장과 당구장이 하나씩 보였고, 맥주를 파는 바는 네 군데나 있었다. 조그만 가게에서 담배 '카멜'과 '럭키스트라이크' 한 갑씩을 샀다. 한 갑에 17센트라니 한국 돈으로 40원 꼴이었다. 한국의 파고다 담배 한 갑이 50원이었으니 그리 부담되지는 않았으나, 짜장면 두 그릇 값이라 의외였다. 한국에서는 막걸리 한 되나 담배 한 갑이 보통 짜장면 한 그릇 값이었기 때문이다. 껌 한 통은 5센트를 불렀다. 한구가 상륙할 때 주재원에게 받았던 1달러짜리로 계산을 하면서 비싸다고 투덜거리자 가게 주인이 말대꾸를 했다,

"일반 공산품은 죄 미국 본토에서 가져오고 관세가 20프로나 붙어서 그래. 쌀도 미국 캘리포니아산이야. 여기선 모든 게 비싸다고 손님들이 불평을 해서 머리가 아파. 일본이나 한국 선원들에겐 외상도 해줘. 앞으로 자주 와."

외상이라고? 일수는 53척의 일본 어선들로부터 연간 2만

톤의 원어를 사들인다는 '밴 캠프'사의 위력이 실감났다. 현지에서의 선용품 구매는 '밴 캠프'의 덕으로 모두 외상이고 어획 대금에서 자동 상쇄된다고 하니 15%의 고리대금을 쓰는 한국 선주들에겐 꿈같은 얘기였다. 원주민들이 쓰는 영어는 한국 사람들끼리 주고받는 그것처럼 알아듣기가 쉬워 다행이었다.

　마지막으로 둘은 농산물을 파는 야채시장에 들렀다. 일수는 바닥에 깔아놓은 것이 과일인가 싶었는데 모두 그들의 주식이란 이야기를 들었다. 덜 익은 사과처럼 둥글고 큼직한 녹색 열매는 우루(빵나무 열매)라 하고 고구마처럼 생긴 구근 식물은 타로, 토란과 흡사한 것은 카사마라 불렀다. '얌'이라 부르는 것은 뿌리가 아닌 줄기였는데 한국의 마와 같았다. 일수의 눈에 익숙한 것은 그중 코코넛 열매뿐이었다.

　남태평양 원주민들의 속담에 '빵나무 두 그루만 있으면 모든 것이 끝난다.'라는 말이나 씨앗이 없는 탄수화물 덩어리인 이 식물들이 기골이 장대한 원주민들을 모조리 뚱보로 만드는 주범이라는 것을 안 것은 시간이 지나서였다.

　배로 돌아오는 길에 은근슬쩍 개울가를 살폈다. 그러나 옷 벗은 여자들은 한 명도 보이지 않았다. 바닷가에는 마치 풍향계처럼 서 있는 키 큰 야자수들만 바람에 머리를 빗고 있었다.

일수는 저녁 식사 시간에 진수를 만났다. 그는 거두절미하고 또 2항사의 험담을 쏟아 놓았다.

"낮에 원주민 처녀를 만나 말 한마디로 구워삶았다며 자랑이 대단해. 화양실업 주재원 사무실에 들렀다가 사무원인 젊은 여자와 서로 쪽지를 주고받았다고 하더만. 다음엔 조기장과 함께 쌍쌍으로 만난대. 하여튼, 그 선배 잡기에 능한 재주 하나는 알아줘야 해."

사람의 본성은 쉽사리 바뀌지 않았다. 오죽하면 제 버릇 개 못 준다는 말이 생겼겠는가. 조기장과의 일로 좀 점잖아졌나 싶었는데 타고난 성격은 어쩔 수가 없었다.

병옥도 경력을 쌓으면 머지않아 선장이 될 것이다. 그러나 승선경력만으로 꼭 훌륭한 선장이 된다는 보장은 없었다. 그를 위해서는 바다와 인간에 대한 깊은 이해와 겸손한 성찰이 필요할 것이다. 일수 자신도 하루 빨리 좋은 선장이 되고 싶다는 생각은 변함없었지만 누구에게나 그것은 시간과 노력이 필요한 일이었다. 일수가 선장을 찾으니 진수가 '치구젠마루'의 일본 어로장을 만나러 갔다고 전했다.

선장은 저녁이 되면 예외 없이 일본 어로장을 찾았다. 일본 어선들의 어획동향이나 어장정보를 얻기 위해서라고 했다. 일본 배들은 대부분 100톤 미만의 낡은 목선들이었다. 그 배들은 모두 연근해 신조선들과의 경쟁을 피해 이곳으로 몰려든 것이었다. 그래서인지 항구 곳곳에 파손된 노후선들이 더러 쓰러져 있었다. 주재원의 말에 따르면, 이곳에 나온 일본 선원들은 대부분 뭍에서 도망친 야쿠자나 전과자 출신의 하류인생들이었다. 그래도 일본 배의 하급선원들은 6개월에 평균 30만 엔을 번다고 했다. 한국 돈으로 90만 원의 수입이었으니 결코 적은 돈이 아니었다.

늦은 밤 일수는 혼자 브리지에 있었다. '밴 캠프' 공장 맞은편 언덕 위에 불이 켜진 서너 채의 일본식 가옥이 보였다. 케네디 미국 대통령의 지시로 사모아 근대화 사업이 실시된 지 몇 해째인데 이제 그가 총탄에 쓰러졌으니 저 일본식 가옥을 헐 사람도 없을 터였다. 일수가 심심한 나머지 남십자성이나 찾아볼까 하던 참에 초사가 선교에 불쑥 들어섰다.

"심심한가 보네? 내일 저녁에 너희 실항사 세 명, 나랑 함께 어디 좀 가야겠다."

"브리지 당직은예?"

"여기선 발전기만 돌리는데 뭐 어때. 하루쯤 조타수들 불러 지키라고 하면 될 거야. 부두 정박 중엔 배에 불만 안 나면 돼."

"그럼 저녁은 우짜고예?"

"아-, 저녁은 그 집에 가서 먹을 거야. '찰리'라고 '밴 캠프'에서 품질검사를 하는 친군데 나랑 친해. 다른 건 그 집에 가 보면 차차 알게 될 거야."

찰리의 집은 바다가 내려다보이는 야트막한 산언덕에 자리를 잡고 있었는데, 대문도 없는 소박한 유럽식 단층건물이었다. 현관문에 붙은 초인종을 누르자 하와이풍 셔츠를 입은 덩치 큰 사내가 웃으며 걸어 나왔다. 거실에 앉아 서로 인사를 막 나누려는데 난데없이 웬 키 작은 여자가 나타났다. 순간 일수와 친구들은 깜짝 놀라 뒤로 나자빠질 뻔했다. 찰리의 부인이라며 등장한 여자가 다름 아닌 한국인이었던 것이다.

초사가 먼저 찰리를 소개했다. 그는 피지 동쪽 통가국의 왕족이며 6·25 한국전쟁의 참전용사였다. 그가 미육군과 해병대 소속으로 한국전에 참전한 사모아 현지인의 수가 1,500명이었다는 말을 해서 일수는 더욱 놀랐다. 세상이 이렇듯 넓고도 좁은 것임을 여태껏 왜 몰랐을까, 라는 생각에 일수는 기가 막히고 어안이 벙벙했다. 그야말로 우물 안 개구리였음을 실감하는 순간이었다. 한국이란 좁은 우물 안에서 이제껏 애면글면 살았던 자신이 너무 초라하고 불쌍하다는 생각마저 들었다.

찰리의 아내는 몸피가 두꺼운 남자에 비해 한국의 여염집 규수처럼 작고 아담한 몸집이었다. 나이 또한 어림잡아 30대 중반이었다. 일수는 그녀의 송곳같이 높은 악센트와 빠른 말씨로 보아 얼핏 개성 출신이란 생각이 들었지만 초면인지라 사사로운 질문은 할 수가 없었다.

그녀가 차려낸 밥상은 그야말로 진수성찬이었다. 삶은 타로와, 우루, 코코넛과 바나나 등으로 갈무리한 천연향료를 발라 구웠다는 돼지고기와 닭고기 바베큐, 빨갛게 익혀낸 꽃게만 한 크기의 맹그로브게, 잼처럼 생긴 코코넛 크림과 고슬고슬한 캘리포니아산 밥 등이었다. 화려한 식탁에 넋이 나가 입을 다물지 못하는 초짜 후배들을 보더니 초사가 등을 두드리듯 입을 열었다.

"자네들 이 게는 처음 보지? 맹그로브게라고 조간대 생태계인 맹그로브 숲에서 살아. 참, 아직 맹그로브나무를 못 봤겠네. 바닷물을 좋아하는 수생식물이야. 나중에 2달러 비치에 놀러 가거든 해안가를 잘 살펴봐. 태평양에서 맹그로브 숲은 치어들의 성육장이기도 해."

정작 일수가 궁금했던 것은 나무에서 열린다는 빵이었다.

"이 빵 같은 게 열리는 나무 이름이 뭡니꺼?"

"나무는 '우로', 껍질을 깐 그 열매를 '우루', 불에 구우면 '우무(Umu)' 삶으면 '사카(Saca)'라고 하는데요, 그냥 다들 편히게 '우투'라고 해요. 딱딱한 껍질을 벗긴 우루는 그 안에 씨앗이 없고 속살은 희고 부드러워 식감이 진짜 빵 같아요. 1년에 8개월은 열매가 맺히니 달리 빵이 필요 없어요. 우리 집에도 빵나무가 두 그루나 있지요. 다들 한 그루나 두 그루를 집 앞에 심어요. 타로와 함께 우루는 원주민들의 주식이랍니다."

우루와 달리 타로는 감자 맛이 났다. 이 음식은 둘 다 한국의 쌀밥인 셈이었다. 청년들이 귀를 쫑긋 세우고 신기해하자 여자도 신이 난 듯 말을 이어갔다. 화제의 중심이 여자에게로 쏠리자 초사와 찰리는 잠시 뒷전으로 물러나 오렌지 빛깔이 감도는 하와이안 펀치를 나누어 마셨다.

"우리는 이 우루를 설탕물에 삶아 먹거나 엷게 썰어 꿀을 발라 기름에 튀겨 먹기도 해요. 우루의 단점은 숙성이 빨라 하루 정도밖에 보관이 안 된다는 거예요."

그 말끝에 얌전한 진수가 끼어들었다.

"그럼 먹다 남긴 우루는 어쩐대요?"

"아– 그 말이 나올 줄 알았어요. 우리는 그것을 바나나 잎을 깔아가며 차곡차곡 통에 넣은 뒤 돌을 얹어 발효시켜요. 그러면 이 더위에도 오랫동안 저장이 가능해요. 독특한 냄새가 나는데 한국의 김치처럼 여기선 아주 중요한 발효식품이에요."

여자는 그 맛을 한번 보여주겠다며 몸을 일으켜 부엌으로 향했다.

찰리는 초사에게 1년 전 준공된 새 참치공장 이야기를 하고 있었다. '밴 캠프'의 경쟁자로 나선 미국의 '스타키스트'란 회사였다. 한국어선을 받아들인 '밴 캠프'사에 대한 반감으로 이탈한 일본선단 일부와 최근 신조선 두 척을 출어시킨 한국의 동화수산이 올해부터 스타키스트에 납품하고 있다고 했다. 밴 캠프의 품질검사원인 찰리는 초사에게 앞으로 어획된 튜나의 처리과정에 신경을 많이 써야 할 거라고 충고를 했다.

여자가 들고 온 빵나무 조림은 맛이 생경했다. 입에 넣기도 전에 오래된 치즈처럼 고약한 냄새가 코를 찔러 일수는 일순 거부감을 느꼈으나, 정작 입안에서는 김치처럼 달짝지근한 신맛이 감돌면서 삼킬 때는 목을 타고 달콤한 향이 올라왔다. 진수는 비위가 상했던지 우루와 타로에 발라 먹던 코코넛 크림을 숟가락으로 떠서 바삐 입에 넣었다.

음식이 비워질 때쯤 대여섯 살로 보이는 어린 남매가 나타나 엄마 곁을 맴돌았다. 아이들은 어른들 식탁에서 배제된 것이 억울했던지 둘 다 입이 불퉁했다. 일수는 아이들이 저녁을 저들끼리 따로 먹었겠거니 싶었다. 바비라 불린 남자아이는 폴리네시아계 혼혈이었고 앨리사는 엄마를 닮아 동양인의 얼굴에 가까웠다. 아이들을 보자마자 신화 속의 투투와 일라가 생각났다. 초사가 아이들에게 용돈으로 1달러짜리 지폐를 하나씩 건넸다. 그때서야 아이들이 밝게 웃었다. 일수의 눈에 비친 아이들은 구만리 바다를 건너온 한국산 봉숭아 홀씨였다.

아이들은 잘 시간이라며 여자가 아이들을 데리고 일어섰다. 시계를 보니 저녁 9시가 가까웠다. 아내가 잠시 자리를 비운 사이 찰리가 이번에는 '해적의 술'이라며 모히토를 꺼내

한 잔씩 돌렸다.

여자는 고립무원인 이곳의 삶이 얼마나 행복할까. 그녀의
친정 식구들은 아직 한국에 남아 있을까. 한국 선원을 보는
그녀의 심정은 어떨까. 이런저런 생각으로 마음이 바쁜 일수
에게 언제 왔는지 그녀가 곁에 와서 말을 걸었다.

"아직 부산에 전차가 다녀요?"

언젠가 영도 남항동 전차 종점 길바닥에 가마니에 덮여 누
워 있던 아이의 주검을 떠올리며 일수가 대답했다.

"그럼요. 길에 자동차가 그리 많지 않아요. 아이들이 타는
자전거 바퀴가 전차 레일에 끼어 종종 인명사고가 나요. 근
데 부산엔 언제 사셨어요?"

"6·25 전쟁 때 피난 내려와서 여기 오기 전까지 부산에 쭉
살았어요."

"그럼 서면 근처에서 살았겠네요?"

"아니, 뭐… 여기 저기."

여자가 묘한 표정으로 얼굴을 붉히더니 말꼬리를 감추었
다. 여자처럼 일수도 무언중에 얼굴이 살짝 달아올랐다. 일
수가 대뜸 서면 근처라고 물었던 것은 국민학교 시절 남항동
시장골목의 이웃에 살았던 곰보누나가 생각났기 때문이다.
누나는 일요일이면 가끔씩 찾아와 선물을 하듯 일수에게 동
래행 전차를 태워주곤 했다. 서면이나 부전동에서 내린 누나
가 일수의 손을 잡고 항용 데리고 다닌 곳은 하야리아 부대

를 지나 일명 '300번지'라 부르던 양색시 골목이었다.

곰보누나는 얼굴만 얽었지 얼굴형이나 키나 몸매가 미인 축에 들었다. 일수를 데리고 전차를 탈 때면 누나는 늘 몸에 착 달라붙는 흰 바지를 입고 나섰다. 그러던 어느 날 곰보누나가 동네에서 갑자기 보이지 않는 것이었다. 일수가 중학교에 들어갈 무렵이었다. 식구 입 하나 줄이려고 어린 딸을 부잣집에 식모로 보내는 일이 허다하던 시절이었다. 국민학교만 다녔다던 누나의 그때 나이가 아마 열여덟 살쯤 되었으리라.

사람들은 양색시를 일쑤 '양갈보'라 불렀다. 색시를 대체한 갈보라는 명칭은 2차 세계대전 당시 미국 군인들에게 인기 만점이었던 여배우 '그레타 가르보'의 이름에서 차용된 것으로, '가르보'는 외박 나온 미군들이 자주 쓰던 말이었다. 오늘 지금까지 행방이 묘연한 그 곰보누나 또한 이 여자처럼 미국 군인을 따라 태평양의 어느 섬이나 알래스카 등지로 사라져버린 것은 아닐까라는 의문이 문득 들냐.

"누님, 다음에 시간이 나면 코코넛 크림 만드는 것도 좀 가르쳐주이소."

이제는 헤어질 시간이었다. 엉거주춤 일어서며 일수가 여자에게 던진 말이었다. 그때였다. 여자가 돌연 일수를 낚아채듯 끌어당겨 옆에 앉히더니 개성 사투리를 폭포수처럼 쏟아내기 시작했다. 여자는 마치 모국어에 굶주린 소녀 같았다. 말투도 동생 대하듯 어느새 가볍고 짧아져 있었다.

"다음이 어딨어. 잘 들어봐! 야자수 열매가 익으면 자동으로 땅에 떨어지거든. 그래서 야자수 나무 아래선 노 파킹이야. 먹으려면 땅에 떨어지기 전 높은 야자수에 올라가 따는데, 그때는 속이 하얗게 꽉 차 있지. 알맹이를 싸고 있는 표피를 벗기면 딱딱한 코코넛이 나오고, 반으로 깨뜨리면 달콤하고 시원한 야자수 물은 이미 하얗고 딱딱한 고체로 굳어 있어. 속에 야자수 물이 고여 있으면 약간 덜 익은 거야. 코코넛 살에 붙어 있는 이것을 긁어내 얇고 부드러운 타로 잎에 양파, 소금, 기타 양념을 함께 싸서 불에 달군 우무에 넣어 익히면 잼같이 변하는데 이것이 바로 코코넛 크림이야. 한국의 된장이라고 생각하면 돼. 우리는 우루나 타로나 돼지 바비큐를 모두 여기에 찍어 먹어. 어른 손가락 두께만 한 코코넛 살은 고기나 생선과 함께 빵처럼 날것으로 먹는데 아몬드 맛이 나. 참, 내 정신 봐. 오늘 코코넛 살을 상에 안 올렸네. 코코넛으로 만든 또 다른 음식도 있는데, 이담에… 직접 눈으로 보며 설명을 듣는 게 낫겠지?"

찰리는 그런 아내의 수다를 즐기며 기뻐하는 눈치였다. 오늘 그들을 저녁식사에 초대한 목적이 바로 그것이란 듯, 그는 아내의 등 뒤에서 만면에 미소를 머금은 채 조용히 서 있었다. 여자의 얘기가 끝나자 잠시 뜸을 들이던 초사가 마지못한 듯 일행을 일으켜 세웠다. 남편을 의식했는지는 몰라도 이담에… 라고 말을 끌던 여자는 다음에 또 봤으면 하는 눈치가 역력했다.

"누님, 오늘 만나서 즐거웠습니더. 그럼 담에 또…"

초짜 항해사들을 대표해서 일수가 짐짓 쾌활한 목소리로 여자에게 인사를 했다. 그녀에게 '300번지'의 기억을 떠올리게 한 것 같아 미안했고 한편으론 먼 조국에서 찾아온 그들에게 맛있는 음식을 마련해준 그녀의 동포애가 눈물겹도록 고마웠다. 찰리의 집을 나서면서 일행은 마당에 심었다는 빵나무를 살폈다. 플라타너스 나무만 한 키에 우듬지가 다복했다. 나무를 향한 눈길이 밤하늘에 닿자 하늘색이 산호초의 물빛처럼 영롱하다는 느낌이 들었다. 그때 주인 내외가 던진 굿나잇이란 밤 인사가 등 뒤에서 맑은 하늘로 아련하게 울려 퍼졌다.

입항한 지 일주일이 후딱 지나갔다. 때마침 11월부터 4월까지 이어진다는 우기였다. 그 탓에 습도가 높았지만 하늘에 해만 뜨면 청정한 공기가 사방을 압도하여 일수는 마치 제비갈매기처럼 몸이 날아갈 듯 상쾌했다. 과연 자타가 인정하는 세계에서 가장 맑은 하늘이었다.

그동안 일수 패거리는 박물관을 한 번 더 찾았고 주재원의 차를 타고 초사가 언급했던 2달러 비치도 다녀왔는가 하면, 여인들이 자주 목욕하는 개울가를 거쳐 구름을 만나면 어김없이 비를 뿌린다는 파고파고의 제일 높은 산(Rainmaker mountain)도 한 차례 등정했다.

비가 내리면 대부분 빗물은 다공성 현무암으로 파고들어 절벽 아래 바다로 폭포처럼 흘러들었다. 산 정상에 오르니 몇 군데 물빛이 다른 내항의 깊은 수로도 볼 수 있었다. 그 옛날 산 위에서 쏟아지는 빗물이 수월하게 바다로 빠져나가라고 군인들이 몇 군데 산호초를 파 물길을 냈다는 얘기는 그저 그러려니 하고 들었다.

2항사 병옥은 상륙할 때마다 동화수산 사무실에 들러 원주민 처녀를 만났다고 자랑했다. 첫 항차를 마치고 들어오면 근처 호텔에서 정식으로 데이트를 하기로 약속했다는 말까지 서슴없이 하고 다녔다. 합동 데이트를 한다고 하더니 어떻게 되었냐고 남방에게 슬쩍 물었더니 그날은 바에서 여자들과 맥주만 마셨고 영어를 몰라 자기는 벙어리 짓만 했다는 대답이 돌아왔다. 집과 가족이 그리운 사람들은 일수에게 저마다 편지를 쓴 두툼한 봉투를 들고 왔다.

입항한 지 열흘 하고도 사흘째 되던 날이었다. 선원들은 모두 세 밤을 더 잔 뒤 출항하는 것으로 알고 있었다. 그런데 낮에 기관장이 연료를 가득 채우는가 싶더니 바로 그다음 날 출항한다는 선장의 명령이 떨어진 것이다.

일수는 찰리 집 방문 이후 시간이 날 때마다 초사 곁을 맴돌았다. 초사의 말로는 3일 뒤에 화양수산의 화양호가 들어

오는데 아무래도 그 선장 얼굴 보기가 싫어 우리 선장이 출항을 앞당겨 잡은 것 같다고 했다. 더도 덜도 말고 바다가 딱 그리울 시간이었다.

12월 20일 오전 8시. 지남2호는 출항기를 올린 뒤 차분한 걸음으로 파고파고항을 떠났다. 어장을 찾아 나아가는 그 순간 선장을 포함한 23명 선원들의 표정은 한결같이 결연하고 비장했다. 그래서인지 처음 한동안은 검은 장막 같은 무거운 침묵이 배 안을 휘감았다. 지난 3개월에 걸친 시간들을 이젠 결코 헛되이 할 수 없다. 앞으로 1년 동안 죽음을 각오하고 저 바다와 싸워 이겨내야 하리라. 선장님 제발 고기 많은 어장만 찾아주이소. 부디 몸 안 다치고 돈 많이 벌어 집에 가게 해주이소. 간절한 마음은 그처럼 제각각이었다. 보초(堡礁)를 넘어서자 배가 속력을 높였다. 풍력계급 5의 무역풍이 다소 거세게 불어 백파가 날렸으나 항해에는 지장이 없었다.

선장이 첫 번째로 지목한 어장은 동북 방향 쿡제도(Cook Islands)였다. 초사를 비롯한 항해사들은 일본 어로장이 제공한 지난 몇 년간의 어획통계를 근거로 내린 결론을 믿었다. 그것은 백발백중의 복권이 아닌, 수많은 가능성 중 확률이 높은 쪽을 선택한 모험이자 도전이었다.

일본 어선들은 사모아 서북쪽의 투발루(Tuvalu), 키리바시(Kiribati) 어장이나 또는 남서쪽 통가(Tonga), 피지(Fiji), 바누

아투(Vanuatu) 어장 등을 선호했다. 드물게 남위 16도의 남회귀선을 지나 남동쪽 30도까지 황천(荒天)의 바다를 탐험하는 배들도 있었다. 현재 일본 어선들이 집결해 있는 곳은 투발루 쪽인데 그곳은 곧 종을 칠 것이라 했다. 오직 믿는 것은, 바다는 넓고 마구로는 천성이 부지런한 고기라는 것이었다.

항해 중 일수는 무료할 때면 사모아에서의 추억을 되살리며 시간을 보냈다. 그중 박물관에서 보았던 가쓰오 사냥 그림은 퍽이나 인상적이었다. 그 그림이 생각날 때마다 일수는 자신이 경험하지 못한 고기잡이 선원의 희열을 상상하며 가슴이 두근거렸다.

세 명이 타는 10미터 길이의 카누를 바알로(Va'a alo)라 했다. 두 명은 노잡이였고 크고 무거운 장대 끝에 미늘이 없는 거북조개로 낚시를 만들어 흰 대합조개를 미끼로 달고 선미에서 수면과 45도 각도로 낚싯대를 드리운 자는 선장인 타우타이(Tautai)였다. 바다 위에는 새 떼들이 춤추고, 수면으로 튀어 오르는 작은 물고기들을 쫓아 물보라를 날리며 약동하는 가쓰오 무리와, 어군의 이동을 따라 힘차게 노를 젓는 선원, 그리고 낚싯대를 휘두르는 타우타이의 역동적인 모습을 그린 파노라마였다.

노 젓는 속도는 사냥감의 이동속도에 맞추어야 했고, 가쓰오가 수면 위로 모습을 드러내면 선장은 낚싯대를 휘둘러 고기가 등 뒤의 카누에 떨어지게 했다. 그것은 즉각적이고 민첩한 대응을 요하는, 고도로 집중된 노동이었다. 먹이를 쫓는 색이군(索餌群)이라 이동속도가 느리기 때문에 가능한 일이었다.

일수와 친구들에게 그 그림이 특히 감명 깊게 다가온 것은 그것이 바로 가다랑어 채낚이 어법의 원조였기 때문이다. 1회 조업에 100마리를 잡는 것은 보통이었고, 어획물로 가득 찬 카누는 선원들이 헤엄을 쳐 해안가로 끌고 왔다. 당시 가쓰오는 그들에게 '신성한 물고기'로 여겨져, 조업이 끝나면 축제의 의식이 행해졌고, 잡은 고기는 놀랍게도 오직 마타이들만 먹었다고 전한다.

또한 박물관에는 남태평양 서쪽 바다에 빈번하게 출몰했던 유럽 포경선들의 발자취도 사진으로 남아 있었다. 서사모아의 아피아항(Apia)은 유럽열강이 경쟁적으로 몰려들어 포경선이나 코코넛을 실어 나르던 버터무역선으로 성황을 이루던 시절이 있었다. 19세기에 남태평양을 장악한 미국 포경선들의 무제한 남획으로 향유고래는 거의 멸종에 이르러 이 바다에서 이젠 보기 힘들어졌다. 그 당시 남태평양에 서식했던 향유고래의 수는 100만 마리 이상이었다고 하는데, 말 그대로 풀 한 포기 없는 검은색의 섬은 모두 고래의 등이었다는 얘기다.

"그래도 북극수염고래는 볼 수 있겠지?"

산란을 위해 적도 부근으로 회유한다는 북극수염고래를 염두에 두고 일수가 친구들에게 던진 말이었다.

"수염고래는 호주 남쪽으로 가야 볼 수 있을 게야. 이곳 바다엔 샤치가 많이 돌아다닌데."

얌전한 진수가 고래 얘기를 누구에게 들었는지 아는 체를 했다. 가족들끼리 떼로 몰려다니며 낚시에 물린 마구로를 뜯어먹는 샤치는 범고래(killer whale)를 칭하는 일본말인데, 마구로배 선원들에게는 불구대천의 원수였다.

일수 일행이 2달러 비치로 놀러간 것은 찰리의 집에 다녀온 뒤로 곰보누나 생각에 마음이 스산하던 때였다. 앨리사 엄마가 찰리를 만나 이곳 사모아에 정착한 것은 어쩌면 큰 행운이었다. 누구를 만나 어디로 가 살든 그것은 그 여자의 팔자소관이겠지만, 만약 곰보누나가 한국을 떠나 이역만리 넓은 세상을 보았다면 그 또한 그녀의 복일 것이고, 그 땅에서 앨리사 엄마처럼 건강한 아이들을 낳고 산다면 더할 나위가 없을 터였다.

2달러 비치는 항구의 왼편, 즉 동쪽으로 난 좁은 길을 따라 30여 분을 걸어 언덕을 넘어가니 나타났다. 5달러 비치도 있었지만 투투일라 섬의 서쪽 끝 국제공항이 있다는, 땅이 넓은 타푸나(Tafuna) 지역이었고 걸어서 가기엔 길이 너무 멀었다.

바다로 돌출한 작은 화산섬과 연결되어 좌우로 손수건을 펴놓은 것 같은 모래사장의 길이는 넉넉잡아 50여 미터에 불과했다. 평지인 모래밭 위에 나무로 지은 방갈로와 그 뒤편으로 시멘트에 하얀색을 칠한 직사각형의 무덤들이 있고 작은 꽃밭이 있었다.

계단을 내려가 바닷물에 발을 담그려는 찰나 방갈로의 어두컴컴한 곳에서 웬 여자의 호명이 달려왔다. 일수 일행이 들은 척도 않고 있으니 늙은 여자 하나가 다가와 돈을 달라며 손을 내밀었다. 한 사람당 2달러를 내라는 말이었다. 남의 땅에 들어왔으니 돈을 내야 한다는 것이다. 수영을 하든 모래밭에서 바베큐 잔치를 하든 자기는 상관하지 않을 테니 돈만 달라는 얘기였다. 일행은 돈이 없다고 떼를 쓴 끝에 모두 3달러를 주었다.

돈의 대가로 젊은 사내 세 명은 알몸인 채로 괴성을 지르며 바다로 뛰어들었다. 하얀 모래가 깔린 초호는 진초록의 에메랄드빛으로 영롱했다. 알몸을 휘감는 태평양의 바다는 원주민 처녀의 살결처럼 풍성하고 따뜻하고 아늑했다.

얕은 바다에 맹그로브나무 한 그루가 홀로 뿌리를 내리고 서 있었다. 혹시 맹그로브게를 볼까 싶어 물속을 살폈으나 이름 모를 치어들과 낯선 조개들뿐이었다. 게는 낮에는 해안가의 맹그로브 숲에서 살고 밤에만 바다로 내려와 코에 물을 적신다는 찰리의 말이 생각났다. 어쨌거나 그 시간 2달러 비치가 그들에겐 천국이었다.

배로 돌아와 초사에게 입장료 얘기를 했더니 그가 웃으면서 이유를 설명해주었다.

"원주민의 땅은 모두 '마타이(Matai)'라 부르는 추장의 땅이야. 관공서가 들어선 자리는 물론이고 이 사모아 땅의 98%가 그래. 마타이의 가장 중요한 역할은 가족이나 부락의 땅을 신탁 관리하는 거야. 그러나 원주민 누구도 추장에게 토지세를 낸다는 얘기는 들어본 적이 없어. 남의 땅에 들어왔으니 돈을 내라는 말은 이곳 남태평양 섬에서는 불문율이라고 생각하면 돼."

"어딜 가나 마당에 무덤이 있던데 그건 왜 그렇습니까?"

"원주민들의 풍습이야. 그들은 사람이 죽어도 그 영혼은 자기들 곁에 살아 있다고 믿지. 그래서 타지에 나간 사람이라도 죽을 때는 꼭 자기 고향집 가족들 곁에 묻히기를 원한다고 해."

뒤에 갑판장은 갑판원 5명을 데리고 삶은 돼지 뒷다리와 소주를 들고 가 실컷 놀고 왔지만 자기들은 달랑 2달러만 주었다며 자랑스럽게 얘기했다. 한국 사람의 임기응변에 능한 재주는 그렇다 치자. 만약 이 사모아가 미국이 아닌 일본의 지배를 받았더라면 과연 지금 어떻게 되었을까? 그런 생각에 미치자 문득 일수는 '일본의 민주주의는 도금(鍍金)된 것이야.'라던 선장의 말이 생각났다.

9

삼각파도

해류는 계속 서쪽으로 흐르고 바람의 방향은 수시로 바뀌었다. 적도무역풍 권역에 진입할 때까지 그럴 것이었다. 선장은 북동쪽을 향해 가면서 바다를 읽고 있었다. 바다를 읽어가며 어장을 찾아 이동하는 것을 적수(適水)라고 한다. 특히 수온약층(水溫躍層)이나 조목(潮目) 등을 유심히 살폈다. 야광충의 출현이나 수온의 변화는 조목이 있다는 징조였다. 수온과 수색, 해류나 주류의 움직임은 어류의 식이활동과 관련이 있으므로 결코 관찰을 게을리할 수가 없었다.

수온이 급격히 떨어지는 수온약층이라면 심해냉수의 용승 때문이었다. 간혹 어탐기를 찍어보기도 했다. 그러나 며칠째 100미터 이하에는 어군이라 생각되는 까만 점들이 보이지 않았다. 대어(大漁)의 징조는 드리운 낚싯줄에 이동하는 어군의 선두부가 걸려들 때라고 했다. 갑판장은 이렇게 '아다리'

가 되는 날이면 모두 날밤을 새도 끄떡없다고 말했다.

막상 조업이 시작되면 선원들은 하루에 잠자는 시간이 보통 4시간 정도였다. 투승이 끝나고 2시간, 양승이 끝나고 2시간 그랬다. 그러나 고기가 쉴 새 없이 올라오는 날이면 그들은 잠도 잊고 피로도 잊고 마냥 기쁨에 들떠 미쳐 날뛸 것이다. 문제는 어로작업 중 일어나는 불의의 사고였다. 졸음에 겨운 나머지 양승 중인 낚시에 손이 걸리거나 마구로에 섞여 올라오는 상어 입에 발이나 팔이 들어가면 큰일이었다. 그래서 마구로배 항해사들은 옛날 일수의 아버지처럼 대나무 막대기를 들고 다니면서 작업 중에 조는 선원이 보이면 달려가 사정없이 등을 후려친다고 했다. 지남2호에는 2항사 김병옥이 바로 그 담당이었다.

적수 중에 스콜이 자주 내렸다. 주낙은 400바찌가 완성되어 어군만 만나기를 학수고대하고 있었다. 선미 갑판에서 간간이 주낙을 손질하며 투승 명령만 떨어지기를 기다리던 선원들은 더위를 식혀주는 비를 기꺼워했다. 한편 선원들은 틈틈이 갑판 위로 뛰어드는 날치 때문에 즐거운 시간을 보내기도 했다. 날치의 곡예는 밤낮의 구분이 없었다. 잘 구운 날치는 밥반찬으로 그만이었다.

서경 160도 남위 10도. 적수(敵水)를 한 지 사흘째 되는 날 첫 투승이 이루어졌다. 출항한 지 꼭 닷새만이었다. 처음 가

보는 어장이라 신중에 신중을 기한 적수로, 생각보다 시간이 많이 걸린 셈이었다. 해수의 표층온도는 섭씨 23도였다. 조류는 서남향 시속 0.5마일. 바다 위로 시속 8마일의 동풍이 기분 좋게 불어왔다. 브리지 뒤 선미에서 5명의 선원들이 작업대에 어구가 담긴 소쿠리와 이깝이며 부이 등의 부속장구들을 쌓아놓고 바쁘게 움직이기 시작했다.

새벽 3시부터 시작된 투승작업은 오전 7시에 끝났다. 배는 북쪽을 향해 전속으로 달리며 40여 마일의 거리에 2,000여 개의 낚시를 일직선으로 담갔다.

맨 처음 큰 유리알 부이에 묶은 10미터 길이의 대나무 장대 끝에 붉은 깃발을 매달아 바다에 던졌다. 이를 초기(初旗)라 했다. 곧이어 초기에 연결된 10미터 줄이 달린 부이가 던져졌고, 원줄에 눈을 만들어 스냅으로 연결한 낚싯줄이 원줄을 따라 연속적으로 풀려나갔다. 낚싯줄 6개가 던져지면 한 광주리가 비었다. 눈에 보이는 자들은 낚시에 꽁치를 끼우는 사, 부이를 원술에 묶어 던지는 자, 바다로 주낙을 던지는 자들이고, 그 밖은 이료(餌料) 박스나 어구 광주리를 선미로 나르는 자들이었다. 하나같이 일사불란하여 틈이 없고 빈손인 자가 없었다.

메인라인을 따라 30m 간격으로 달린 낚싯줄 18개마다 플라스틱 부이(light buoy)가 달리고, 또 부이 30개마다 라디오 부이(Radio buoy)를 하나씩 달아 바다에 던졌다. 부이 수만

100여 개였고 이 배에서 올해 처음 사용한다는 라디오 부이만 모두 4개였다. 라디오 부이는 자체적으로 전파를 일정하게 발산하므로 바다에서, 특히 어두운 밤이나 황천조업 시 주낙을 잃어버릴 경우 방향탐지기로 그 전파를 잡아 주낙의 위치를 찾아갈 수 있게 하는 매우 유용한 기기였다. 주낙의 마지막에 내린 큰 유리알 깃대를 종기(終旗)라 불렀다.

일수는 외람되이 첫 조업 치곤 낚시가 좀 많다는 생각이 들었다. 그러나 이는 어떤 종류의 고기가 물리는지 시험 삼아 알아보고, 또 일정한 방향으로 움직이는 어군을 따라 소해면적(消海面積)*을 최대한 넓히려는 선장의 요량이었던 것이다.

180여 킬로미터에 달하는 메인라인을 축률(縮率) 0.5 정도로 해서, 즉 수면에 뜬 부이 간격을 절반으로 축소시켜 15미터인 브랜치 라인이 수심 100미터 내지 200미터까지 들어갈 수 있도록 조정했다. 이는 목표어종인 알바코의 색이회유 수심이 경험상 주로 150미터라는 상식에 근거한 것이었다. 낚싯줄을 담았던 빈 대나무 광주리만 300개가 넘었다. 준비했던 어구의 8할가량을 쏟아부은 셈이었다.

500촉짜리 전등 불빛에 의지한 채 낚싯줄에 일일이 이깝을 달아 메인라인에 엮은 후 바다에 떨어뜨리는 선원들의 손

---

* 어구가 포괄하는 바다의 범위

놀림이 자동기계처럼 민첩하여 일수의 상상을 초월했다. 투승이 끝나자 고기가 물도록 배를 4시간 동안 표류시켰다. 그 시간을 노려 선원들은 아침식사를 하고 잠시 쪽잠을 잤다.

　정오가 되자 스탠바이 벨이 울렸고 곧 브리지 앞 메인 데크에서 양승이 시작되었다. 현문(舷門) 위로 설치된 사이드 롤러를 타고 올라온 원줄이 1분에 150미터를 끌어올리는 10마력짜리 라인홀러(양승기)에 감기는 순간 바짝 긴장한 선원들이 물을 튀기며 올라오는 원줄과 낚싯줄을 맹수처럼 노려보았다. 손이 빈 기관부원들까지 올라와 호기심 어린 눈길로 첫 수확의 장면을 기다리고 있었다. 그들도 여차하면 상품이 되는 고기를 어창에 넣거나 분주한 갑판원들의 일을 거들 참이었다. 당직이 아닌 항해사들도 갑판 위에서 저들의 일을 찾아 쫓아다닐 것이다. 충청도 양반인 통신장까지 브리지 난간에 붙어 서 있었다. 직급별 급여가 아닌 보합제 임금 방식이어서 고기만 올라오면 전 선원이 한 몸처럼 움직여야만 했다. 그래서 전 선원들의 눈이 팽팽해진 원줄을 감아올리는 양승기 쪽으로 모두 쏠렸던 것이다.

　첫 번째 부이가 올라올 때까지는 맹탕이었다. 잽싸게 원줄과 낚싯줄을 사리는 선원들의 머리 위로 하카대에 걸린 첫 부이가 떨어지자 무슨 일인지 양승기가 끽끽거리며 힘들다는 시늉을 했다. 급히 현문 아래로 허리를 숙이던 갑판장의 입에서 버럭 고함이 터져 나왔다.

"에잇! 지기미…, 마린이네, 마린!"

위 턱부리가 전방으로 길게 뻗어 나온 험상궂게 생긴 마린(황새치, Sword fish)은 몸무게만 해도 300kg가 넘는 대형어였다. 헤밍웨이의 『노인과 바다』에 등장했던 바로 그놈이었다. 산티아고 노인의 낚시에 걸린 마린은 이놈보다 덩치가 두 배였고 몸길이만 5미터가량인 거대한 놈이었다. 낚시를 문 채 이틀 낮 이틀 밤 노인의 배를 끌고 다녔다고 하니 작가의 상상력이 엉터리가 아님을 일수는 대번에 알 수 있었다. 등은 청회색을 띠고 있었으나 몸은 암갈색이어서 헤밍웨이가 '보라빛 마린'이라 표현한 것도 이해가 갔다.

이놈이 한번 걸려들면 인근 낚싯줄이 물속에 깊이 가라앉고, 생긴 모양대로 성질도 강퍅하여 낚시에 걸리면 온몸으로 난리를 쳐 낚싯줄을 수백 미터씩 헝클어트린다고 했다. 그래서 상어조차 낚시에 걸린 이놈에겐 함부로 말을 걸지 않는다는 고기였다. 덩치만 컸지 알바코의 절반 값인 빅아이, 옐로우핀, 마린류는 어창만 차지해 아낌없이 바다에 버려야 했다. 황새치가 수면 위로 올라오자마자 갑판장이 고약한 말을 내뱉은 것은 그 때문이었다. 그나마 빅아이나 옐로우핀의 경우는 귀항할 때 일부 어창을 채우려고 쓸 정도였지만 가쓰오 같은 천층(淺層) 고기는 아예 고려 대상이 아니었다.

머리가 각지고 우람하게 생긴 나무 메를 들고 선원 4명이 달려들었으나 갑판에서 펄떡거리는 놈을 쉽게 제지하지 못하고 쩔쩔맸다.

"눈깔 바로 위 숨골을 찍어! 정수리 말이야, 정수리."

2항사 병옥이 곁에서 핏대를 세우며 발을 동동 굴렀다.

한편 양승기 옆에 선 선원들은 여러 갈래로 엉킨 낚싯줄을 건져 올리느라 애를 먹고 있었다. 시간이 꽤 많이 지체되었다. 다시 덩치가 작은 마린류인 기름치와, 몸무게 50kg 언저리인 빅아이, 만새기, 이빨이 하이에나를 닮은 기름갈치꼬치 등이 띄엄띄엄 올라왔다. 모두 쓸데없는 잡어들이었다.

"어-이, 조리장! 성질나는데 저 빅아이 한 마리 썰어서 술하고 좀 가져와!"

병옥의 맹랑한 말투는 습관적이었다. 조리장은 좋은 생각이다 싶었는지 빅아이의 몸통을 토막 쳐 놓고 곧장 식당으로 달려갔다.

그리고 또 한 식경이 지나자 상어에게 물어뜯긴 알바코의 잔해와 함께 상어가 십여 마리나 낚시에 달려 연속으로 올라왔다. 신원들의 입에서 쌍욕이 폭포처럼 쏟아졌다. 악질상어 두 마리 외엔 모두 주둥이가 길고 등이 남청색인 청새리상어였다. 3대양에 걸쳐 분포범위가 넓고 곧잘 사람도 공격한다는 무리였다.

상어가 올라오자 메질하는 선원들 틈으로 조리장이 식칼을 들고 뛰어들었다. 남이야 속이 터지든 말든, 중국집 요리사였던 그가 상어지느러미를 놓칠 리 만무했다. 조리장은 익숙한 칼질로 상어간도 들어냈다. 상어간은 '밴 캠프'에서도 돈을 주고 샀다. 약이 잔뜩 오른 선원들이 그런 그를 용납한 것은 말린 상어지느러미가 뭍에 오르는 선원들에겐 마누라 모르는 용돈이었기 때문이다.

그때 조선(操船)을 맡은 초사가 잡어 일색인 낚시에 짜증이 나 잠시 한눈을 판 것인지 아니면 전기식 자동 조타기의 조작을 삐끗했는지, 한순간 배가 머리를 틀더니 선수가 원줄과 45도 각도로 벌어졌다. 놀란 갑판장이 스위치를 눌러 운전 중인 양승기를 급히 멈춰 세웠지만 도리 없이 원줄이 끊어지고 말았다. 항장력 300kg의 구라론사 원줄도 물속의 하중과 배의 회두 타력(回頭惰力)을 견디지 못했다.

남쪽으로 향하던 배와 서쪽으로 흐르는 조류의 영향으로 원줄은 어느새 1마일가량 배와 멀어져 갔다. 바람이 거세고 풍랑이 일어 배와 주낙이 상하로 들썩거리는 경우보다는 나은 편이었지만, 어황이 개떡이라 선원들의 낭패감은 여일했다. 모두가 '한식에 죽으나 청명에 죽으나' 그런 심정이었다.

부이를 걷어 올려 원줄을 복구하고 양승을 재개하니 이번에는 위턱이 새 부리처럼 가늘고 길게 돌출되어 있고 등지느러미의 갈기가 높고 큰 마린(돛새치, Sailfish)이 또다시 등장했다. 몸무게는 처음 만났던 황새치의 1/3인 100kg 내외였지만 생긴 모습은 마린류의 왕이라 불러도 손색이 없을 정도로 멋지고 아름다웠다. 비록 바다에 버려질지언정 일수의 눈에는 그놈이 물고기의 황태자이자 바다가 감추어 두었던 보물 같았다. 살아 있는 모습 그대로 박제를 만들고 싶다는 생각이 꿀떡 같았다.

라디오 부이 두 개를 겨우 수습했을 뿐인데 날은 저물고 영하의 어창으로 들어간 고기는 그때까지 전무했다. 무정하게도 바다 위로 어둠이 내려앉더니 사방이 곧 검은 장막이었다. 만약을 위해 브리지 위의 2000촉짜리 탐조등까지 불을 밝혔다. 야간작업 중 원줄이 끊어지는 일이 더 이상 발생하지 않은 것은 그나마 다행이었다. 이러다간 첫 투승이 말짱 도루묵이 아닐까 싶었다.

그런데 초기에 가까운 남쪽 구간에 이르러 생체 몸무게 20kg가 넘는 알바코가 스무 마리나 올라와, 억하심정으로 울고 싶었던 선원들에게 그나마 작은 위안이 되었다. 체중이 균일하여 모두 미(尾)당 5달러짜리였던 것이다. 심지어 30kg가 넘는 것은 7~8달러짜리였다. 브리지에서는 이동 속도가 느린 색이군이라 여겼지만 더 이상 북상하지 못하고 흩어진 것은 북쪽에서 설친 마린류나 상어무리 때문이었다. 알바코의 선두부가 아니라 후미를 건졌다는 판단인 것이다.

새벽 두 시가 되어서야 양승작업이 끝났다. 마구로 배들은 이런 알바코를 하루에 100마리만 잡으면 대어(大漁)라고 외쳤다. 이 경우 일일 어획고가 2~3톤에 이른다. 대어 행진이 계속되면 선원들은 몸이 부스러지도록 힘들어도 아랑곳하지 않았다. 심지어 배가 고픈 줄도, 잠이 모자라 눈이 감기는 것도 잊은 채 밤낮으로 덩실덩실 춤을 춘다고 했다.

선장은 이제 감을 잡았다는 듯 북쪽으로 또다시 적수를 결정했다. 바다에는 어디든 고기가 있다. 다만 표층과 달리 심해에서 회유 또는 섭이활동을 하는 어군을 찾는 것은 어군탐지기나, 바다를 읽는 선장 고유의 능력인 셈이다. 첫 투승에 만족하지 못한 선장은 섭이활동을 하는 알바코 어군을 찾아 수온이 보다 높은 수역으로 이동하기로 마음먹은 것이다.

그러므로 내일 아침까진 모두 온 잠을 잘 수 있게 되었다. 그러나 늦은 식사를 하고 잠자리로 향하는 선원들의 얼굴이 너나없이 어두웠다. 일수의 눈에는 그것이 대어에 대한 강박관념으로 읽혔다. 대어는 곧 노동의 활력소였고 그 결과는 높은 수입이었다. 그들에겐 넉넉한 잠이나 배부른 밥보다 하나같이 대어잔치가 간절했던 것이다. 그런 선원들을 바라보는 선장의 마음은 오죽했을까 싶어 일수의 마음도 우울해졌다. 침실로 들어가기 전 일수는 남쪽하늘을 향해 눈을 들어 남십자성을 찾았다. 그 별을 기점으로 큰개자리의 남쪽에 있다는 아르고자리를 찾아보고 싶었던 것이다.

남반구의 하늘은 아라비아의 건조한 사막에서 그 옛날 예수가 우러르던 밤하늘처럼 화려 찬란했다. 마치 은모래를 뿌려놓은 듯 수많은 별과 은하가 점점이 모여 반짝이고 있었다. 아르고자리는 고대 그리스 신화의 영웅 이아손이 황금 양가죽을 얻기 위한 원정대를 구성하면서 타고 간 배 아르고호를 형상화한 것으로 배 전체의 모양을 별자리로 만들어놓은 것이다.

거대한 성좌인 이 아르고자리는 선박의 각 부분별로 넷으로 쪼개진다. 배의 뒷부분인 고물 부분은 고물자리로, 배의 밑바닥 부분은 용골자리로, 배의 돛이 자리한 부분은 돛자리로, 그리고 배의 돛대가 있는 부분은 나침반자리이다. 별자리가 워낙 거대한지라 단일 별자리로 두기에는 하늘의 공간을 너무 많이 차지하고, 별자리 내부에 눈으로 관측 가능한 별의 갯수가 800여 개에 이를 정도로 많아서 부분별로 쪼개는 것이 보다 효율적이기 때문이다.

일수는 오늘 고물자리를 찾으려 했다. 우선 큰개자리의 시리우스나 용골자리의 카노푸스를 찾았다. 둘은 남쪽 하늘에서 가장 밝은 별이었다. 시리우스는 북쪽 하늘의 가장 밝은 별 아르크투루스보다 4배가 더 밝고 이웃하는 오리온자리의 베텔게우스보다 6배나 더 밝았다. 일수가 찾은 아르고호의 고물자리는 시리우스의 바로 왼쪽 아래에 있었다.

별은 태양의 주위를 운행하는 반사체인 혹성(惑星)과 달리면 우주에서 스스로 빛나는 항성(恒星)이다. 다만 밝기의 정도는 태양과의 거리 때문에 발광의 차이가 날 뿐이다. 고대

바빌로니아인이나 이집트인들로부터 시작된 별의 탐구는 그리스 로마시대의 신화와 접목되면서 별자리 이름이 생겼고, 서쪽에서 동쪽으로 순행하는 태양의 시궤도(視軌道), 즉 황도(黃道)를 따라 변하는 별자리를 보며 계절을 읽고 그에 따라 농사를 짓고 인간의 운명을 예견하는 점성술로 발전되어왔다. 황도 12궁에 따르면 음력 12월에 태어난 일수의 별자리는 염소자리였다. 언젠가 일수는 자신의 별자리 운세를 찾아본 적이 있었다.

염소자리는 눈으로 덮인 산봉우리에 오르는 등산가이기 때문에, 인생에 대한 관점은 현실적이고 물질적이며, 모든 것을 자신의 장점으로 돌리려고 노력한다. 노력 없이는 성공이 없다는 것을 아주 잘 알고 있으며 책임감과 의지, 일에 대한 욕망이 있으므로 동시에 야심적이고, 인내심도 강하며, 청렴하다. 무슨 일에든 천천히 그러나 확실하게 결정을 하고, 그것이 용의주도함으로 이어지면서 강박관념의 악습으로 변해 때론 비열하기도 하다. 그래서 염소자리 사람들은 자신의 관점에서 모든 것을 판단하기 때문에 관용을 모른다.

사랑에 푹 빠질 수 있지만, 불행하게도 대부분의 시간 동안 이러한 감정들은 보답을 받지 못한다. 왜냐하면 그들은 편의상 결혼하기 때문이다. 결혼에 대한 실망과 많은 적대적 불일치들은 나중에 쓴맛의 이유로 귀결된다.

염소자리의 운세를 굳이 맞다 틀리다 할 필요는 없었다.

일본인이 지었다는 혈액형의 성격 분석은 통계에 의한 것이고 점성술도 재미로 보는 것이라지만, 맞다 싶으면 또 희한하게 들어맞는 얘기들이었다. 다만, 염소자리 운세 중 비열함이나 오만함, 결혼의 편의적 선택이란 성향은 일수가 늘 경계해야 할 부분이었다.

일수가 별을 사랑하게 된 것은 천문항해를 배우면서 별은 '스스로 빛나는 존재'임을 알았기 때문이다. 비록 수입된 과학상식이지만 대학생이 될 때까지 학교에서 그에게 이를 주목하고 가르쳐준 선생은 아무도 없었다. 별의 발광은 비록 과열된 가스가 농축된 것이지만, 농축된 그 무엇이 스스로 빛을 낸다는 사실에 일수는 큰 영감을 받았던 것이다.

선장은 지금 어군의 이동경로를 쫓고 있다. 일수는 지남2호가 스스로 이 바다에서 황금 양가죽을 건져 올릴 수 있기를 간절히 염원하며 자리를 떠났다. 지남2호가 황금 양가죽을 찾는 동안 그도 이 바다와 하늘을 온몸으로 마음껏 탐색하리라 생각하며.

서경 162도, 남위 8도. 적수가 시작되고 24시간이 지난 새벽, 두 번째 투승이 이루어졌다. 해수온도는 25도였다. 바다에서 부는 바람은 남동무역풍이었다. 바람의 숨이 고르지 않아 바다 물결은 남실거리다가 산들거리기를 반복했다.

오후 내내 물색과 조목을 살피던 선장이 밤에는 어탐기를 주시하다가 자정 무렵 남쪽 방향으로 빠찌 350개를 투입하라는 지시를 내렸다. 알바코 색이군의 선두부터 후미까지 일망타진하겠다는 결의였다. 선장의 용의주도한 결단에 일수는 아연 놀라고 말았다. 지난 새벽에 아르고자리를 찾다가 떠올렸던 염소자리의 운세가 퍼뜩 생각났던 것이다.

아침 6시에 시작된 양승작업은 주낙의 첫 구간부터 알바코가 올라왔다. 선장이 짐작한 대로 색이어군의 선두부가 명중된 것이다. 올라오는 놈들마다 20kg를 상회하는 상품(上品)이었다. 어체 온도가 19도여서 천층으로 이동하는 어군이라 짐작되었다. 선수 쪽 중앙갑판은 뛰어다니는 선원들로 부산하고 장터처럼 왁자지껄해지면서 덩달아 배도 춤을 추었다. 고기들을 얼음칸에 넣어 온도를 떨어뜨린 뒤 영하 10도의 어창으로 옮겨야 하므로 더욱 그랬다. 일수는 갑판에서 어체 온도를 재고 아래의 일은 기관부원들이 맡았다. 어창입고는 사천왕(四天王)처럼 눈을 부릅뜬 최강일의 몫이었다.

갑판장은 고기가 올라올 때마다 연신 '아다리'를 외치며 흥타령을 했다. 갑판장 못지않게 헤벌쭉거리며 벌춤을 추는 자는 구룡포 총각 이영택이었다. 일수도 노동이 이렇게 즐거운 일일 줄은 미처 몰랐다. 빅아이와 옐로우핀 등은 올라오는 족족 바다로 던져졌다. 낮 12시가 가까웠다. 부이가 아직 절반도 안 걷혔는데 배 밑창으로 내려간 알바코의 수가 60미에 달했다. 중량으로 벌써 1톤 반이 넘었던 것이다.

일수는 주낙의 종결자들이 숨통을 끊고 피를 뽑아 넘기는 알바코의 체온을 잴 때마다 선장의 판단과 결정에 탄복하여 가슴이 터질 것만 같았다. 그를 선장이자 스승으로 모신 것에 감격하여 속으로 거듭 쾌재를 불렀다. 오늘 점심은 글렀으니 너도 나도 일하는 틈틈이 사시미나 먹으라고 조리장이 빅아이 회를 썰어 와 와사비 간장과 함께 선수 어구창고 쪽에 잔뜩 차려놓는다. 2항사 병옥이 또 참견을 했다.

"화장! 술은?"

전에는 조리장이라 불렀다가 이번엔 화장이라 불렀다. 못된 습성은 언제나 제 맘 같은 하늘의 구름이었다.

"헤, 헤, 헤! 지가 손이 두 개 아입니꺼. 쬠만 기다리쇼."

고기는 손이 심심하다 싶으면 올라왔다. 어둠이 내리고 밝은 작업등이 켜진 밤에도 어군의 끝은 보이지 않았다. 양승작업은 새벽 2시에 끝날 것 같았다. 예상대로라면 양승작업만 20시간에 이를 것이다.

자성 부렵까지 120미의 알바코가 올라왔다. 2톤이 넘는 물량이므로 과연 대어였다. 자정을 넘기면서 선원들은 왜 잠이 안 오느냐며 외려 짜증을 부리기까지 했다. 과연 새벽 2시경에 양승작업이 완료되었고 총 입고 두수(頭數)는 140미였다. 갑판장은 남태평양 마구로배 역사상 일일 최대 어획고라며 큰소리를 쳤다. 그 소리에 선원들이 다시 만세를 부르고 박수를 쳤다. 일수도 감개무량하여 입을 다물 수가 없었다.

뒤처리가 모두 끝나자 2시간 후 재투승이 예고되었다. 배는 초기가 올라온 지점에서 약간 동쪽으로 이동하여 다시 북쪽으로 간 뒤 남쪽 방향으로 투승코스를 잡을 모양이었다. 서둘러 주린 배를 채우고 쪽잠을 자고 늦어도 새벽 6시면 다시 투승이 시작될 것이다.

초사가 갑판장에게 다음 투승작업은 두 개 조(組)로 나누어 실시하라고 지시했다. 양승에만 꼬박 20시간을 소모한 탓에 갑판원들의 지친 몸과 수면시간을 고려한 선장의 조치였다.

바다 위로 희붐한 새벽빛이 밀려오고 있었다. 수온도 바람의 계급과 행로도 어제와 여일했다. 종기를 던지고 배가 표류를 시작한 지점은 어제보다 20마일 더 북쪽이었다. 어제처럼 대어를 기대한 것일까? 선장은 낚시 수를 1,800개로 줄였다.

오후 2시에 종기를 걷어 올리며 양승이 시작되었다. 그런데 상황이 심상치 않았다. 첫날처럼 마린류와 상어가 거듭 올라왔다. 그것도 장장 네 시간 동안이나. 고기들과 함께 낚싯줄도 마구 엉켜 올라왔다. 갑판장이 저놈은 메까(황새치), 이놈은 마까(청새치)라며 고기 이름을 둘러댔다. 그러다가 화가 북받치는지 하카대를 들고는 올라오는 고기들마다 찔러 죽일 듯한 시늉을 했다.

"이 메까는 암놈이네. 쯔—쯧! 오늘은 파이다. 주낙 걷고 시마이하자."

그게 무슨 말이냐고 누가 묻자 이렇게 대답한다.

"부부 일심동체라 안 카더나. 이 메까는 암수 동행으로 댕기는데 암놈이 낚시에 걸려 바둥거린다 아이가? 그라몬 수놈이 제 짝을 구한다꼬 물속에서 창가튼 긴 부리로 이 난리를 치는 기라. 바라! 이 낚싯줄 엉킨 거…."

뒤엉킨 낚싯줄 때문에 작업이 지지부진하자 갑판장이 브리지를 향해 두 팔을 들어 좌우로 어긋놓는다. 선장도 첫날의 흉어가 생각났는지 고개를 끄덕였지만 아쉬움을 감추지 못했다. 일부 선원들은 갑판에 퍼지르고 앉아 낚싯줄 사리기에 여념이 없었다.

저녁이 되자 500촉, 2000촉짜리 전등이 켜졌다. 주낙의 후미는 엉킨 상태는 아니었으나 하나같이 맹탕이었다. 어느덧 양승기의 역할도 끝났고 이제 어구정리만 하면 된다고 생각했다. 배는 마침 표박상태였다.

그때였다. 그러나 그것은 눈 깜짝할 사이였다. 갑자기 배가 위로 높게 들리는가 싶더니 우현으로부터 큰 파도가 솟아올라 널브러진 어구와 사람들 머리 위로 쏟아졌다. 쏟아진 바닷물이 곧바로 해치 속으로 침입하자 배가 중심을 잃고 오른쪽으로 기울었다. 깜짝 놀란 선원들이 황급히 고인 물을 퍼내는 한편 선내 기름통을 급히 왼쪽으로 옮겨 겨우 배를 복원시키는 데 성공했나 싶었다. 그러나 또다시 큰 파도가 좌현을 강타하면서 배가 왼쪽으로 기울더니 이어서 배를 덮친 바닷물이 양쪽 통로를 넘어 기관실로 급격히 빠져들었다.

브리지에서 전속전진을 외치는 선장의 다급한 고함이 마이크를 통해 터져 나왔으나 이미 때가 늦었다. SOS를 칠 경황도 아니었다. 기관실로 물이 들이닥치자 곧 기관이 멈추었고 발전기도 물을 먹었는지 우는 소리를 내더니 배의 전등이 모조리 꺼지고 만 것이다. 그리고 불과 2~3분 사이에 브리지가 있는 고물부터, 바다 밑으로 배가 서서히 가라앉기 시작했다.

선장은 어둠 속에서 브리지를 빠져나오면서 울부짖듯 퇴선명령을 내렸다. 일촉즉발의 순간에 거의 본능적인 움직임이었다. 선장의 머리엔 기관장을 비롯한 기관 당직자들과 해치 아래에서 우왕좌왕하던 선원들 생각이 맨 먼저 떠올랐을 것이다. 우당탕탕! 다급한 발자국 소리를 따라 엉겁결에 일수도 칠흑 같은 바다로 뛰어들었다. 그 짧은 시간에 23명의 전 선원이 침몰하는 배를 무사히 빠져나온 것은 하늘에 감사할 일이었다.

더 이상 큰 파도는 일어나지 않았다. 어둠 속에서 배의 이물이 우뚝 들리더니 꾸럭꾸럭 소리를 내면서 마치 깊은 웅덩이 같은 물속으로 빠져들었다. 배가 모습을 감추는 그 짧은 순간 선원들의 가슴속에 고이 간직했던 소중하고 지극했던 그 무엇들이 모조리 몸을 빠져나와 깊은 바닷속으로 배와 함께 사라져갔다. 그것은 유체이탈로 인한 카오스와 유사한 경험이었다.

한 조각 달빛에 어린 바다의 윤슬이 겨우 하늘과 바다를 구분해줄 따름이었다. 워낙 다급한 퇴선이었으므로 비상식량이나 신호기, 구명동의도 챙기지 못하고 모두 입었던 여름옷 차림의 빈손들이었다. 다만 조난에 대비한 유일한 구명설비인, 가로·세로 2미터에 두께 25센티미터 구명부이를 꺼내온 것은 매사에 야무진 남해 사람 헷또 성계옥이었다. 사방이 어둠에 갇혀 하늘의 별과 바다의 윤슬이 아니었다면 여기가 진정 황천인가 싶을 정도였다.

102톤급 강선인 지남2호가 이 태평양에서는 그야말로 한낱 가랑잎에 불과했음을 선원들도 두 눈으로 똑똑히 목격했을 것이다. 그나마 유일한 자구책이자 행운이었다면 갑판에 남아 있던 유류품들을 수습하여 100여 개의 진공 유리 부이에 대나무깃대와 로프로 삼각형의 뗏목을 만든 것이었고, 선원들이 이에 매달려 표류할 수 있게 된 것이었다. 그러나 그것을 다행이라 생각한 사람은 아무도 없었다. 넓은 바다에서 그들이 당장 할 수 있는 일이라곤 오직 그것뿐이었기 때문이다. 한순간 천당이 지옥으로 변해버린 탓에 모두 넋이 나간 듯 입을 떼는 자가 아무도 없었다. 선장을 비롯한 몇몇 간부들은 뗏목에 줄을 묶은 구명부이 2개에 나누어 타고 있었다.

"조금 있으면 잠이 쏟아질 거야. 옆 사람들끼리 자주 살피면서 잠들지 않도록 서로 지켜줘야 해. 날이 밝으면 지나가는 배라도 만날지 몰라. 아무튼 여기가 끝이란 생각을 하면 안 돼. 밤이라 조금 추울 거야. 그러나 해가 뜨면 나아질 거야. 낮에 섬을 만난다면 더욱 좋겠지."

무거운 침묵을 견디다 못한 선장이 마지못해 입을 열었다. 선원들을 안심시키려고 꺼낸 간단한 주의사항과 희망 섞인 얘기였지만 그 말에 또 가타부타 입을 떼는 자가 아무도 없었다. 어처구니없이 당한 조난사고를 도무지 납득할 수 없다는 심정으로 모두 얼이 빠진 듯했다. 거친 바다에서 폭풍우를 만나 악전고투를 하다 당한 사고였다면 내심 천재지변이라고 체념했을지도 모른다. 그러나 선원들은 왜 뜬금없이 큰 파도가 일어나 창졸간에 좌우에서 배를 처박았는지 도무지 그 영문을 알 수 없었던 것이다. 그 이유라도 안다면 조금이나마 덜 억울할 것 같다는 눈치들이었다. 어둠 속에서 꿈틀거리는 그런 허탈감과 절망의 눈빛들을 선장도 모를 리 없었다.

"우리가 만난 것은 삼각파도란 거야."

그 말을 하고 난 선장이 잠시 뜸을 들였다. 그도 어이가 없기는 매일반이었다. 그러나 죽음의 공포에 휩싸여 넋이 빠진 선원들 앞에서 우물쭈물해서는 안 될 일이라 싶었는지 그는 다시 말을 이어갔다.

"삼각파도라는 게 뭐냐면 진행방향이 서로 다른 바닷물끼리 부딪히면서 일어나는 거센 파도야. 불규칙한 물결끼리 마주치면 파장에 비해 파고가 높아 물마루가 삼각형을 이룬다고 해서 삼각파도라 불러. 복잡하게 생각할 것 없어. 이 깊은 바닷물이 반대 방향에서 서로 부딪힌다고 생각해 봐. 물마루가 솟구치는 것은 당연하겠지. 물밑에서 일어나는 이런 일을 우리가 어찌 다 알 수 있겠는가? 그러니 이제부턴 살아날 방법만 생각하면 돼."

삼각파도는 해안으로 밀려오는 큰 너울인 서프(Surf)와 달리 파도의 균배가 극단적으로 급해지기 때문에 소형선에겐 물귀신이나 다름없다는 얘기를 일수도 들은 적이 있었다. 파도의 산이 선저 중앙에 걸리면 선수와 선미가 들리는 호깅(Hogging)이거나 선수와 선미에 파도가 걸려 중간 부분이 내려앉는 새깅(Sagging)이거나 배가 위험하기는 마찬가지겠지만, 선장의 말대로 삼각파도였다면 호깅 상태에서 배가 가라앉았다고 짐작될 뿐이었다.

"자- 이젠 살아남을 일만 생각하자! 정신만 차리면 돼."

선장의 말이 효과가 있었는지 곧 여기저기서 서로를 격려하는 말들이 쏟아졌다. 눈앞에서 한순간에 배가 사라지는 것을 목격한 선원들은 자신들이 이 거대한 바다라는 자연 앞에서 얼마나 보잘것없는 존재인지 분명코 느꼈을 것이다. 그러나 죽음에 대한 공포와 불안은 이제 생존을 위한 뜨거운 열정으로 바뀌고 있었다. 그것은 살아남기 위해 반응할 수밖에 없는 살아 있는 자들의 본능이었다.

10

바다의 끝

배가 침몰한 것은 한국시간으로 12월 30일 밤 10시 무렵이었고 조난 추정지점은 서경 161도 남위 10도 해상이었다. 바다의 머리칼을 까불어대는 것은 산들바람이었다. 스며드는 한기에 못 이겨 선원들은 바람이라도 피하겠다고 뗏목 위에 깐 천막을 들추며 머리를 처박기도 했다. 물은 공기보다 열전도율이 30배나 빠르다. 체온이 26도까지 떨어지면 사망의 초입단계에 이른다. 저체온증에 대한 실험 결과에 의하면 평상복 차림인 인간의 육체는 표층온도 0도에서 4시간, 10도에서 15시간, 20도라면 24시간이 한계였다.

체온이 급격히 떨어지는 것은 아니었지만 사고 시점이 밤이라 이 상태라면 20시간도 장담할 수 없었다. 일수는 새벽이 되자 몸에 통증이 오고 의식이 흐려지는 느낌이 들었다. 다행이 날이 밝자 햇살이 퍼지면서 몸이 겨우 정상으로 회복

되는 것 같았다. 선장은 서로의 얼굴을 볼 수 있어 조금 안심이 되는지 졸음이 오는 자는 한 사람 건너 한 명씩 교대로 잠시 눈을 붙여도 좋다고 했다.

낮 동안 저체온증에 대한 두려움은 잠시 잊을 수가 있겠지만 당장 시급한 문제는 갈증과 배고픔이었다. 바닷물로 목을 적시거나 배를 채울 수는 없었다. 간단없이 스콜이 내리고, 하다못해 물 위로 떠다니는 모자반 같은 해초나 물 위로 뛰어 오르는 날치라도 손에 넣을 수 있다면 표류생활은 며칠 더 견딜 수 있을 것이다. 천층을 떠도는 쥐치복이나 만새기라도 잡을 수 있다면 허기를 채우거나 수분 섭취에 더욱 도움이 될 것이다. 그러나 불행하게도 모두들 하나같이 빈손이었다. 이러다가 상어라도 만난다면… 산티아고 노인도 잡은 고기에 달려드는 상어들을 작살이나 몽둥이로 퇴치했거늘, 일수는 연신 선원들이 너나없이 빈손임을 탄식했다.

뗏목은 해류를 따라 남남서로 서서히 이동하고 있었다. 오전 내내 지나다니는 배는 한 척도 발견할 수 없었다. 그러나 운 좋게 한 차례 스콜을 만나 부화한 새끼 새처럼 모두 하늘을 향해 입을 열고 타는 목과 주린 배를 적실 수 있었다. 덕분에 넉넉하지는 않지만 천막으로 빗물을 받아 급한 식수도 해결할 수 있었다. 한편 그동안 상어 떼의 습격을 받지 않은 것만 해도 다행이라면 다행이었다.

일수는 남위 11도선에서 북동으로 적수 중에 보았던 라카항가(Rakahanga)와 마니히키(Manihiki) 섬을 떠올렸다. 적도에서 남쪽으로 600마일 떨어진 섬들이었다. 선장도 이를 알고 있는지 계속 수평선 쪽을 살피고 있었다. 때마침 머리 위로 흰머리알바트로스 한 마리가 나타나더니 길고 넓은 날개로 활공하며 유유히 남쪽으로 사라져 갔다. 일수는 난생처음 하늘을 나는 새의 자유가 부럽고 경이롭다는 생각을 했다. 그의 배가 한국의 원양어선으로서는 최초로 침몰한 조난사고인 것처럼, 앞으로 다가올 이 바다에서의 체험도 난생처음일 것이다. 이제는 무인도라도 나타났으면 하는 심정이 간절했다. 표류한 지 이미 14시간이 지났던 것이다. 무엇보다도 모두를 초조하게 만든 것은 언제일지 모를 상어 떼의 습격이었다.

선장이 갑자기 무슨 생각이 들었는지 모두 수평선을 주시하라고 지시했다. 바다에서는 수평선이 눈에 보이는 세상의 끝이었다. 눈에 보이는 것에만 집착하는 인간과 눈에 보이지 않는 그 무엇을 쫓는 인간은 달라도 분명히 뭔가 달랐다. 태평양의 토인들조차 눈에 보이지 않는 신세계를 찾아 카누에 몸을 싣고 그 수평선을 넘어갔다지 않는가.

아니나 다를까, 3시간이 더 지나자 남동쪽 수평선 끝으로 어슴푸레 섬 두 개가 나타났다. 수면에 가까운 낮은 목측으로 약 10마일쯤 되는 거리였다. 일수는 그것이 대기의 굴절로 인한 착시현상이 아니길 간절히 빌었다. 실제 해리(海里) 는 그보다 더 짧을 수도 있었다. 선장도 일수도 그것이 라카 항가 섬이라는 것을 직감했다. 해류에 떠밀리는 뗏목의 방향 과는 정반대였다.

"자- 저기 섬이 보인다. 저 섬이 라카항가다. 누구라도 저 섬에 가서 구조요청을 해야겠다. 지금 우리 위치는 대략 서 경 162도 남위 10도 선상이고 표류방향은 남남서라는 것을 기억해라. 수영에 자신 있는 사람 4명을 차출하겠다. 지원할 사람 손 들기 바란다."

처음엔 선뜻 나서는 자가 없었다. 지친 몸에 헤엄쳐 갈 거 리도 장난이 아니었다. 수영에 자신이 있는 자라 해도 물속 에 들끓는 상어 밥이 되기를 자처하기란 결코 쉽지 않은 일 이었다. 고향인 거제도나 송도 앞바다에서 종종 대마도까지 는 헤엄쳐 갈 자신이 있다며 호기를 부렸던 학창시절을 떠 올리며 일수가 맨 먼저 손을 들었다. 모두가 살기 위한 길이 라면 상어 따위는 아무것도 아니란 생각이 먼저였다. 일수가 나서자 수영을 잘 못하는 한구와 진수가 미안하다는 표정을 지었다. 뒤따라 완도 사람 최강일이 번쩍 손을 들었다. 일수 에겐 뜻밖이었다. 최강일을 보더니 승부욕이 동했는지 2항 사 김병옥도 손을 들었고, 마지막으로 말수가 적은 남해 사 람 2기사 정명진이 나섰다.

"라카항가는 영국의 위탁통치를 받는 데야. 빠르게 움직이면 마니히키에 있는 뉴질랜드 공군의 지원을 받을 수가 있어. 너희들이 우리를 살려야 해. 이 점 유념하고 모두 무사하길 바란다."

"모두 상어 조심하고…."

"살아서 우리도 꼭 구해주라이…."

선장의 말이 끝나자 남은 자들 몇이 손을 흔들며 외쳤다. 간절하지만 모두 힘이 빠진 목소리였다. 얼핏 보니 바다에서 장인어른과 사위로 엮인 갑판장 문태식과 구룡포 총각 이영택은 서로 손을 마주 잡은 채 그저 눈물만 글썽거리고 있었다.

뗏목에서 떨어져 4명이 일제히 입수를 한 시각은 12월 31일, 오후 4시 무렵이었다. 수면에는 물결이 찰랑거리고 있었으므로 고개를 들 때 바닷물이 입에 들어가지 않도록 주의해야만 했다. 또한 원영(遠泳)을 하려면 머리와 팔과 발의 동작을 일정하게 유지하고 마라톤을 하듯 숨고르기를 잘 해야 한다. 최강일과 김병옥이 자유형으로 선두를 치고 나갔다. 정명진도 물을 젓고 차는 힘이 좋아 수월하게 나아갔다. 남해 사람의 근성이 어디까지일지는 두고 볼 일이었다.

일수는 호흡을 고르며 몸이 풀릴 때까지 속도를 늦추기로 했다. 섬까지의 거리가 10마일이라면 1시간에 2km를 헤엄쳐 간다고 쳐도 최소 10시간에서 최대 15시간일 것이다. 음식을 입에 넣은 지도 만 하루가 지났다. 그러나 일수는 그 시간을 버틸 자신의 체력은 뒷전이고, 물결에 하염없이 몸을 맡긴 선장과 선원들이 얼마나 오래 버틸 수 있을지 정작 그것이 더 큰 걱정이었다.

낮에 스콜을 뿌린 하늘에 구름이 다시 모여들고 있었다. 저 구름 때문에 별을 볼 수 없다면 어두운 밤에 혹시 길을 잃을지도 모른다. 그래서 일수는 멀리 어른거리는 섬의 방향을 머리에 각인시킨 후 물결이 얼굴을 덮칠 때마다 그 방향으로 몸을 고정시키려고 애를 썼다. 출발한 지 한 시간이나 지났을까? 정명진이 150미터쯤 앞서고, 처음부터 선두를 치고 나갔던 두 사람은 200미터쯤 뒤처져 보였다. 뒤로 처진 자들은 처음부터 의욕이 넘쳐 피로가 빨리 찾아온 것이리라. 오버페이스로 한번 체력이 떨어지면 좀체 회복이 힘들다. 그래서 뒤처진 자들을 무작정 기다려줄 수도 도울 방법도 없는 것이다. 어차피 이것은 마라톤처럼 자기 자신과의 싸움이었다. 곧 어둠이 내리면 모두 시야에서 사라져 결국 혼자 남게 될 것이다. 그러나 설령 바다에서 기진맥진하여 물에 빠져 죽는 한이 있더라도 힘닿는 데까지 헤엄쳐 갈 수밖에 없다. 19명 동료들의 귀중한 목숨이 경각에 달린 일이었기 때문이다.

어느덧 해가 서쪽으로 기울었다. 하늘에 깔린 하얀 구름들이 석양을 받아 붉은 비단결처럼 아롱졌다. 그때 일수의 등 뒤에서 '아-악!' 하는 다급한 비명소리가 들렸다. 고개를 돌려 뒤를 보니 멀리 수면 위로 한순간 허우적거리는 손들이 보였다가 이내 물속으로 꺼져버렸다. 뒤따르던 두 명이 필시 상어의 습격을 받은 것이리라. 일수는 등줄기로 소름이 확 돋았다. 산티아고 노인이 뱃전에 묶어둔 거대한 마린을 최초로 뜯어먹었던 놈은 덩치가 크고 몸이 재빠른 마코상어였다. 소용없는 일이지만 일수는 제발 그놈은 아니길 바랐다.

그 순간 김병옥과 최강일의 생전 모습이 일수의 눈앞에서 어른거렸다. 사모아 처녀와 데이트 약속을 잡았다던 병옥보다 최강일은 결코 죽으면 안 될 사람이었다. 그의 모친과 어린 자녀들은 대체 어쩌라고. 왜 나이 많은 그가 이 경주에 뛰어들었는지 처음부터 그것이 의아했다. 일수가 손을 들자마자 나도 하고 손을 든 것은 언뜻 지난 그의 아버지 제삿날 함께 나누었던 짧은 추억 때문이었을까? 그도 아니라면 제자리에서 죽거나 막연한 구조를 기다리느니 차라리 스스로 살 길을 찾아 나서겠다는 용단이었을 것이다.

죽으면 안 될 사람이 어디 그뿐이랴. 병옥은 장가도 안 간 총각이었다. 그의 조수였던 진수에게 들은 얘기로, 그는 지난 항차에 번 돈으로 서울 남산 아래 적산가옥을 한 채 사두었고 이번 어기를 마치고 돌아가면 약혼한 여자와 결혼식을 올릴 것이라고 했다. 일수의 눈에는 그가 머리가 텅 빈 날라리로 보였지만 진수의 얘기대로라면 제법 실속이 있는 사내였다. 그렇다면 적산가옥을 지키며 혼자 결혼 날을 기다리고 있을 그의 약혼녀는 또 어쩔 것인가.

일수는 두 사람을 죽음으로 몰고 간 바다가 갑자기 무서워졌다. 바다에서 사람이 죽어가는 광경을 목도한 것도 난생처음이었다. 무엇보다 상어로부터 달아나야겠다는 생각이 먼저였다. 상어는 지금 포식 중일 것이다. 그러나 상어가 몇 마리인지는 알 수 없는 노릇 아닌가. 일수는 그 당장 물속에 머리를 처박고 연두 빛깔의 날쌘 만새기처럼 헤엄쳐 나갔다. 숨이 차면 머리를 들어 고래처럼 물뿜이를 했다. 그렇게 서너 번을 반복해서 어림잡아 500미터를 전진했다. 잠시 평영으로 숨 고르기를 하면서 일수는 자신이 나아갈 방향을 다시 가늠해보았다.

어둠이 깔리면 전방의 물체를 전혀 읽을 수 없으므로 이제 침로를 고정시킨 배처럼 일정하게 나아가야 한다. 앞서간 정명진의 꼬리가 아슴푸레 보였다. 속도가 여전한 것을 보니 그는 틀림없는 남해 사람이었다. 어둠이 깔리면 이제 그도 일수의 시야에서 사라질 것이다. 바다에서 헤엄을 치다 힘을 잃으면 누구에게나 신체와 감정과 이성이 분리되는 환각증세가 따른다. 죽음의 공포와 신체적 고통을 제압할 수 있는 것은 오로지 이성뿐이었다. 이성은 육체가 살아 있는 한 결코 희망과 꿈을 놓지 않기 때문이다. 그러므로 일수는 지난 일들을 생각하기로 했다. 이 바다에서 지쳐 쓰러지지 않으려면, 저 섬에 닿으려면 생각을 놓지 말아야 할 것이다. 그러나 옹알거리는 아기처럼 그의 몸은 자꾸 생각을 방해하려고 했다. 입에 들어온 바닷물을 뱉어내는 것도 힘들어 저도 모르게 삼킨 바닷물로 목이 따가웠다. 게다가 주린 창자마저 쓰려왔다. 바닷물의 소금기 탓에 몸의 수분이 달아나면 큰일이다. 이제 겨우 1/3을 달려온 것이리라. 일수는 생각했다. 정신을 집중하자.

선장이 항해 중에 일본 제국주의의 발흥과 그 멸망의 시말을 압축하여 들려준 이야기는 그야말로 일수에겐 장님이 눈을 뜨는 은혜였다. 특히 이제는 반일이 아니고 극일이란 말이 틈만 나면 그의 귀에서 맴돌았다. 선장의 이야기를 듣던 일수가 짐짓 화제를 돌리려고 이렇게 물었었다. 배가 필리핀해를 통과하고 있을 때였다.

"그런데 일본을 패망의 길로 몰아간 제국주의를 선장님은 어떻게 평가하십니꺼?"

"벚꽃의 화려한 이미지와 하라키리(切腹)로 상징되는 일본의 사무라이 정신이 메이지유신 후 촉발된 대화혼(大和魂)에 휩쓸려 제국주의의 토대가 되었지. 대화혼이란 일본의 국가종교인 신도(神道), 즉 일본의 국조신(國朝神)인 신무천황(神武天皇)을 중심으로 전 국민이 조화롭게 통일하자는 것인데 일본 국민들의 전통적인 신앙이자 정신적 바탕이었어."

이를 근거로 '요시다 쇼인'의 일군만민론(一君萬民論)이 유신세력의 존왕양이(尊王攘夷)란 불길로 번졌고, 결국 무능한

막부정권이 무너지고, 천황을 중심으로 한 전체주의 유신정
권이 수립되자 극우주의자들이 득세하며 저급한 제국주의로
급격하게 치닫게 된 것이라는 말이었다.

"나는 이 과정에 복잡한 일을 단순화시키는 데 능숙한 사
무라이 정신이 큰 영향을 끼쳤다고 봐."

선장은, 가미카제 특공대(神風特攻隊)의 '덴노하이카 반자
이(天皇陛下 萬歲)'란 구호나 사이판의 자살절벽과 만세절벽,
오키나와전투의 만세돌격이란 옥쇄(玉碎)작전은, 모두 저들
의 살아 있는 신(神)인 천황을 등에 업은 졸렬한 사무라이 정
신이었다며, 그들이 그토록 자부했던 대화혼은 이제 흘러간
구름이라고 말했다.

나아가 그는 근대의 공산주의가 암으로 치면 악성이고 일
본식 제국주의는 양성이라고 보면 된다고 말했다. 암세포는
자기번식을 위해 주위의 세포들을 질식시키지만 결국은 스
스로 그 조직을 파멸시켜 죽음에 이르게 한다는 뜻인데, 무
력을 앞세워 이웃나라를 침탈하고 도륙한 나치 독일과 일본
의 파시즘은 이제 이 땅에서 영원히 사라진 암 덩어리라고
보면 된다고 했다.

그러므로 이제는 반일(反日)이 아니고 극일(克日)이 중요하
다는 얘기였다. 비록 지금은 우리가 일본에 기술적으로 경제
적으로 많이 뒤처져 있지만, 선장은 앞으로 30년 안에 우리
가 일본을 따라잡을 것이라고 확신했다.

"장차 여러 분야에서 우리 심상준 사장님 같은 순발력 있는 천재들이 계속 등장할 것이라고, 나는 믿어."

일수는 선장이 힘주어 말하는 그 부분에 박수를 치고 싶었다. 무엇보다도 기억하고 싶은 것은 이제부터는 반일이 아닌 극일이라는 선장의 말이었다. 그것은 백 번을 들어도 또 듣고 싶은 말이었다.

일수는 다음으로 어린 시절의 기억을 불러왔다.

어느 날, 어린 일수는 잠결에 일어나 저녁인지 새벽인지 분간할 수도 없는 어두운 마당을 가로질러 어물어물 뒷간을 향했다. 아침나절 어장막에서 주워 먹었던 멸치가 하루 종일 설사를 물고 다닌 뒤끝이었다. 아래채 머슴방 옆 일본식 다락으로 지은 뒷간에 걸터앉다가 발을 헛디뎌 조그만 일수의 몸이 어른 키 높이만 한 아래의 똥통으로 그만 퐁당 빠져버린 것이다. 다행이 똥물이 고인 바닥은 얕았다. 똥물에 칠갑이 된 채로 똥통에서 엉금엉금 기어 나오며 어린 일수가 벼락같이 울음을 터뜨리자, 밤중에 급히 뛰어나온 어머니가 남우세스럽다며 우물로 데려가 몸을 씻기던 기억은 아직도 그때의 차가운 우물물처럼 생생하다. 그날 일수가 똥통에서 살아 나온 것은 집에서 농사일을 맡아 하던 머슴 할배 덕이었다. 할배가 밭에 쓰려고 뒷간의 오물을 그 전날 바닥까지 퍼냈던 까닭이었다. 똥도 쿠션이 된다는 것을 일수는 그때 처음 알았다.

국민학교에 들어가기 전의 기억이라곤 멸치 건조장에 널린 대나무 소쿠리에서 빨갛게 익은 호래기나 전어새끼를 주워 먹던 일이나, 간조 때 드러난 반들반들한 모래톱에서 사질(沙質)의 도화지에 환칠을 하거나 동무들과 물에 잠긴 모래톱에서 비단고동을 주우며 놀던 일이 대부분이다.

일수는 그 밖의 몇몇 삽화들도 들추어 봤다. 여름 한 철 눈부신 아침햇살과 마당의 평상 옆에서 속에 기름이 꽉 찬 은갈치 토막에 굵은 소금을 뿌려 화롯불 석쇠에 구워내던 어머니의 엎드린 뒷모습. 어느 날 밤, 마을 골목을 휘젓고 뛰어다니던 남정네들의 힘찬 구령소리. 복어를 먹고 독에 취해 의식을 잃은 사람을 깨우려고 두 장정이 좌우로 어깨를 끼고 밤새 구보를 한 것이었다. 그 외에도 밤늦게 술에 젖어 들어온 아버지를 위해 아침이면 어머니가 끓여내던 시원한 고기 매운탕들. 봄이면 도다리 쑥국, 겨울이면 물메기탕…. 국민학교에 입학하여 선생님이 보는 앞에서 커다란 주판으로 다가가 덧셈과 뺄셈을 시연하던 일, 색동옷을 입은 얼굴이 곱상한 짝지 여자애에게 처음으로 마음이 출렁이던 야릇한 순간들. 기타 그가 직접 개입하지 않았던 바다와 고향사람들의 풍경은 비할 수 없이 정겹고 아름다운 것들이었다.

불행하게도 입학한 지 한 달 만에 부산으로 전학을 와 아름다운 고향에 대한 기억의 사진은 몇 장 되지 않는다. 그 바람에 구수한 고향 사투리도 잊어버리고 말았으니, 누가 고향에 대해 말해보라고 하면 멸치어장에 대한 추억 말고 달리 할 얘기가 없었다.

대동아전쟁으로 일본인들이 꾸리던 기선권현망은 자취를 감추었고 일제가 물러난 직후, 멸치어업은 발동기선이 어구를 실은 후릿배(끌선)들을 연안 앞바다까지 끌고 가면, 후릿배 두 척이 물레로 그물을 전개한 후 육지 가까이에서 그물 날개를 접었다. 노를 저으며 따라온 꼬맹이 배들이 그 그물 날개의 끝을 달랑 육지로 던져 올리고, 육지에서는 바위 위 말뚝에 묶은 노꾸리(roller)로 그물을 끌어당겼던, 일명 '오키도리'(육지에서 가까운 곳에서 잡는다는 의미의 일본어)라 불리던 방식이었다.

갱물*을 매통(나무통)에 담아 어장막의 가마솥까지 물지게로 지고 나르는 일이나 살아 있는 멸치를 삶기 전 일일이 산대미에 가지런히 담는 일, 잘 삶긴 멸치 산대미를 자갈밭으로 옮겨 물기를 뺀 후, 아침 햇살이 퍼진 어장막에 미수리(볏짚으로 꼰 멍석, 덕석)를 깔고 그 위에 널어 말리는 일들은 죄 여자들의 몫이었다.

운반선의 물칸에 담긴 멸치를 갱물과 함께 떠서 대나무로 엮어 짠 큰 그릇(속에 그물을 드리운, 양쪽으로 손잡이가 달린 항아

---

* 바닷물을 칭함.

리 모양의 넓고 깊은 통)에 담아 모래언덕 위 가마솥까지 옮기는 일은 늘 장정 두 사람이 맡았고, 산대미에 담긴 멸치를 갱물이 펄펄 끓는 가마솥에 살며시 잠겨 흐트러지지 않게 삶아내는 일은 그물 깁는 일을 하던 신중한 노인들이 손을 맞추었다. 멸치는 삶기기 전에 배가 터져 죽어서도 안 되고 햇살이 퍼진 건조장에 누울 때까지 비늘이 손상되지 않아야 상품이 되었다.

멸치를 포획하는 어로활동은 대부분 시그리가 등장하는 해질녘에 시작되었고 뭍으로 운반하여 삶는 작업은 밤을 꼬박 새웠다. 이슬이 지고 햇살이 퍼지는 아침, 어장막의 미수리 위에 놓인 산대미에서 따뜻하고 짭짤한 멸치 비린내가 바람에 날려 집 마당으로 스며들 때면 일수는 어김없이 눈을 부비며 잠에서 깨어나곤 했었다.

이처럼 밤낮으로 바쁜 나날임에도, 일수가 어머니의 손을 잡고 고향을 등진 것은 순전히 아버지의 결정이었다. 어머니와 일수를 느닷없이 백부가 운영하던 부산 영도의 막걸리 공장 인근으로 분가시킨 것이다. 아버지는 아내가 둘이었고, 대추나무에 열매 걸리듯 이 방 저 방에서 8남매가 출몰하던 대가족의 가장이었다.

일수가 어려서 잘 모르긴 해도, 분가의 원인은 아버지를 가운데 두고 벌어진 부인들 간의 깊은 반목이었지 싶었다. 멸치어장을 하는 집에 작은각시로 들어가 호강할 줄 알았더니 쫓겨나듯 보따리를 싼 어머니를 두고, 일수의 외갓집 어른들은 늘 살아 있는 부처라며 놀림 반 한숨 반으로 빈정거렸다. 평생 누구를 원망하거나 시기하는 법 없이 자신의 운명을 소처럼 안고 살아가는 그 미련하고 태연자약함을 빗대어 한 말일 것이다.

6·25 전란 중에도 멸치어장은 분주했고 전란이 끝나자 더욱 흥성하는가 싶었다. 그러나 1959년 사라호 태풍이 찾아와 배와 어장을 모두 쓸어가 버리자, 아버지는 이제는 더 이상 할 일이 없다는 듯 고향 바다 앞에서 주저앉아 버렸던 것이다. 그물을 끌던 발동선 2척 말고도 운반선 등 선단의 배가 6척이었다. 재산피해가 막심했던 것이다.

일수가 전쟁의 상흔을 어렴풋이 알게 된 것은 국민학교 3학년 무렵이었다. 애아원에서 먹고 자는 웬 키 큰 곰보 아이가 쉬는 시간에 칠판 앞에서 갈치라는 말이 뭔지 가르쳐주었다. 그는 전쟁만 아니었다면 벌써 중학교에 다닐 나이였다. 그 녀석이 여자 애인을 두고 왜 바다에서 나는 갈치라고 했는지 그땐 그 영문을 도무지 알 수 없었다. 왜 그런 말이 생겼는지를 이해한 것은 그 후 곰보누나를 따라 서면의 300번지를 다니며 갈보라는 얘기를 듣고 나서였다. 영도 봉래산 기슭이나 초량 뒷산, 보수동의 천변에 가득했던 판잣집들이 모두 피난민들의 집이란 걸 안 것도 철이 들기 시작한 그 무렵이었다.

학년이 올라갈수록 일수의 공부는 살아가는 방편이나 기술이었고 도덕이나 교양이 될 수 없었다. 특히 역사에 관해서는 그 줄거리를 목차처럼 나열했을 뿐 역사의 흐름에 따라 시대를 살았던 사람들의 갈등이나 우연과 필연의 시말을 설명해준 선생님을 단 한 사람도 만나지 못했다.

그래서 학생 시절, 일수가 만난 선생님들은 세월의 격한 풍랑에 휩쓸려 지식 전수자의 역할에 급급했을 뿐이라는 생각을 지울 수가 없다. 소위 '그까짓 것 씰 데 없이 말해 무엇하냐, 목구멍이 포도청인데.'라는 식이었다. 좀 배웠다는 사람도 그 지경인데 지게를 지거나 달구지를 끌고 살아가는 사람들의 생각은 어떠했겠는가. 일본말을 밥반찬처럼 씹으며 무조건 일본만 따라 하면 된다는 말을 입에 달고 산 사람들은 또 무엇이었던가.

대학 교육이란 것도 일 순위 목표가 잘 먹고 잘 사는 출세의 기술이었다. 반면 일수가 오래도록 벼려온 것은 삶과 인생의 가치에 대한 올바른 분별력이었다. 일수가 '스스로 빛나는 별'에 주목한 것은 그 때문이었다. 그리고 강정중 선장을 만났던 것이다.

왜 반일이 아니고 극일이어야 하는지에 대한 이유를 일수는 강 선장의 설명을 통해 확연하게 깨달았다. 강 선장은 끊임없는 지적 허기를 독서를 통해 채웠고 그 결과 인생을 관조할 경지에 이른 것이었다. 그런 그에게서 거듭 일수가 조선의 선비 최부를 연상한 것도 그 때문이었다. 어쨌거나 그는 평생 학생의 길을 걸을 사람인 것만은 분명했다. 그러므로 그는 이 바다에서 반드시 살아남아야 할 사람이었다.

일수는 가볍게 찰랑이며 밀려오는 물결의 산을 피해 머리를 좌우로 눕히는 일에도 어느덧 지쳐가고 있었다. 팔과 다리를 움직이는 노릇도, 숨 쉬는 일도 이제 벅차기만 했다. 바닷물에 시달려 혓바닥이 굳었는지 제대로 입을 열기도 힘들었다. 무쇠가 아닌 다음에야 내 욕심껏 몸을 학대할 수는 없다고 그는 생각했다. 그런 생각에 그는 자유형에서 배영으로 체위를 바꾸었다. 좀 쉬어 가고 싶었던 것이다.

남해 사람이 어디까지 앞서갔는지 일수는 이젠 관심도 없었다. 어두운 하늘을 향해 팔다리를 쭉 뻗으니 일순 편하기는 했지만 잠시 잊었던 허기가 파도처럼 엄습했다. 밤이면 수면으로 떠오르는 플랑크톤을 쫓아 부상한 수염고래에 받혀 배가 자빠졌다던 구룡포 어느 작살잡이배 선원의 이야기가 떠올랐다. 실족하여 떨어진 바다에서 거북이 등에 실려 대양에서 5시간을 표류하다가 구조된 어느 상선 선원의 실화도 생각났다. 이 밤에 꼭 만나야 된다면 고래보다는 거북이 낫겠다 싶었다.

구름에 가리어 별도 달도 보이지 않았다. 그래서 바다와 하늘의 경계도 없었다. 별이라도 보였으면, 그래서 아르고자리를 찾을 수 있었다면 이렇게 상념이 흩어지지는 않았을 것이다. 세상은 온통 칠흑의 어둠인 장독이고 그는 독안에 갇힌 생쥐라는 처량한 기분이 들었다. 생각의 끈을 놓자 의식이 자꾸 가물거렸다. 흐느적거리는 의식과 함께 그의 몸도 시나브로 저승의 강으로 흘러가는 것 같았다.

그때 갑자기 일수의 머리로 뭔가 잘못되었다는 생각이 송곳처럼 파고들었다. 그는 화들짝 놀라 몸을 홱 뒤집었다. 누워서 팔로 노를 젓다 보니 오른팔과 왼팔의 힘이 달라 보트의 머리가 틀어지듯 방향이 동쪽이 아닌 서쪽으로 빗나간 것을 깨달았다. 배영으로 얼마나 시간이 흘렀을까? 10분, 아니 20분? 그래 20분쯤일 거야. 그는 다시 동쪽을 향해 머리를 돌렸다. 깜짝 놀란 덕분에 정신이 돌아왔고 몸도 다시 충전된 느낌이었다.

일수는 선장이 들려주었던 심상준 사장의 일화를 상기하며 다시 생각의 끈을 다잡았다. 그가 인격적으로 고매한 분이라는 것은 어느 신문에서 읽거나 누구의 입을 통해 들어본 적이 없었다. 다만 사업가로서 앞을 내다보는 탁월한 안목과 그것을 실천에 옮기는 집념이나 수완은 세인의 칭찬과 존경을 받기에 충분하다는 생각이 들었다. 장차 두고 볼 일이지만, 남태평양 마구로 사업은 앞으로 일취월장할 것이고 따라서 외화소득의 선봉에 서게 될 것이라는 게 그의 생각이었다. 그러므로 심 사장은 눈에 보이지 않는 신세계를 찾아가는 정열적인 모험가라는 생각이 들었다.

콜럼버스가 계란을 탁자에 세우는 방법을 보여주자 구경하던 시러베아들 놈들이 그게 뭐 대단한 거냐고 비웃었다고 한다. 누구나 알고 나면 쉬운 일이겠지만 그것을 창안하거나 맨 처음 발견한 자는 모두 위대한 천재들이 아니었던가. 사과나무에서 떨어지는 사과를 보고 만유인력의 법칙을 창안한 '아이작 뉴턴'이 그 한 예일 것이다.

일본의 마구로 조업선들이 머지않아 사모아에서 퇴장할 것이란 예측을 한 심 사장이 무려 5년의 세월을 감내하며 사모아 어장에 지남호를 출어시킨 일은 한국 원양어업사에 길이 남을 전대미문의 업적으로 찬사 받아 마땅한 일이었다. 선장의 얘기를 듣는 동안, 일수는 몇 번이라도 그를 한국 원양어업의 아버지라 부르고 싶었다.

한국이 사모아 어장에 뛰어들 그 무렵, 일본은 전 세계 마구로 생산량 40만 톤 중 절반인 20만 톤을 생산했고 그중 절반을 수출하고 절반은 내수용으로 사용했을 정도로 어식문화가 발달한 나라였다. 또한 2차 세계대전 시 태평양에서 미국을 상대로 자웅을 겨루었던 일본이 패전국가로 전락한 지근 20년 만에 경제부국으로 다시 일어났으므로, 일본의 사모아 마구로배 사업에 구멍이 생길 것이라 예단하고 그 틈새를 비집고 사모아에 지남호를 출어시킨 것은 심 사장만의 탁월한 선견지명이었다.

쉽게 말해 배부른 일본 국민들이 원양어선 선원이란 극한 직업을 기피하는 사태가 미구에 닥칠 것을 간파한 그가 미국을 설득하여 한국 원양어업의 문을 열어줬었던 것이다. 그러므로 심 사장을 일제강점기 청산리대첩을 일궈낸 김좌진 장군과 동렬의 애국자 반열에 올려도 손색이 없다는 것이 강 선장의 견해였다. 시대가 영웅을 만드는지 영웅이 시대를 만드는지 그 논란은 차치하더라도, 일수는 선장의 의견에 토를 달 생각이 추호도 없었다.

심 사장의 일화에 대한 복기가 끝나자, 다음으로 일수는 아메리칸 사모아와 앨리사 엄마의 기억을 떠올렸다. 사모아가 미국의 간섭을 받게 된 것은 60년 전부터였다. 일수의 놀라움은 사모아 원주민들의 생활모습이었다. 비록 유럽이나 미국의 개신교가 들어와 외국문화와 미풍양속을 장려했고 그들의 의복이나 거주환경을 개선시켰다 해도, 그들의 모습은 식생활을 비롯하여 그들만의 전통과 관습이 여전히 살아 있는 활력이 넘치는 삶이었다. 더욱 부러운 것은, 미국이 그들에게 미국 시민권을 주는 대신 영주권을 부여하여 유학이나 이주방문에 제한을 두지 않았다는 것이다.

이런 점에서 36년간 우리나라를 강점했던 일본의 신사참배 같은 식민지 정책은 얼마나 악질적이고 또한 망나니 같은 짓이었는지를 다시금 알 수 있었다. 미국의 간섭이 원주민의 관리와 보호에 치중했던 반면 일본의 그것은 억압과 약탈로 일관된 만행이었던 것이다. 그래서 이곳 원주민들은 미국인들을 존경하며 예나 지금이나 행복해하지만 우리는 일본에 대해 여전히 억울하고 원통한 마음에 사로잡혀 있는 것이다. 그런 일본을 따르고 배우자는 사람들의 정신은 과연 온전한 것일까? 일수는 그것이 해방 직후 이승만 정부가 친일파 청산을 제대로 하지 못한 결과 유전되는 식민지문화의 잔영이라고 생각했다.

앨리사의 엄마에 관한 이미지는 중국 등지의 동남아로, 이곳 남양군도로 끌려왔던 '위안부' 소녀들의 이미지와 겹쳤다. 앨리사의 엄마는 전쟁으로 인한 개인적 비극을 면하려고 국제결혼을 선택했다. 전자는 강제에 의한 노예생활이었고 후자는 자의에 의한 선택이었다. 불행하고 다행인 것이 다르지만 둘 다 같은 민족으로서 애처롭고 불쌍하다는 연민은 동일했다. 앨리사 엄마를 만나고 온 후의 어느 날, 일수는 초사와 이런저런 얘기를 나누다 양갈보와 화냥년이란 말을 입에 올린 적이 있었다. 어릴 때 헤어진 이웃집 곰보누나 생각이 자꾸 머리에 남아 있었기 때문이다.

"화냥년이란 말은 환향녀(還鄕女)가 바뀐 말로 아는데 지금은 왜 몸을 파는 더러운 여자라는 의미로 쓰입니꺼?"

"환향녀란 병자호란 때 청나라에 끌려갔다가 나중에 인조가 몸값을 치른 뒤 데려온 여자들을 일컫는데, 돼놈들에게 몸을 망친 여자라고 그때 일부 사대부들이 조정에 이혼 소원까지 내고 그랬던가 봐. 그게 이혼 사유가 되겠어? 이와 경우는 다르지만 고려시대 때부터 중국 조정에 바치던 공녀가 있었지. 그게 조선시대까지 이어져 오다가 병자호란 때는 무더기로 끌려갔던 게야."

"그럼, 환향녀하고 화냥년은 다른 말인가요?"

"그렇지. 화냥년은 창녀를 뜻하는 중국말인 화랑(花娘)의 한국식 발음 '화냥'과 여자를 낮잡아 이르는 '년'이 결합되어 오늘날까지 쓰이고 있다는 것이 정설이야. 일본 군인들에게 바쳐진 '위안부'는 공녀와 또 다른 성노예였고 양갈보는 외국 군인을 상대한 화냥년이었어. 그들에게 죄가 있다고 누가 돌을 던지겠는가? 이 모두 세상 변화에 눈이 어두워 백성들을 도탄에 빠뜨리고 거지발싸개로 만든 조국의 어리석은 임금이나 못난 지도자들 탓이지."

일수는 다시 의식이 흐려지고 사지가 무거워져갔다. 수족은 처음부터 정해진 당연한 고생이었지만 이젠 등과 허리에도 경련이 찾아왔다. 짐작으로는 얼추 가야 할 길의 7할을 헤엄쳐 온 상 싶으나 날이 어두워 섬의 그림자도 볼 수 없으니 그저 막막할 뿐이었다. 등과 허리에 신경을 쓰노라니 발에 쥐까지 내렸다. 지친 몸은 물 먹은 마분지처럼 거의 풀이 죽었지만 일수는 쥐를 잡으려고 제자리에서 잠수를 했다. 달팽이처럼 몸을 잔뜩 웅크려 무릎에 이마를 맞대고 손을 뻗어 발가락을 힘껏 뒤로 꺾었다. 그러나 별 효과가 없었다. 뻣뻣해진 장딴지를 풀 방법을 찾다가 이번에는 무릎을 펴고 발가락이 머리에 닿도록 힘껏 끌어당겼다가 풀기를 서너 차례 반복했다. 그제야 장딴지에 몰렸던 쥐가 미안하다며 슬며시 물러났다.

일수는 이젠 살게 되었다며 안도의 한숨을 머금고 수면 위로 올라온다. 하늘도 바다도 여전히 빛이 없는 무명세계(無明世界)다. 정말 이것이 단테가 그린 저승의 강일까? 이 바다가 정녕 죽음의 세계로 들어서는 아케론 강이라면, 이마를 덮치는 이 희끗한 파랑은 아케론 강의 뱃사공인 카론의 백발이란 말인가? 일수도 드디어 밀려오는 죽음의 그림자를 느꼈다. 그 순간 저도 모르게 머리를 들고 '아-' 하고 고함을 내질렀다. 스스로 정신을 차리자는 결의였다. 그러자 벌린 입으로 한 조각 바닷물이 뛰어들었다. 입천장이며 볼 안이 헤어져 입 안이 온통 쓰라리고 따가웠다. 물을 뱉어내려고 혀를 움직였지만 굳은 혀가 말을 잘 듣지 않는다. 정신을 놓아서는 안 돼. 일수는 다시 생각의 갈래를 찾았다.

이번에는 죽은 아버지였다. 그가 간직해온 아버지에 대한 기억은 유년시절의 것이 대부분이었지만, 실은 머릿속에서 지워버리고 싶었고, 생각조차 하고 싶지 않았던 기억이 더 많았다.

　일수의 아버지는 제 이름 석 자만 겨우 쓰는 무식자였다. 일제시대에 그래도 국민학교를 다닌 일수의 백부는 일본말을 잘해 거제도 학동에서 일본인들의 머리를 깎아주면서 세상문리와 이재를 터득했다. 그는 대동아전쟁이 시작될 무렵 일본으로 떠난 일본인으로부터 정치망을 인수하고 멸치어장도 사들였다. 불과 몇 년 사이 큰돈을 번 그는 해방 직후 부산으로 가 막걸리 공장을 차렸고, 그 바람에 백부 밑에서 망쟁이 노릇을 하던 일수의 아버지가 일약 멸치어장의 주인이 되면서 인근 바다를 제 세상인 양 떵떵거리며 활보했다.

　일수의 외갓집은 학동이었다. 일수가 일곱 살 나던 해 겨울, 외할아버지가 돌아가시자 어머니는 일수를 앞세워 도선을 타고 친정으로 행차했다. 저녁 어스름 초상집 아궁이에 불을 때던, 일수보다 열 살이나 많은 외사촌 형이 일수를 곁에 불러 앉히더니 일수가 모르는 얘기를 들려주었다.

　"너거 아부지는 뱃일 때문에 못 오시는갑제? 작은각시 아부지는 부모도 아인가베? 너거 아부지가 망쟁이 할 때 학동에 놀러 와서 너거 옴메를 보고 첫눈에 반했던 갑더라. 너거 아부지가 우리 아부지보고 머라캤는지 아나?"

　"행님이 우째 그걸 다 아시능교?"

"울 아부지가 술만 자시몬 너거 옴메 얘기를 해싼께 귀에 못이 박혀서 그란다 아이가."

"외삼촌이 우짜던데요?"

"너거 아부지보고 그 자슥 술 먹으몬 큰소리만 치는 말짱 공갈쟁이라 쿠데. 너거 옴메가 열여덟 살에 시집가 아-들 셋 놓고 청상이 됐다 아인가베. 한 날은 너거 아부지가 소주 됫병을 들고 우리 집에 와 울 아부지 사타구니를 붙잡꼬 그랬다 안 쿠나."

"뭐… 머라꼬예?"

"서방 죽고 이 갯가 촌구석에서 젊은 여자가 무신 돈을 우째 벌겄노? 아들은 졸졸이 커쌌재… 너거 아부지 만날 그때, 고무는 딸 하나에 아들 둘을 시댁에 제-지 맽끼노코 바다서 개발하고 미역 뜯어 지 입 하나 제우 건사하고 살았다 아인가베. 그란데 너거 아부지가 동생만 지한테 주몬 아-들 셋은 지가 데리가 핵쪼도 보내고 잘 입히고 잘 묵일 끼라꼬 울 아부지한테 맹서를 했다 안 구나. 니는 아직 그 아-들 얼굴도 모르제?"

엄마에게 일수가 모르는 형제가 있다는 것은 처음 듣는 얘기여서 어린 마음에도 충격이 컸다.

"너거 엄마가 구조라로 간 뒤로 너거 아부지가 이 학동에 코빼기도 안 비칬다몬 말 다했제. 나는 너거 옴메가 등신이라 본다. 등신!"

외사촌 형은 장인 초상에도 안 오는 아버지에 대한 적개심을 제 마음껏 토해내는 상 싶었지만 자신의 엄마에게까지 그 불똥이 번지자 일수는 더 이상 듣고 앉아 있을 수가 없었다. 그 뒤로 흐른 세월이 한참이었다.

그가 태어난 구조라의 바다와 아버지에 대한 어린 시절의 아련한 기억은 한 폭의 그림처럼 지금도 아름답다. 그러나 아버지와 어머니의 세월은 일수조차 이해할 수 없는 점이 수두룩했다. 그것은 좋게 말하면 무욕과 인내의 세월이었고 나쁘게 말하면 아둔하고 미련한 세월이었다. 작은각시의 처가에 발걸음을 하지 않았다거나, 각시의 딸린 자식들을 돌보지 않았던 아버지의 무책임한 행동 역시 분별없는 처신이었다고 말할 수밖에 없었다.

벽지의 섬으로 귀향 온 구한말(舊韓末) 선비들의 자손을 제외하면, 해방 전 시골 갯가에서 학교 문턱도 넘지 못한 자들에게 세상이치나 도덕심을 선양한 사람이 몇이나 되었겠는가. 갑작스런 해방과 6·25전쟁과 군사혁명 등 소용돌이치는 세월의 급류에도 불구하고, 일수는 자신의 아버지와 어머니가 태생적인 기질과 본능만으로 살아온 원시인들이었다는 생각이 짙었다.

일수가 부산으로 이주한 후 아버지는 분가한 작은각시에게 생활비를 제때 제대로 준 적이 없었다. 어쩌다 생각이 나면 인편에 마른 멸치 포대를 찔끔 보내주었고, 간혹 자신이 부산에 들를 일이 있을 때면 손에 뭔가를 들고 어머니를 찾는 것이 다였다. 아버지가 부산에 들를 때라면 막걸리 공장의 백부를 찾는 일인데 두 사람 간에 어떤 이야기들이 오갔는지는 알 길이 없었다. 다만 아버지는 밤이면 술에 떡이 되어 집으로 찾아와 어머니에게 술주정을 부리곤 했다. 심지어 아버지가 주먹질을 할 때에도 어머니는 무슨 죄인처럼 그 주먹을 고스란히 받아주었다. 아버지에게 얻어맞고 있는 어머니의 모습을 볼 때마다 어린 일수는 바람 드센 날 거친 파도 속에 말없이 머리를 처박고 있는 갯바위를 연상하곤 했다.

일수가 그런 아버지의 술주정을 더 이상 용납하지 않은 것은 그의 나이 열여섯 살 때였다. 어머니의 배 위에 올라타 주먹질을 해대는 아버지를 밀쳐낸 일수는 미리 준비한 부엌칼을 아버지에게 들이대며 자신을 죽이라고 외쳤다. 그리곤 이젠 더는 당신 자식으로 살기 싫다고 울부짖었다. 한땐 다정했지만 세월이 갈수록 퇴색되어버린 부자지간의 천륜은 안타깝게도 그것으로 끝이었다.

사라호 태풍으로 가산을 탕진한 아버지가 술병으로 세상을 뜨자 일수는 왠지 모르게 원통하고 억울하다는 생각만 가득했다. 오랜 기간 지속된 부부간의, 부자지간의 삶의 공백이 일수의 가슴속에 아물지 않은 상처로 가득 남았다.

훗날 알게 된 일이지만, 아버지의 술주정은 대부분 백부와의 불화가 원인이었다. 불화라는 표현이 정확한지는 모르겠다. 왜냐하면 그것은 형제간의 단순한 의견마찰이 아니라, 갑과 을의 관계에서 비롯된 을의 일방적인 패배감이 그 원인이었기 때문이다. 아버지 초상 때 내려온 큰고모님이 상주들을 앉혀놓고 뜬금없이 한 말이 그 단서였다.

"너거 아부지가 못 배워서 그렇지, 본데 어진 사람 아이가. 내캉 크면서 집안일은 머슴같이 우리 둘이 다 했제. 이 거제 재산이 홀빡 다 재작년에 세상 버린 너거 큰아부지 꺼 아이가. 너거 아부지 앞으로 명의만 바까놓고 이때꺼정 머슴처럼 부리묵은 기라. 멸치어장에서 번 돈이라고 어디 너거 아부지 꺼였는 줄 아나? 여게서 잡은 멸치값은 제-지 너거 큰아부지가 갖고 가고 너거 아부지한테는 머슴 새갱 주듯이 했다 아이가. 그러이 너거들 공부도 제대로 못 시킸제."

일수의 고모님이 말한 재작년은 사라호 태풍이 들이닥친 해였다. 그의 아버지가 이제 할 일이 없다며 두 손을 들고 만 것도 돌아가신 백부의 지원을 받지 못해 그만 멸치어장을 접고 주저앉고 말았기 때문이었다. 일찍이 부산으로 유학하여 영도 막걸리 공장에서 기식하며 백부의 덕으로 대학까지 마친 아버지의 장남과 장녀는 그저 그러려니 하는 눈치였지만 시골에서 자란, 일수보다 다섯 살, 두 살 위인 이복형들은 분통이 터지는 얼굴이었다.

"너거 아부지 밑 삼촌들 둘이 일본서, 서울서 대학을 댕긴 것도 제-지 너거 아부지가 멸치 잡아 공부시키준 기라. 그러이 술만 취하몬 개뱅쟁이가 되는 너거 아부지가 어데 지 맴이라 그래갰나. 아이고, 불쌍한 내 동상아! 평생 머슴처럼 살다가 호강 한번 못하고 이래 죽으이 니 맴이 우땠을꼬…"

고모님의 말 끝에 아버지에 대한 일수의 일방적인 원망과 저주가 비로소 봄눈 녹듯이 사라지는 기분이었다. 아버지가 술만 마시면 흰소리를 했다는 외갓집 형의 얘기도 돌이켜보면 아버지의 진심이었다고 믿고 싶었다.

일수의 아버지는 바로 밑 동생의 형편을 도외시한 형님에 대한 섭섭함이나 억울한 마음을 맨정신으로는 어쩌지 못하고 공연한 술로 자신을 달랬던 것이다. 그는 세상일의 앞뒤를 가려 자신의 처신을 스스로 요량할 의지적인 인물도 아니었던 것이다. 무슨 일만 터지면 속에 끓는 분노를 참느라고 술을 마시고 취했던 것이리라. 일수는 그가 야무지고 똑똑한 사내로 인정받았던 무대는 오직 바다뿐이었다는 생각이 들었다. 아버지의 바다는 음모와 계략이 통하지 않는 천연의 세계였기 때문이다.

작은각시로 들어올 때 딸린 자식들에 대한 아버지의 맹서가 지켜지지 않은 것도, 어머니와 일수가 부산으로 분가한 뒤 아버지로부터 제대로 생활비가 지급되지 않은 것도, 그런 남편의 무책임을 인내와 침묵으로 일관했던 어머니의 돌부처 같은 태도도 일수는 그때서야 어렴풋이나마 이해가 되었다.

아버지의 장례가 끝나고, 특별히 새로울 것도 없는 두 모자만의 생활이 시작된 어느 날, 낯선 형제들이 어머니를 찾아와 집 주위를 어른거리기 시작했다. 그러나 어머니와 일수는 미리 약속이라도 한 듯 그들을 외면했다. 어머니는 다 큰 자식들을 볼 염치가 없었고, 더불어 일수 또한 그들이 어머니와 살을 나눠 가진 자신의 형제라는 생각이 눈곱만치도 들지 않았던 것이다.

고개가 자꾸만 물 밑으로 처져 움직이기가 힘들었다. 졸음이 찾아와 머리를 짓눌렀다. 팔과 다리는 이제 머리와 동떨어진 만화에서 본 로봇의 그것처럼 느껴졌다. 그러나 아직도 몸이 움직이고 있다는 사실에 일수는 스스로도 놀랐다. 선원들을 살려야 한다는 강박감이 한동안 그를 지탱해주었다고 믿었는데 지금은 그것도 아니었다. 정신을 놓지 않으려고 기억에 의지해 무진 애를 썼지만 그 기억도 이제 붙잡아둘 기력이 없었다. 다만 자고 싶다는 생각이 자꾸만 몰려왔다. 수영 덕에 몸이 춥다는 생각은 들지 않았지만 그냥 모든 것을 잊고 깊이 잠들고 싶었다.

바다가 희붐하여 눈을 들어 하늘을 보니 어느새 구름이 사라지고 별이 돋아나 있었다. 별이 은가루처럼 쏟아지는 하늘 아래 불현듯 섬의 그림자가 우두커니 나타났다. 또한 섬 그림자 밑으로 하얀 포말이 줄지어 일어나고 있었다. 그래서 일수는 이제 목적한 섬에 거의 다 왔다고 생각했다. 하지만 그 섬에 닿으리란 확신이 생기지 않았다. 시나브로 눈이 감기는 데다 이미 남의 것이 된 팔다리도 믿을 수가 없었다. 다만 희미하게나마 의식이 살아 있는 것은 다행이었다. 입안의 쓰라린 고통이 오히려 그의 정신을 붙들고 있었던 것이다.

그때였다. 무언가 세차게 발바닥을 들이받는 충격이 왔다. 그 순간 발끝에서 다리로 전율이 솟구치며 팔다리가 제자리로 돌아왔다. 정체불명의 물체는 또다시 그의 발을 물어뜯을 듯이 달려들었다. 그 물체는 아마 그의 몸이 송장이라고 여긴 듯했다. 느낌으로 상어는 아니었다. 만약 상어라면? 일수는 4천 킬로미터 저 아래 심해의 지옥 같은 어둠과, 뼈만 남은 고래의 잔해와, 그것에 개미처럼 들러붙는다는 박테리아의 존재를 머리에 떠올렸다. 문득 등 뒤로 끔찍한 두려움이 노도처럼 일어섰다.

일수가 있는 힘을 다해 발을 내차자 그 물체는 제 먹이가 아닌 줄 알았는지 수면 가까이로 잽싸게 도망쳐 갔다. 날씬한 몸매가 얼추 2미터가 넘었다. 네모진 대가리에서 일자로 쭉 뻗은 등지느러미로 보아 만새기였다. 빛이 있었다면 그놈의 짙푸른 등과 샛노란 꼬리지느러미, 날씬한 몸매를 황홀한 기분으로 감상했을 것이다. 만새기의 민첩하고도 멋진 수영 실력에 감탄한 때문인지 일수는 몸과 마음에 생기가 돌아왔다. 엉뚱하게도 그는 새삼 탄탄한 자신의 몸이 자랑스러웠다.

눈앞의 섬까지는 어림잡아 이제 삼십 분 거리였다. 일수는
몸을 쥐어짜듯 안간힘을 다해 자신을 격동시켰다. 앞섰던 정
명진의 모습은 여전히 보이지 않았다. 남해 사람이 분명한
그는 물속으로 사라지지 않았을 것이다. 일수가 지나온 길
에 상어 떼가 없었으므로 그가 살아 있을 가능성은 더욱 높
았다. 비록 결승 테이프는 그에게 양보하더라도 자신도 어서
빨리 골인을 해야겠다는 오기가 발동했다.

숨이 차오른 일수가 잠시 쉬어야겠다는 생각을 하던 참이
었다. 수면 위로 목이 드러나고 발밑에 웬 돌 부스러기 같은
게 걸린다 싶었다. 곧이어 발바닥에 모래가 닿는 기분이 들
어 일수는 지친 몸을 일으켰다. 물이 허리께에 닿았다. 사모
아에서 경험했던 산호초 밭, 초호였다. 일수는 드디어 섬에
닿았다는 성취감에 도취되어 저도 모르게 어둠 속에서 고함
을 내질렀다.

"어-이! 나 왔어. 2기사! 나 왔다고. 어디 있소?"

아무런 응답이 없었다. 어슴푸레 해안가의 야자수들이 보
였고 얕은 언덕 너머로 마을이 있는 양 육지냄새가 코를 찌
르며 덮쳐왔다. 일수는 100미터 저쪽 눈앞에 희미하게 드러
난 백사장을 결승점으로 정하고 마지막 힘을 다해 걸어갔다.
희붐한 하늘의 색으로 볼 때 새벽 3시는 된 상 싶었다. 그렇
다면 지금까지 대략 11시간을 헤엄쳐 온 셈이다. 그런 생각

이 들자 참았던 졸음이 온몸으로 퍼지며 머리끝에서 폭발할 것만 같았다.

일수는 비척거리며 마침내 백사장을 밟았다. 졸음과 함께 등 뒤로 한기가 엄습했다. 때마침 머리 위로 스콜이 쏟아졌다. 일수는 비를 피하려고 지친 몸을 이끌고 야자수 숲으로 들어가 야자수 잎을 몇 장 뜯어 모으기 시작했다. 야자수 잎을 통해 흘러내리는 빗물로 우선 갈급한 목도 축였다. 그러자 헤진 입안의 소금기들이 비명을 질렀다. 소금기가 몸속에 잔뜩 배여서인지 공기에 노출된 피부도 갑자기 가렵기 시작했다. 그러거나 말거나 일수는 땅에 누워 야자수 잎을 몸에 덮고 그 위로 다시 모래를 덮었다. 조금 지나 한기도 사라졌다. 이젠 세상 그 무엇이든 쏟아지는 졸음을 더 이상 막을 수가 없었다.

11
산 자와 죽은 자

잠결에 사람들의 웅성거리는 소리가 들려왔다.

"실항사! 나야 나. 일어나 봐!"

목소리의 주인은 2항사 정명진이었다. 눈을 뜨니 머리 위로 폭포처럼 쏟아지는 햇살이 눈부셨다. 나무처럼 뻣뻣해진 만신이 욱신거리며 몹시 아팠다. 그러나 젊은 일수는 벌떡 일어나 정명진과 얼싸안고 서로 살아 있음을 축복했다.

"언제 왔습디까? 여기 도착해서 2기사님을 찾으니 기척도 없더만."

"여게 도착하자마자 무턱대고 인가를 찾아갔제. 잠도 오고 한기가 들대. 당신 기다리기도 뭣해서… 여기 이 사람 집에서 잠깐 눈 붙이고 당신 찾으러 지금 나온 거야."

"아무튼 2기사님 체력은 대단합니다. 수영실력도 그렇고요. 그나저나 서둘러 조난구조부터 해야지 않겠습니까?"

"하모, 그라제. 우선 마을로 가세."

둘러선 2명의 원주민 남자들은 고기를 잡으러 카누를 타고 바다로 향했고 신새벽에 찾아온 이방인을 재워주었다는 남자가 그들을 이끌고 앞장섰다.

폴리네시아계 원주민 남자가 데려간 곳은 마을 교회였다. 그는 영어를 할 줄 아는 원주민 전도사를 한 명 소개해주었다. 일수가 그에게 지남2호의 조난 경위와 사고발생 시각을 알리고, 어림잡아 16시간 전 19명이 표류하고 있던 바다의 좌표를 알려주자 전도사는 마니히키 섬과 하루 한 번 있는 교신시각을 놓쳐서는 안 된다며 일행의 등을 떠밀었다.

교신시각은 아침 9시에서 10시 사이였다. 라카항가 전보국에서 마니히키 섬으로 발송된 전보가 몇 차례 단계를 거쳐 뉴질랜드 공군기지에 전달되었고, 지남2호의 조난 사실과 생환자 소식이 전 세계로 퍼져나간 것은 그날 오후였다. 조난시점으로부터 거의 40시간 만에 조난 소식이 세상에 알려졌던 것이다. 그러나 조난구조 작업이 시작된 것은 안타깝게도 그로부터 또 20시간이 지나서였다. 일수가 후에 들은 바로는 구조 비용에 대한 외교적인 협의 때문이었다.

두 사람에게 우선 급한 것은 허기를 달래는 일이었다. 마음씨 착한 원주민들이 삶은 닭고기와 빵, 타로 같은 음식물을 챙겨 주었지만 두 사람 모두 입에 삼킬 수 있는 것은 계란후라이뿐이었다. 그것을 본 원주민들은 끼니때마다 한 사람당 10개씩의 계란후라이를 제공했다. 마니히키로부터 연락이 올 때까지 편안한 휴식처도 만들어 주었다. 원주민들은 생존자 두 명을 바다에서 찾아온 행운의 신이라 믿었는지 마치 포세이돈 같은 영웅으로 대접했다.

원주민 전도사는 사진기를 들고 온종일 그들 곁에서 맴돌았다. 한국전쟁을 알고 있다며 한국에 대해 끊임없는 질문을 퍼부었고, 사모아를 기지로 마구로를 잡는 배의 선원이라고 했더니 사모아에 자기 친척이 산다며 더욱 호들갑을 떨었다. 외지인을 만나는 일은 일 년에 한 번도 어렵다는 푸념을 늘어놓기도 했다.

라카항가는 면적이 4평방킬로미터인 쿡제도의 조그많고 외딴 섬이었다. 야자수 숲이 우거진 화산섬들로 둘러싸인 섬 중앙은 넓은 초호(礁湖)였다. 니바노(Nivano)라 불리는 마을에 모여 있는 인가는 70여 채, 인구는 200명 쯤 된다고 했다. 일수의 눈에는 에메랄드 물빛이 보석처럼 아름다운 지상낙원의 섬이었다. 뉴질랜드로부터 이따금 반입되는 문물 외에는 이 땅이 지도에 존재한다는 것을 아는 사람이 과연 몇이나 될까 의문이었다. 일수는 강 선장의 안목에 새삼 놀라며 그의 안부가 애타도록 궁금해졌다.

밤이 지나고 아침이 밝았다. 오전 9시가 조금 넘었다. 최초 조난시점으로부터 60시간이 지났다. 원주민 전도사가 헐레벌떡 달려오더니 마니히키의 공군기지에서 생존자들을 기다린다는 소식을 전했다. 마니히키는 라카항가에서 서남 방향으로 23마일 떨어진 섬이었다.

"그곳으로 어떻게 가야 하는가?"

"한국 어선 동화1호가 당신들을 호송하려고 니바노에 10시면 도착할 거라고 해요. 식사를 마쳤으니 지금 바닷가로 나가야 해요."

동화1호라면 마니히키까지 전속질주로 2시간 반 거리였다. 니바노에는 뉴질랜드의 오클랜드로부터 오가는 정기화물선이 계류할 수 있도록 안벽이 만들어져 있었다. 일수는 정명진과 함께 부두로 달려 나갔다. 얼마 기다리지 않아 동화1호가 나타났고 일수는 사진기의 셔터를 누르는 원주민 전도사와 어깨를 감싸 안으며 이별을 나누었다.

"일수! 내 이름은 사무엘 스탤론입니다. 우리 언제 다시 만날 수 있겠지요?"

"미스터 스탤론, 저는 고기를 잡으러 올해 안에 사모아로 다시 올 겁니다. 혹시 친척을 만나러 사모아에 오시거든 밴캠프사에 일하는 찰리를 찾으세요. 그에게 내 이름을 대면 소식을 알 수 있을 겁니다. 그를 만난다면 함께 찍은 사진도 꼭 전해주시고요."

동화1호의 선장은 이 어장에서 명성이 높은 김재철 선배였다. 모두들 두 사람을 구사일생의 영웅인 양 반갑게 맞이했다. 김 선장이 사고경위를 물었고 일수는 짧게 그날의 상황을 전했다. 한국 원양어선 최초의 해난사고였으므로 일수의 얘기를 들으며 모두가 침통한 표정을 지었다.

"우리도 본사 전문을 받고 조업을 중단하고 밤새 급히 달려왔다. 표류 중인 선원들이 부디 무사하길 바란다. 마니히키에 도착하거든 일 잘 보고…."

김 선장은 자칫 울 것 같은 표정을 짓더니 말을 맺지 못하고 돌아섰다. 그 배 2항사인 김용웅 선배는 학교생활을 함께한 인연으로 일수를 보자 마치 친동생을 대하듯 살갑게 대해주었다. 김용웅 선배가 마실 음료와 한국에서 온 주간지, 신문 등을 가져다주었다. 정명진은 주간지부터 집어 들더니 수영복 차림의 여자 사진을 뚫어져라 쳐다보고 있었다. 산 자의 호기심을 나무랄 수는 없다. 김용웅 선배는 일수 곁에 앉더니 넓은 바다에서 12시간 가까이 헤엄을 쳤다는 사실에 놀라움을 표하며, 당시 해황이라든가 체력유지 비결 등에 관해일수에게 연이어 질문을 쏟아냈다.

"우리 배 2항사 김병옥이 같이 오다가 상어에 물려 죽었어요. 우리 뒤를 따르던 조기장하고 두 사람이 같이 그랬어요."

별 시답잖은 질문을 하고 있다 싶었는지 정명진이 불쑥 끼어들었다.

"뭐라고요? 김병옥이가 죽었다고요? 아- 그 자식, 우리 동긴데. 곧 장가들 끼라 했는데…."

같은 서울 출신 동기라 그런지 김 선배의 충격과 슬픔은 지극했다. 선배는 그 얘기를 듣자마자 당황한 나머지 눈을 붉히며 자리를 박차고 일어섰다.

마니히키에 둘을 내려놓은 뒤 동화1호는 미련 없이 어장으로 떠났다. 그 모습이 일견 무정하게 보였지만 그것은 산 자의 권리였다.

도착해서 안 사실이었지만 마니히키 공군기지는 뉴질랜드 소속이 아닌 호주 공군구조대가 있는 곳이었다. 그렇지만 뉴질랜드 공군기도 쿡제도 상공의 수색활동을 병행한다는 설명이었다. 일수는 공군 초계기를, 정명진은 헬리콥터를 타고 즉시 사고 해역으로 출발했다. 미리 알려준 좌표를 읽은 비행체들은 저공비행을 하며 날았다.

일수 등이 헤엄을 치기 시작한 해역에 닿은 것은 그날 오후 3시 무렵이었다. 해류가 뗏목을 끌고 갔으리라 여겨지는 남남서 방향을 염두에 두고 반경 300마일의 인근해역을 샅샅이 뒤졌으나 사람은커녕 뗏목의 흔적조차도 발견할 수 없었다. 일수의 충격은 이루 말로 다 형용할 수가 없었다. 억장이 무너진다는 말은 이럴 때 쓰는 것일까? 지금 비행기와 함께 바다로 추락한다 해도 상관없을 것 같았다. 강정중 선장과 선원들이 모두 죽었다는 생각이 들자 봇물이 터지듯 울음이 쏟아졌다. 근 3일 동안의 허기와 한기를 견디지 못해 어느 날 밤 하나둘 차례로 물속으로 사라졌거나, 그도 아니라면 갑작스런 상어 떼의 습격을 받아 속수무책 몰살을 당했을 것이라고 추측할 수밖에 없었다.

일수의 울음소리에 짜증이 났는지, 공군 조종사가 일수에게 이제 수색활동을 종료해도 되겠느냐고 물어 왔다. 여전히 궁금한 것은 뗏목의 행방이었다. 큰 파도가 일어 뗏목이 산산조각이 났다고 해도 밧줄이나 천막, 유리 부이 한두 개쯤은 눈에 띌 것이라 생각했지만 아무것도 보이지 않았다. 일수는 코맹맹이 소리로 선원 실종의 증거로 여겨지는 유류품이라도 있는지 다시 한번 더 수색해달라고 부탁했다. 조종사가 선뜻 동의를 하며 저희들끼리 교신을 했다.

그러고도 공중에서 30분인가 더 시간을 보냈다. 그때 헬리콥터에서 연락이 왔다. 뉴질랜드 공군기가 쿡 아일랜드 인근 해역에서 임자 없는 구명동의를 발견했는데 조금 있다가 마니히키로 공수해주겠다는 전갈을 받았다고 한다. 그러므로 이젠 공군기를 하늘에 더 머물게 할 명분도 사라져버렸다.

마니히키로 돌아오는 내내 일수는 북받치는 울음을 참을 수가 없었다. '너희들이 우릴 살려야 해.'라던 선장의 말이 머리에서 뱅뱅거렸고 초사를 비롯한 바다에서 사라진 선원들의 얼굴이 두서없이 눈앞에 어른거려 숨을 쉴 수조차 없을 지경이었다. 일수의 흐느끼는 소리가 귀에 거슬렸는지 조종사가 몇 번 진정하라며 참견을 했다. 일수는 속으로 설움을 터뜨렸다. 너는 몰라, 지금 내 심정이 어떤지를.

마니히키에 도착하자 공군기지 간부가 나타나 당신들은 내일 헬기로 아메리칸 사모아로 돌아갈 것이라고 알려주었다. 잠시 뒤 정명진이 손에 구명동의를 들고 나타났다. 배에 비치돼 있던 구명동의에는 '韓國 釜山 第2指南號'란 글씨가 뚜렷이 박혀 있었다. 마침내 두 사람은 수색 보고서에 서명을 한 뒤 군인들 숙소로 물러났다.

　비로소 일수의 입에 딱딱한 음식이 들어갔다. 시간이 날 때마다 물을 마셔서 그랬는지 몸의 가려움도 어느덧 사라진 느낌이었다. 일수는 침대에 누워서도 좀체 선원들의 얼굴이 머리에서 떠나질 않았다. 바다에서 피할 수 없는 죽음을 앞두고 선장은 어떤 생각과 어떤 말로 선원들을 위로했을까를 생각해본다. 선장을 생각하며 언제나 그랬듯이 일수는 다시 최부를 떠올렸다. 산같이 일어서는 파도에 죽음을 예감한 부하들이 사정이 다급함을 알리자 최부는 애타는 심정으로 두 손을 모으고 이렇게 빌었다.

　"이 세상에서 저는 오직 충효와 우애만을 근본으로 살아왔습니다. 마음으로라도 남을 속인 일이 없었습니다. 저는 아무런 잘못을 저지르지 않았으며 누구를 살해한 일도 없습니다. 저 멀리 위에 계시지만, 하늘이시여, 이를 알고 계실 것입니다. 제가 무슨 죄가 있어 책임을 져야 하는지를 알지 못하고 있습니다. 죄를 지었다면 저에게만 벌을 내려주소서. 아무 죄가 없는 40여 명이 저와 함께 물에 빠져 죽게 되었는데 그토록 자비가 없으십니까? 이 불쌍한 사람들을 가여워하신다면, 바람을 바꾸시고 파도를 잠잠하게 하여주소서."

선원들도 그의 가족들도 아무런 죄가 없음은 불문가지였다. 바다에서의 생사여부는 최부도 고백했듯이 하늘의 뜻이었다. 선장님도 최부와 같은 심정으로 하늘에 빌었을 것이다. 비록 자원했던 임무는 성공하지 못했지만 일수는 나름 최선을 다했다고 생각했다. 다만 그들이 태평양의 원주민들처럼 고향에 돌아갈 주검마저 없다는 것이 더욱 애타고 안타까웠다. 그러나 이제 그 슬픔과도 이별할 준비를 해야 할 것만 같았다.

'죽은 사람은 죽었지만 산 사람은 살아야 한다.'는 말은 듣기에는 고약해도 결코 틀린 말이 아니었다. 마침내 일수는 선원들의 목숨을 기리며 남은 인생 저들을 대신하여 저들의 목숨 값을 하며 살겠다고 스스로 다짐했다. 지남2호와 함께 했던 지난 시간들은 짧았지만 난생처음 겪었던 소중한 기억들이었다. 일수에겐 지난 3개월이 3년의 세월에 버금가는 긴 시간이었다. 특히 강 선장을 통해 이 세계와 세상 이치에 눈을 뜰 수 있었음은 결코 돈으로 살 수 없는 값진 경험이었다. 강정중 선장은 일수에겐 결코 잊지 못할 빛나는 시리우스별이었다. '스스로 빛나는 별'이 되고 싶었던 일수였기에 더욱 그랬다. 아침에 일어난 정명진의 눈이 퉁퉁 부어 있었다.

회사에서는 사모아에서 좀 더 머물다가 합동 장례식이 끝나거든 귀국하라는 지시가 떨어졌다. 21명의 목숨을 앗아간 참사였으므로 생존자가 불쑥 나타나면 유가족들의 원성이 하늘을 찌를 것이란 우려에서였다. 일수는 주재원이 잡아준 싸구려 호텔에 기식하며 정명진과 함께 날마다 파고파고항을 어슬렁거리며 시간을 보냈다. 한국 선원들을 만나는 일은 짜장 창피하고 부끄러운 일이었고 한편으론 고통스런 일이기도 했다. 다만 둘 다 가족들에게 전보는 잊지 않고 보냈다. 자신은 죽지 않고 살아 있다는.

그들이 즐겨 찾은 곳은 열대우림이 우거지고 경사가 급한 '비를 만드는 산'이었다. 해발 524미터인 이 산의 정식 이름은 피오아(Pioa)였는데 마침 우기인지라 산봉우리는 늘 비를 머금은 짙은 구름으로 뒤덮여 있었다. 비가 한번 왔다고 하면 사나흘 끊임없이 폭우를 쏟아냈다. 호텔에서 만난 어느 미국인 관광객이 영국의 유명작가 서머셋 모옴의 「비」라는 단편소설을 생각나게 하는 산이라고 말해줄 정도였으니 'Rainmaker'란 별명이 딱 들어맞는 산이었다.

살아남은 두 사람은 비가 오든 말든 산 위로 올라가 멀리 바다를 바라보며 죽은 영혼들에게 죄송하고 안타까운 마음을 전했다. 그때마다 '절대로 바다를 원망해선 안 돼.'라던 선장의 말이 마치 생전인 듯 일수의 귀를 울렸다. 그 말은 적도제의 불상사 끝에 먼 바다를 바라보며 내뱉던 선장의 알 듯 말 듯한 독백이었다.

정갑석 기관장의 당질인 정명진은 삼촌을 불러대며 자주 눈물을 훔쳤다. 일수의 가슴을 특히 아프게 하는 사람들은 선장과 초사 그리고 진수와 한구, 또 최강일이었다. 산 자의 편의대로 말하면 결코 죽어서는 안 될 사람들이었다. 선장과 초사는 성품과 식견이 아까운 사람들이었고 진수와 한구는 앞날이 창창한 청년이었기에 더욱 그랬다. 특히 최강일 조기장은 그가 남기고 간 불쌍한 가족들 때문이었다.

둘은 걸어서 공항이 있는 타푸나(Tafuna) 지역까지 다녀오기도 했다. 이곳은 투투일라 섬에서 가장 넓은 평야지역이었다. 가는 길에 '파투 마 푸티'라는 마을에서 가까운 바다에 떠 있는 두 개의 작고 아담한 돌섬을 만났다. 머리에 나무들을 이고 있는 '파투'는 그 자태가 마치 몸매가 출중한 수줍은 사모아 처녀처럼 아름다웠다. 일견 수반 위에 세운 멋진 수석 같지만 그보다 생동감이 넘쳐 그 형제섬인 '푸티'와 함께 관광 사진에 빠짐없이 등장하는 투투일라의 명물이었다. 그 섬의 지척에 드러난 길가의 작은 산호초 모래톱에서 남녀가 어울린 가족들이 몸을 물에 담근 채 한가롭게 일광욕을 즐기고 있었다. 섬 저쪽 뒤편에서 부서지는 흰 포말은 그 밑이 바로 몇천 킬로미터 심해인 낭떠러지임을 말해주고 있었다. 바다에서 죽음에 직면해보지 않은 사람은 절대적 공포가 뭔지 잘 모른다.

두 사람은 공항 근처 바닷가에 있는 5달러 비치에서 바람에 머리를 나부끼고 있는 멋진 야자수 풍경만 감상하고 입장은 보류했다. 두 사람 다 입은 옷이 너무 초라하고 남루했던 까닭이다. 열흘이 지났건만 여전히 배에서 탈출할 때 입은 옷 그대로였다. 선원들의 실종이 너무 뜻밖이었고 충격적이어서 사모아에 도착해서도 한동안 넋이 빠진 사람처럼 지냈으므로 입성 따위는 신경 쓸 여유가 없었다. 그들이 신고 있는 신발도 라카항가의 사무엘이 어딘가에서 구해준 것이었다. 그래서 길을 걸을 때 사모아 처녀들이 눈웃음을 던지지도 농담을 건네지도 않았던 것일까? 내키진 않았지만 그들에게 한국 선원들을 만날 이유가 생긴 것이다. 돌아오는 길에 두 사람은 서로의 거지꼴을 바라보며 거듭 씁쓸한 웃음을 베어 물었다. 한국은 추운 겨울이었다. 귀국 전에 서둘러 겨울옷도 장만해야 했다.

한국 선원들에게 얻은 여름옷으로 단장한 두 사람은 저녁이면 맥주집을 찾았다. 12시년 통금이었으므로 각자 맥주 한 조끼면 잠들기 전까지 시간을 보내기에 충분했다. 맥주잔을 앞에 두고 세 살 위인 정명진에게 일수가 물었다.

"2기사님은 아직 결혼할 계획이 없나요?"

"이번 어기 끝나몬 생각해볼라꼬 했제. 그란데 작은아부지가 돌아가싰으이 그기 어데 그리 쉽겄나. 만다꼬 나를 이 배에다 태우갖꼬 이 지갱이 됐는지 모르겠어."

"배 출항할 때 보니 숙모가 아주 야무지고 강해 보입디다. 경제적으론 큰 어려움은 없겠던데…."

"밥이야 우째 묵꼬 안 살았나. 그래도 집안에 어른이라꼬 남자가 있어야 하는 법인 기라. 나가 아부지 없는 장손 아인 가베. 삼촌은 아직 오십 밑이라 아들과 딸이 아직 어리다 아이가. 시방 돌아가몬 작은집에도 어른 노릇을 해야 할 판인 기라. 그러이 장개는 무신 장개?"

"형이나 나나 사모아배 한 항차 더 뜁시다. 결혼은 돈 좀 번 뒤 생각하고…."

살아남은 두 사람의 대화는 늘 겨울바람에 문풍지 떠는 소리였다. 섬이나 갯가 동네에 가면 제삿날이 같은 집이 많은데, 그 제삿집 근처엔 얼씬도 못한다는 살아남은 자들의 고통과 결코 무관하지 않았다. 일수는 이미 형이 되어버린 2기사에게 오히려 용기를 불어넣으려고 애를 썼다.

일요일이 되면 두 사람은 원주민이 다니는 교회를 찾았다. 교회라도 가서 앉아 있고 싶은 마음에서였다. 설교는 목사 세례를 받은 원주민이 해서 잘 알아듣지는 못했지만 원주민들의 순박한 신앙심이 부러웠다. 그들은 쓰고 남은 돈이 있으면 전부 교회에 헌금으로 낸다고 했다.

눈에 띄는 그들의 전통은 춤과 노래에 전승되어 있지만, 그 옛날 바다와 하늘과 땅에 대한 경외심은 모조리 천지를 지으신 하나님으로 바뀌어 있었다. 외국 선교사들이 이곳에 와서 이들에게 전한 신문화는 조선 말기 한국에 들어온 구교나 신교의 영향과 대동소이했다. 두 사람의 흥미를 끈 것은 원주민 교인들이 저마다 정성들여 장만해 온 토속음식을 예배가 끝나면 교회에서 함께 나눠 먹는 모습이었다. 두 사람은 원주민들의 틈에 끼어 씻은 손만 내밀면 그만이었다. 알고 보니 이런 식의 공동 연대감은 관혼상제의 잔치풍습과 이어져 있었다.

사모아에 머무는 동안 앨리사의 엄마는 부러 만나지 않았다. 죽은 사람들이 빠진 식사자리가 서로에게 끔찍할 것만 같아 일수가 스스로 피한 것이다. 일수는 출국 며칠을 앞두고 찰리를 찾았다. 찰리도 지남2호의 침몰사고와 선원실종에 대한 소식을 알고 있었지만 생존자 중에 일수가 있다는 사실은 전혀 몰랐던지 일수를 보고 깜짝 놀라는 시늉을 했다. 그가 당장이라도 자기 집에 초대하겠다며 생떼를 부렸지만 일수는 '지금이 아니고 다음에'라고 거절한 뒤, 그를 찾아온 이유는 다름이 아니고 라카항가에서 만났던 사무엘 스텔론과의 인연을 말해주고 싶어서였다고 설명했다.

"찰리 씨, 내가 한국에 돌아가면 늦어도 일 년 안에는 다른 배를 타고 다시 이곳으로 올 겁니다. 혹시 그동안에라도 사무엘이 나를 찾거든 서로 연락이 되도록 도와주십시오. 그럼 다시 만날 때까지 건강하십시오. 앨리사 엄마에게도 다음에 오면 꼭 찾아뵙겠다고 전해주십시오. 땡큐, 굿바이!"

해가 바뀐 1월 30일 아침이었다. 느닷없이 앨리사 엄마가 일수가 머무는 기지 사무실로 찾아왔다. 그녀는 일수를 보자 다짜고짜 눈물을 쏟아내며 그를 끌어안았다. 일수도 그녀의 등을 감싸 안고 그만 펑펑 울고 말았다. 무슨 영문인지 묻고 따질 장면이 아니었다. 앨리사 엄마는 미리 준비해 온 슬픔과 기쁨이 바닥나자 100달러짜리 지폐 두 장을 일수의 손에 쥐어주며 여비에 보태 쓰라고 했다. 그리고 가져온 두툼한 서류봉투를 하나 건넸다. 한국에 가거든 겉봉에 쓰인 주소로 등기를 부쳐달라고 했다. 그녀도 한국에 살아 있는 가족이 있었고 그 가족들을 오매불망 그리워했던 것이다.

다음 날, 두 사람은 회사에서 마련해준 선원수첩과 여비로 집으로 가는 비행기를 탔다. 하와이를 경유하는 코스였다.

한국에서는 선원 실종 소식을 확인한 뒤, 새해 1월 18일 부산에서 순직선원들에 대한 위령제를 전국 수산인 명의로 엄숙히 거행했다. 순직선원들 탓에 두 사람은 귀국을 해도 결코 환영받을 수 없는 존재들이었다. 두 사람은 서울에서 부산으로 기차를 타고 내려오면서도 서로 말 한마디 나눌 수조차 없는 초라한 심정이었다.

귀국 인사를 하려고 둘은 부산 사무소를 들렀다. 모두 데면데면한 얼굴로 두 사람을 맞이했다. 그들의 얼굴에서 그동안 선원 가족들에게 부대꼈던 숱한 원망과 슬픔의 흔적을 엿볼 수 있었다. 산 자와 죽은 자의 인연이 그토록 질긴 밧줄로 칭칭 엮여 있음을 당해보지 않은 사람은 결코 알 수 없는 노릇이었다. 일수도 정명진도 여전히 그 밧줄에 묶여 있는 신세였다. 회사를 나올 때, 회사에서 그들에게 위로금이라며 돈봉투를 하나씩 내밀었다. 사라진 지남2호와의 인연은 그것으로 끝내자는 의미였다. 심지어 부산사무소 소장은 일수의 등을 토닥거리며 이제는 다 잊어버리라 했다. 정명진과의 동행도 결국 그것으로 끝이었다.

일수는 우체국에 들러 앨리사 엄마가 부탁했던 우편물을 처리한 뒤, 신문사에 들러 합동위령제와 관련된 기사를 탐색했다. 위령제의 제목은 '남태평양출어 제2지남호 조난선원 전국 수산인 합동위령제'였다. 장례위원장이 낭독한 제문의 '제2지남호의 조난은… 전체 수산계와 국가의 조난이었다.'는 표현처럼 위령제의 규모는 정부·국회·수산계를 망라한 국가적 행사였다. 또한 죽은 사들의 엉링과 유족을 위로할 명목으로 전국적으로 국민성금을 거두었다고 했다. 당시에는 어려운 외환사정을 핑계로 외국 보험업체에만 한정된 선박사고에 대비한 외화보험을 가입할 수 없도록 군사정부가 금했던 탓으로 선박전손을 당한 제동산업과 바다에 수장된 선원들의 목숨 값을 보상할 재원을 마련할 방법이 없었기 때문이었다.

지남2호 사고를 계기로 원양어선과 선원들에 대한 위험부담을 덜기 위해 관련 법규와 제도를 개선해야 한다는 목소리가 무성했다. 그 일례로 제반 경비를 제한 외화가득액이 척당 연평균 4만 달러에 이르는 원양어선에 한해 그 외화로 외국에 보험을 들게 하고, 그 금액에 해당하는 만큼 출어자금으로 지원하자는 방안이 제시된 것이다. 국민총소득이 일본의 1/50밖에 안 되는 가난한 조국의 부끄러운 현실이었으며 창졸간에 자식과 가족을 바다에 묻은 국민들의 비애였다. 선장을 포함한 21명 실종선원들의 죽음이 국민들의 성금 덕으로 개죽음이 안 된 것만도 그나마 일수에겐 큰 위안이 되었다. 그러므로 산다는 일도 얼마만큼 인간답게, 값지게 사느냐는 점에서는 국가의 책임이 크다는 사실을 새삼 깨달은 것이다.

어머니는 그동안 언제 무슨 일이 있었는지도 모르는 사람처럼 태연한 얼굴로 일수의 인사를 받았다. 평소 세상물정에 어둡고 관심조차 두지 않는 양반이라 처음엔 무심코 받아들였지만, 사실은 큰댁 형들이 뉴스를 듣고 저들끼리 사무실을 몇 번 찾아가고 했던 모양이었다. 일수가 살아남은 2명 중 하나임을 안 그들이 안심을 하고 난리법석을 떨지 않은 탓에 어머니는 그때까지 아무것도 모르는 사람이었다.

"와 이리 일찍 왔노?"

"배가 고장이 나서 중간에 돌아온 깁니더. 내가 보낸 전보 안 왔습디까?"

"종이 쪼가리에 뭐라 적히 있드만 내가 글을 알아야제… 옆집 아저씨가 읽어보더이 걱정 안 해도 된다 쿠데."

"그래예, 전 괜찮심더. 어무이는 신경쓰지 마시이소."

하루를 쉬고 그다음 날, 일수는 자갈치에서 거제도로 가는 객선에 몸을 실었다. 태평양 원주민의 주검처럼 문득 고향이 그리웠던 것이다. 이제껏 어린 시절의 아련한 추억 몇 조각만 붙들고 살아온 자신이 스스로 부끄럽기도 했거니와 태평양 바다에서 죽기 살기로 헤엄을 칠 때 기억해낸 아버지가 생각나 이참에 산소를 찾아볼 생각까지 했던 것이다.

고향에는 결혼을 한 다섯 살 위의 이복형이 아버지의 집을 지키고 있었다. 대청마루에 앉아있던 형이 갑자기 나타난 이복동생을 보더니 눈을 번쩍 크게 뜨고 일어섰다. 그 옛날 일수가 빠졌던 뒷간은 낚시꾼이나 여름철 피서객을 위한 행랑채로 바뀌어 있었다.

"어- 일수 아이가? 니, 바다에서 안 죽고 살아남았다는 소식은 부산 행님한테 듣고 있었다. 한국에는 언제 왔더노? 어서 이리 올라오이라. 이 바라, 동명아! 여게 술상 좀 채리바라."

형이 형수를 부르는 소리였다. 아버지 생전에 부산에서 초라한 결혼식을 올렸던 일수의 형이었다. 그 형이 부산 생활을 접고 아버지가 죽고 없는 빈 고향집을 지킨 지 벌써 삼 년이었다. 맏이인 조카 이름이 동명이었다.

"아이고, 부산 삼촌 아입니꺼. 살아서 돌아왔다이 정말 고맙심더."

형수가 부산한 몸짓으로 술상을 들고 나오면서 반색을 했다. 결혼식에서 보고 처음 보는 얼굴이었다.

"행님, 여기서 우짜고 삽니꺼?"

"시골 섬 생활이 별거 있나. 바다가 논이고 밭이고 안 그렇나."

"배라도 한 척 있습니꺼?"

"배라 해바야 노 젓는 뗀마 한 척 아이가. 그 배로 주복도 하고 문어단지도 하고, 봄에는 숭어잡이 일도 거들고… 인자는 여게 수협공판장 일도 하고 그란다."

피는 속일 수 없다고 형은 아버지를 닮아 애주가였다. 그는 크고 목이 높은 컵에 막소주를 부어 거침없이 들이켰다. 안주로 나온 문어숙회도 2월의 숭어회도 입에 달았다.

오후에 시작된 술자리가 밤늦도록 이어졌다. 일수에겐 달리 찾을 고향 친구도 없었고, 아버지가 없으면 형이 부모인 시절이었다. 형도 쓸쓸했던 아버지의 죽음이 원통하고 분했던 점에는 일수와 상통했다. 어릴 때부터 아버지 밑에서 어장 일을 도우며 멸치를 먹고 큰지라 형은 고향집에 대한 애착이 남달랐다. 술자리가 길어진 것은 그 형이 동생을 만나

하는 소리라며 또 다른 생뚱한 얘기를 꺼냈던 것이다.

"큰아부지 작은집 아-들 안 있나? 막걸리 공장 부도난 뒤지 에미하고 서울 가더마 쫄딱 망해갖꼬, 인자사 이 거제 재산이 저거 아부지 꺼라고 명의양도 소송을 냈다 카네."

"그건 막걸리 공장 부도난 뒤 아버지 형제들끼리 다 합의된 일 아입니꺼?"

"니도 알제? 뱃놈이 손에 물 떨어지면 강도짓 한다꼬. 저거 모가치 홀빡 털어묵고 이제 알거지가 됐응께, 아부지 살았을 때 명의신탁 했던 재산이라고 시비를 건 거제."

"그 아-들이 뭘 안다꼬요?"

"그기 다 막걸리 공장 문 닫기 전에 사장을 했던 서울 큰삼춘 농간인 기라."

소송의 자초지종은 이랬다. 일제 때 보성전문을 나와 배운게 많은 일수의 큰삼촌이 나이 어린 장손들의 몫으로 나눈 재산을 자신이 위탁관리를 한답시고 돈을 굴리다 남의 보증을 잘못 서 사고가 터진 것이다. 그러자 장손들에게 면목이 없게 된 큰삼촌이 거제의 선산과 전답을 빼돌리려고 후배 판검사를 동원하여 소송을 꾸몄다는 얘기였다. 증인으로 나선 아버지 형제들도 남녀불문 모두 알거지가 된 장손들의 편을 들었다고 한다. 원통하고 억울한 일이었지만 죽은 사람은 말이 없다는 것이 세상의 이치였다.

"큰삼촌한테 평소에 무슨 원한 살 일이라도 있었심니꺼?"

"원한? 가만있어바라…. 아, 작년 여름에 실업자가 된 삼촌 둘이 동무해서 내리와갖꼬 저 아래채에 묵었제. 한 달쯤 공짜로 기거하면서 밥 때마다 술 가지오이라 사시미 가지오이라 지랄들을 해서 내가 참다못해 술 묵고 와가꼬 그날로 두 사람을 쪼까냈다 아이가."

여름철에 점잖은 어른 둘이 조카집이라고 막무가내로 찾아와, 민박 손님도 못 받게 그랬다고 하니 일수 형의 속에 천불이 난 것은 어쩌면 당연했다.

"술 먹고 삼촌들한테 욕하고 안 그랬심니꺼?"

"어-? 니가 고걸 우째 아노?"

"뻔하지예. 그게 아버지 유산 아입니꺼? 형님, 이 재판 이길 수 없습니더. 아깝지만 고향 재산 뺏긴 걸로 생각하이소. 집안이니 혈연이니 이제 생각하지 맙시다. 이 소송 끝나면 큰집 아-들에게 집이라도 한 채 살 돈 주라 하이소."

형은 일수의 말에 낙담하는 빛이 역력했다.

"형님, 두고 보이소. 하늘이 다 보고 있을 낍니더. 너무 상심하지 마이소."

집안의 거지 같은 송사에 일수가 의연하게 대한 것은 어쩌면 큰 바다를 보고 온 덕인지 모른다. 누군가는 큰 바다를 경험한 자는 장강(長江)의 물결에 결코 놀라지 않는다고 했다. 속이 상한 형은 오랜만에 만난 이복동생의 잠자리도 잊은 채 됫병에 남은 술을 혼자 나발을 분 뒤 쓰러졌다. 쓰러진 형을 지켜보는 일수의 가슴도 쓰라리기는 마찬가지였다. 장차 서울에 사는 장손들에게 거제 재산이 돌아가면 고향이라고 찾아와 봐야 엉덩이를 깔고 앉을 쪽마루도, 등을 대고 누울 방한 칸도 없을 것이 불을 보듯 뻔했다.

이튿날 일수는 고향집을 나와 아리랑 고개쯤에 있는 선산의 아버지 산소를 찾았다. 무덤 위로 고인이 생전에 즐겼던 소주를 한 병 뿌리고 엎드려 절한 뒤, 무덤 앞에 우두커니 앉아 아버지의 넋을 기리다가 설움이 북받쳐 한참을 울었다. 일일이 말 못하고 산 아버지의 고달팠던 삶이 불쌍했고, 속상한 일이 있을 때마다 술의 힘을 빌렸던 근대화 과정의 원시적이고 무능했던 남자, 그 아버지에게 지난날 불현듯 칼을 들이댔던 자신의 과오를 후회하며 용서를 빌었다. 과오라 함은 아버지의 겉만 보고 그 속을 읽지 못한 자신의 치기를 말함이다.

아버지의 산소에서 내려온 뒤 일수는 외갓집이 있는 학동을 향해 무턱대고 걷기 시작했다. 무려 열 시간 넘게 바다에서 헤엄을 친 경험으로 황톳길을 걷는 몇 시간의 도보는 조금도 걱정할 일이 아니었다. 일수는 이참에 고향을 원도 없이 둘러보고 싶었던 것이다.

학동 외갓집에서 또 한 밤을 자고, 일수는 팔색조의 서식지인 동백숲길을 따라 막내 이모가 사는 갈곶마을로 건너가 배로 해금강을 구경했다. 또 걸어서 남쪽 바닷길을 따라 나타난 착한 섬 대·소병대도를 구경하고 대학생 때 해양훈련을 왔던 저구리의 명사해수욕장까지 내처 걸었다. 그 밖에도 이곳저곳을 떠돌며 일수는 일주일 남짓 고향의 땅을 후회 없이 밟고 또 밟았다. 입에서 멀어진 고향 사투리는 어쩔 수 없었지만 어디를 가든 고향이 거제도인 것을 자랑삼아 이야기하고 싶었다. 그러나 무엇보다도 먼저, 이젠 죽은 아버지를 떳떳하게 내 아버지라 부르고 싶었던 것이다.

고향을 다녀온 뒤 일수는 회사 사무실을 다시 찾았다. 일수를 본 직원들의 얼굴이 다소 편해진 느낌이 들어 일수는 운항 담당자에게 다음에 사모아로 떠날 첫 배가 어느 배인지를 물었다. 그는 다음 항차는 지남5호이고 4월 초에 만기 입항한다고 전했다. 이렇게 빨리 다음 배를 만날 수 있으리란 사실은 뜻밖이었다. 그 말을 듣고 일수는 대뜸 소장실 문을 열고 들어가 지남5호에 항해사로 나가게 해달라고 요청했다. 일수의 기개에 놀랐는지 그의 바다에서의 사투를 높이 샀는지는 몰라도 소장은 일언지하에 흔쾌히 그의 요청을 받아들였다. 일수는 이 모든 것에 감사했다. 새삼 뜻이 있으면 길이 있다는 말이 생각나 기쁨이 용솟음쳤다.

강 선장을 생각하며 일수는 틈만 나면 도서관을 찾아 역사와 바다에 관한 책을 열심히 읽었다. 언젠가는 '스스로 빛나는' 성취지향의 별이 되고 싶은 욕심뿐이었다.

드디어 기다리던 4월이 다가왔다. 새로 선임된 선장도 일수의 대학 선배였다. 이미 고인이 된 박영훈 초사와 동기였던 것이다. 그는 일수를 보자 그 당장 2항사의 직책을 부여했다. 배 인수를 하려면 보름 정도 시간이 있었다. 신임선장에게 인사를 드린 후 일수는 몇 가지 신변정리를 하느라 분주했다.

제일 중요한 일은 어머니에게 전남편 자식들을 찾아주는 일이었다. 지난달에도 그 형제들이 어머니를 찾아왔지만 어머니는 그들을 만나주지 않았다고 했다. 일수는 어머니를 설득하기 시작했다.

"어머이, 저는 이번 참에 아버지 산소를 찾아가 아버지와 화해를 하고 왔습니다. 배 다르고 씨 다른 게 어디 자식들의 죄랍디까? 그 형제들은 여태껏 부모 혜택은 못 누리고 살았지만 그래도 어머이 자식 아입니까. 그러니 어머이가 그렇게 외면해도 찾아오지 않습니까. 어머이 그게 사람들이 말하는 천륜입니다, 천륜! 그 형제들이 찾아와서 어디 밥을 달라고 합디까, 돈을 달라고 합디까?"

일수의 그 말에 어머니의 완강하던 태도가 조금 누그러지는 듯했다. 일수가 읽은 전남편 자식들에 대한 어머니의 심정은 이랬다. 아버지의 작은각시로 들어온 이후, 진즉 눈치

챈 아버지의 정체는 사람만 좋았지 경제적으로 재량권이 없는 사람이었다. 그래서 타성바지 자식들의 일로 아버지의 자존심을 건드리기 싫었고, 그 바람에 자신이나 일수가 구박받게 될까 봐 오히려 그것이 더 두려웠던 것이다. 그 결과, 지금에 와서 어머니는 스스로 그 자식들 앞에 나설 면목이 없는 몹쓸 사람이 되어버린 셈이었다.

"어머이, 저는 아무래도 상관없습니다. 그 형제들을 받아들이십시오. 내겐 피는 달라도 살을 나눈 형제들 아닙니까? 저에게는 엄연히 형이고 누납니다. 내가 바다에 나가 있어도 그 형제들이 어머이 곁에 있으면 제가 안심이 될 깁니다. 출항이 얼마 남지 않았심다. 그 전에 한자리에 모여 함께 식사라도 한번 하입시다."

일수의 말을 듣던 어머니가 흐느끼는가 싶더니 나중에는 꺼이꺼이 소리까지 내지르며 울고 말았다. 일수도 볼을 타고 흘러내리는 뜨거운 눈물을 어쩔 수가 없었다.

배 수리가 끝나고 출항일이 코앞으로 다가왔다. 자갈치 어느 횟집에서 어머니와 타성바지 형제들이 함께 모였다. 형들은 일수와는 모두 열 살 이상의 터울이었다. 큰형은 초량에서 막걸리 배달을 하고 있었고 군대에서 운전병을 했다는 작은형은 어느 작은 회사에서 트럭을 몰았다. 각자 결혼은 했다지만 둘 다 형편이 안 돼 사진관에 가서 달랑 기념사진만 찍은 모양이었다.

"우리 처나 아-들은 올 겨울 오메 생일날 데리고 올라요."

막걸리 배달을 한다는 초량 형이 식구들을 데리고 오지 못한 이유를 살짝 돌려 말했다. 형들은 일수가 어릴 적 외갓집에서 몇 번 본 적이 있다며 여전히 잘생겼다는 말로 형제 상봉의 기쁨을 전했다. 예상외로 성품이 착한 형들이었다. 피를 나눈 아버지들은 다 죽고 없어 이젠 서로 거리낄 일도 없는 자리였다. 과연 어머니는 세상의 눈물이 다 모이는 넓고 위대한 바다였다.

"점순이는 왜 안 보이노?"

"아, 그 가시나 집 나간 지 오래 됐오. 일수 동생이 국민학쪼 댕길 때 어무이 사는 남항동 시장으로 몇 번 찾아갔다 합디다."

어머니가 묻고 초량에 산다는 큰형이 답했다.

"뭐시라 쿠노? 그라몬 왜 내가 몰랐을꼬?"

"갈 때마다 일수만 살쩨기 보고 왔다 쿱디다."

"그라몬 지금 그 아가 어데 있노?"

흘러가는 두 사람의 대화에 일수는 바짝 긴장이 되며 입이 타들어갔다.

"얼마 전에 저거 친구라는 여자가 집에 찾아와 그 가시나 부탁이라꼬 안부를 전합디다. 지금 미국 산다 쿠데요. 미군 껌둥이 만나 결혼해서 잘 산다꼬요. 형편 피면 옴메 보러 함

나온다 캅디다."

일수가 중간에 급히 끼어들었다.

"형님, 그 누나 혹시 얼굴이 얽었습니까?"

"그래 니가 그걸 우째 아노? 얽어도 빡빡 얽었다 아이가."

그 말을 듣는 순간 일수는 저도 모르게 깜짝 놀라 손에 쥐었던 젓가락을 바닥에 떨어뜨리고 말았다. 울어야 할지 웃어야 할지 도무지 분간이 되지 않았다.

자리가 파하자 엄마를 형들에게 맡기고 일수는 혼자 따로 선술집을 찾았다. 그 옛날 막연히 이웃집 누나라고만 알았던 곰보누나가 정작 어머니의 딸이었다는 사실을 냉큼 받아들이기가 혼자 힘으론 너무 벅찼던 것이다. 일수는 자리에 앉자마자 소주 2병을 시켜놓고 맥주잔에 소주를 가득 채운 뒤 안주도 없이 연거푸 석 잔을 들이켰다. 기다렸다는 듯 머리 끝까지 취기가 솟아올랐다.

바로 그때, 사이판을 지날 때 강 선장이 무심코 했던 말이 그의 머리를 마치 유성처럼 훑고 지나갔다.

'세상일이란 우연과 필연이 결합된 수레바퀴야.'

곰보누나의 일로 잔뜩 마음이 스산하던 차였다. 생각해보니 선장의 말처럼 어쩌면 그가 살아온 세상이 모두 그랬다. 그것은 사필귀정도 병가지상사도 아닌, 그만이 겪어야 했던 우연과 필연의 연속이었다. 남은 생애는 더욱 그럴 것이었다. '스스로 빛나는' 별이 되려면 운명이란 말도 이젠 머리에서 지워야만 했다.

그렇지만 오늘은 왠지 힘들고 외로웠다. 그는 쓰러지듯 상위에 얼굴을 묻고 흐느끼기 시작했다. 울음이 길어질수록 강선장과 곰보누나가 사무치게 보고 싶었다.

바다를 만드는 것은 3.5푼의 소금이다
그것이 인생에 뿌려진 소금이다
짠내에 젖은 항해일지이다
내가 고향의 옹달샘이었다 해도
깊은 강물이었다 해도
결국 바다로 흘러간다
흔들리지 않는 한 잔의 고요도
수직으로 떨어지는 폭포의 아픔도
모두 바다로 흘러 소금물이 된다
우리는 잠시 바다를 떠나 뭍으로 올라온
한 마리 바다짐승이기에
피에 기록된 0.9푼의 소금을 잊지 못해
다시 바다로 돌아간다
붉은 살에 숨겨둔 푸른 해도海圖 따라
땀과 눈물로 하얗게 뼈를 염장하며
마지막 항구를 향하여
소금으로 돌아가는 것이다

나의 항해는

바다로 떠나는 것이 아니라

바다로 돌아가는 것이다

이성배, 「바다로 돌아가다」 전문, 『이어도 주막』(애지)

일수를 실은 지남5호는 길게 뱃고동을 울리며 다시 남태평양의 먼 바다로 돌아갔다. 철쭉이 만발한 1964년 5월 하순이었다.

과거에서 미래로 나아가는 바다의 깊이

정형남(소설가)

소설가 김부상은 부친께서 거제도 앞바다에서 멸치어장을 한 관계로 어머니의 품속에서부터 미지의 드넓은 바다를 꿈꾸어왔다. 성장기에 이르러 그 꿈은 현실로 감아올려져 미지의 바다로 나아갔다. 이번에 상재한 「아버지의 바다」는 우리나라 해양소설의 근원을 다시금 돌아보게 한 수작이다.

지금까지 우리의 해양소설은, 개인적인 견해지만, 원양어선상 선원들의 갈등구조 내지는 개개인의 신상에 관한 회고, 만선의 기대와 좌절, 그리고 역사인식에 대한 부재 등등 해양소설을 일구어낸 1세대들의 소설 구도를 답습하는 전형적인 틀을 벗어나지 못하였다.

하여 해양소설의 보다 진일보한, 범세계적인 발전적 자기반성과 역사인식이 있어야겠다는 아쉬움과 기대치를 늘상 가져왔는데, 「아버지의 바다」는 해양소설의 근원적인 배경이라 할 수 있는 원양산업의 출발점에서 그 뿌리를 찾고, 보다 진취적인 해양소설의 미래를 제시하며 나의 바람을 이뤄냈다.

우리나라 원양어업의 출발은 1957년부터라 할 수 있는데, 외화벌이란 국가적 차원의 꿈을 품은 심상준이라는 걸출한 인물이 이루어낸 외교적 수완의 공로로서, 미국을 설득하고 일본의 방해공작을 분산시킨 결과물이었다.

"미국에서 원조 받은 워싱톤호를 지남호(指南號)라 이름을 지은 사람이 이승만 대통령이었고, 1957년에 그 지남호로 인도양 튜나연승시험조업을 성공으로 이끈 회사가 제동산업(濟東産業)이고, 그 사장님이 심상준(沈相俊)이고, 지남호가 제일 먼저 사모아에 진출하여 마구로를 잡아 달러를 벌게 되었지. 지남호의 출어식이 개최된 1957년 6월 26일이 우리나라 원양어업의 출발점이야."

소설 속 강 선장과 일수의 대화에서 그 같은 역사적 사실이 적나라하게 입증되는데, 작자는 작중인물인 일수의 입을 통하여 최부의 『표해록』을 비롯하여 강 선장이 들려주는 일본의 탐욕적인 수탈과 만행을 광범위하게 들추어낸다. 멀리로는 임진왜란에서부터 일제강점기에 이르기까지 일본의 야욕과 해상권의 침탈, 태평양전쟁에서 우리 민족의 수탈과 강요된 희생의 제물을 발판으로 삼은 동남아시아 해상권의 장악까지 강 선장의 탁월한 안목과 역사적 인식은 해양소설의 새로운 지평을 열어주기에 부족함이 없다.

'역사가 없는 국가는 노예국가에 다름 아니다.'라는 말이 있듯이, 역사적 뿌리를 제대로 인식하지 못하는 원양산업은 그저 생계의 수단에 지나지 않다는 묵시적인 교훈을 진솔하게 제시하고 있는 것이다.

부푼 기대감으로 첫 조업에 나선 원양어선이 삼각파도에 의해 어처구니없이 침몰하는 장면은 우리가 알고 있는 강도 높은 태풍에 의한 해상재난과는 사뭇 다른 양상이어서 새로운 인식을 심어주었고, 작가가 진작 최부의 『표해록』을 통해 조난을 암묵적으로 예시했던 점은 작품 구성상 뛰어난 발상이라 하겠다.

부수적으로 곰보누나와의 만남은 또 다른 이산가족의 비극을 일깨워주었다. 죽음의 바다에서 오롯이 살아남은 주인공이 다시 바다로 돌아가기 위해 마련했던 어머니와 씨 다른 형제간의 식사 상봉 자리에서, 6·25전쟁으로 양공주가 된 곰보누나의 실체를 알았을 때, 그 비극적인 민족의 한은 가슴 쓰라리게 전달되고 있다.

아무튼, 김부상의 「아버지의 바다」는 해양소설의 새 지평을 미래지향적으로 제시하였다는 점에서 가슴 뿌듯하다.

작가후기

이 작품은 개인적으로 10여 년 전부터 머릿속에 그려왔던, 실화를 소재로 꾸민 이야기다. 그러므로 글 속에 역사적 사실(실명)과 허구(가명)가 뒤섞여 있다. 작중 주인공으로 내세운 일수(逸壽)는 작가가 만들어낸 가공인물이므로 이 점 실제인물과 혼동이 없기를 바란다.

1963년 12월 30일, 남태평양에서 발생한 참치조업선 '지남2호'의 조난사고는 21명의 목숨을 앗아간, 한국 원양어선으로서는 최초의 대형 해난사고였다. 그리고 표류 중인 선원들을 구출하려고 인근의 섬으로 헤엄쳐 간 4명 중 단 2명만 살아남았다는 한국원양어업사의 전무후무한 전설 같은 이야기다.

주인공인 일수의 모델은 실존인물인 문인리(文仁理) 씨이며 나와는 40년 이상의 세월을 함께한 고향 선배이자 대학 선배님이시다.

선배님은 여든이 넘으신 지금도 러시아 등지에 통영산 굴을 신선 제품으로 수출하는 개인사업을 손수 운영하며 노익장을 과시하신다. 이 점은, 과연 60여 년 전 바다에서 생사를 달리한 동료선원들의 목숨값을 대신하며 살겠다고 한 약속을 스스로 지키시는 것이라 여겨져 여전히 감동을 금할 수 없다.

2017년 부산에서 거행된 한국원양어업사 60년을 기념하고 회고하는 행사들을 보며 역사적 관점에서 개인적으로 뭔가 아쉽고 부족한 점을 느꼈던바, 문인리 선배님의 부산일보 인터뷰 기사를 읽은 후 이젠 더 이상 미룰 수 없다고 생각되어 본격적으로 이 작품을 구상하게 되었다.

해양소설을 쓰면서, 바다에 한정된 물리적 현상이나 바닷사람들의 체험적인 이야기만을 들려주는 글에 늘 회의를 느껴왔다. 그리하여, 어장에 도착해서 단 3회의 조업 만에 예기치 못한 삼각파도에 휩쓸려 침몰해버린 어선과 죽은 자, 산 자에 대한 이야기가 과연 우리에게 어떤 의미가 있을 것인가를 두고 많은 고민을 하였다.

이 작품은 한국 원양어업의 시원(始原)을 밝히고, 아울러 1960년대를 시대배경으로 멀리 남태평양으로 떠나는 원양어선에 몸을 실은 한 젊은이를, 드넓은 바다에서의 생경한 경험과 끊임없는 자각을 통해 '스스로 빛나는' 별이 되기를 꿈꾸는 이상적인 인물로 그려보려고 노력했다. 그러나 결과는 역부족이었음을 고백한다.

근 60여 년 전의 기억을 소환하기 위해 신세를 져야 했던, 이미 80대의 고령이신 숱한 선배님들께 먼저 감사의 인사를 올린다. 2년 전인 2019년, 사모아 현장 취재에서 만났던 현지 교민들과의 행복한 추억도 결코 잊을 수가 없다. 비록 졸작이지만 이 작품을 그 보답이라 생각하며 이제야 세상에 내어놓는다. 또한 지남2호의 조난사고로 불귀의 객이 된 선원들의 영령 앞에 삼가 이 책을 바친다.

이 글을 쓰면서 많은 자료들을 참고하였지만, 특히 『한국원양어업 30년사』(1990, 한국원양어업협회)와 '지남호' 승선르포 기사(1~4, 1958, 한국일보 문재인 기자)가 큰 도움이 되었다.

끝으로 이 소설을 쓰는 동안 부족한 저에게 끊임없이 용기를 불어넣어 주셨던 전남 보성 어산재(語山齋)의 정형남 선생님과, 이웃한 형진·주현 사랑하는 두 아우들에게도 이참에 큰 절을 올려야겠다.